# MEMORIA DE UN HALCÓN

*Misterios Jake Conley Libro 3*

## JOHN BROUGHTON

*Traducido por*
CECILIA PICCININI

# AGRADECIMIENTOS

Un agradecimiento especial para mi querido amigo John Bentley por su apoyo firme e infatigable. Su revisión de contenidos y sugerencias han sido una invaluable contribución para *Memoria de un Halcón*.

Muy agradecido también con Ashley Conner por su meticulosa corrección de copia.

Arte del frontispicio: *Freya*

Como la imaginó Dawn Burgoyne.

Recreadora/presentadora medieval especializada en guiones de época. Visítenla en su Facebook en dawnburgoynepresents.

atadura de manos de Jake, neo-pagana,
descendiente de sajones
- **Martin Szewronski** – alto, musculoso,
tatuado, rubio, supremacista blanco, intentó
violar a Liffi
- **Walter Anderson** – nombre clave Búho
Cárabo, rama de Doncaster de los Hermanos
de Woden
- **WPC Corte** – policía de Humberside

## LUGARES

- Aelfheim – tierra de elfos
- Barholm, Lincolnshire
- Eoforwic
- Filey
- Goodmanham, Este de Yorkshire – sitio del
alto santuario Anglo- Sajón de Nortumbria;
templo de Woden
- Puente de Humber
- Lindisfarena, 750 A.D.
- Mercado de Weighton- ubicación de la
oficina de un agente inmobiliario que
ayudaría a que se construyera el templo
Heathen de Freya
- Midgard – Tierra
- Camino Wolds
- Yorkshire

## TÉRMINOS

- *Brosigna mene* – collar de la diosa
- *Dokkálfar* – los Elfos Negros
- Pueblo
- Folclore
- Freya – la diosa que adora Liffi

- Pueblo de Freya – organización sin fines de lucro creada por Liffi
- Gauleiter – un oficial político gobernando un distrito bajo el gobierno Nazi
- Pagano
- Paganismo
- Paganos
- Kreisleiter – un oficial político gobernando un condado bajo el gobierno Nazi
- Neo-nazi
- Neo-pagano
- Neo-paganismo
- Nueve Virtudes Nobles del Paganismo
- Pagano
- Paganismo
- Sajones
- El Pozo de Santa Elena – uno de los dos pozos sagrados en Goodmanham
- Sparrowhawk – nombre en clave del miembro de la Hermandad de Woden
- STI Limited – Estatuas, Transporte e Instalación Limitada
- Búho Cárabo – nombre en clave de un miembro de la Hermandad de Woden
- El Pozo de la Dama – uno de los dos pozos sagrados en Goodmanham
- Parque Temático del Valle del Caballo Rojo – desarrollado por Jake
- La Iglesia
- El Venerable Bede
- Blanco supremacista
- Whitehall
- Hermandad de Woden – grupo neo-nazi, ultranacionalista
- Camino de Wolds – sendero público en Yorkshire

Liffi Wyther, esposa atada de manos neo-pagana de Jake Conley, pasó junto a las altas ventanas rebatibles del salón. Un observador imparcial podía ser excusado por pensar que a la pareja no le había faltado nada. La visión de Jake del Parque Temático del Caballo Rojo había probado ser tan exitosa que los turistas y los excursionistas se habían reunido en tal número que encabezó las listas de las atracciones más visitadas del Reino Unido. Su rol como gerente de desarrollo les había proporcionado este edificio Grado II para su suntuosa casa. Era escuchado por importantes ministros de gobierno y conducía su Porsche customizado. Sin embargo, no todo estaba bien.

Labios apretados, las manos sostenidas detrás de su espalda, agarrando sus muñecas, la postura rígida de Liffi y la mandíbula apretada inclinada eran posturas estudiadas. Ella tenía la intención de llevar sus problemas adelante. Cuando ella giró al final de un corto lapso de tiempo, Jake finalmente espetó:

—Por el amor de Dios, Liffi, ¿cuál es tu problema?

— ¿Conmigo? ¿Acaso te importa, Jake Conley?

Con un brillo de satisfacción en sus ojos, ella vio que

había capturado su atención con tanta eficacia como si le hubiera dado una bofetada en la cara.

Él se levantó de su sillón, donde parecía haber echado raíces.

—¿Si me importa? Por supuesto que sí. ¡Te amo, cabeza de maíz!

Había comenzado a burlarse de ella con ese apodo desde que ella peinó su cabello con trenzas de boxeador. Ella decía que le daba un aspecto de sirvienta y afirmaba sus creencias paganas. Aunque se burlaba de ella, le gustaba su nueva imagen de trenzado rudo y apretado.

— Extraña forma de demostrarlo —dijo ella—. ¡Eres como todos los demás! Si piensas que yo voy a quedarme en casa haciendo el lavado y planchado mientras conviertes tu maldito santuario de libélulas...

— ¡Oh, de eso se trata! Dejemos una cosa en claro, cuando tu acordaste casarte conmigo, yo no impuse...

— ¿Claro? ¿Tú conoces el significado de la palabra, Jake?

Él bajó la barbilla y hundió el pecho.

— Primero que nada, yo no estuve de acuerdo con nada. Nosotros no estamos *casados*. Fuimos atados de manos por una mujer sabia, porque fuimos hechos para estar juntos. ¡Pero no como esto!

Él empalideció y sacudió su cabeza.

—¿Cómo entonces? ¿No te gusta nuestra casa? ¿Qué es lo que quieres, Liffi?

— Amo nuestra casa. No es eso. Quiero mi vida de regreso. ¿Es tan difícil que lo entiendas, Jake? Yo pensé que cuando nos unieron, tu vendrías en mi camino.

— ¿Qué camino? ¿De qué estás hablando?

— Es justo eso, Jake. No tienes idea, ¿no?

Él jugueteó con los puños de su camisa, luego se pellizcó el puente de su nariz y cerró fuerte sus ojos.

— ¿No? Pienso que no. ¿Has hecho algún esfuerzo para comprender como me siento?

Él miró con nostalgia la puerta y suspiró.

—Maldita sea, Liffi, tu sabes cuan ocupado he estado haciendo un éxito del Parque Temático, y gracias a mis esfuerzos... —Movió una mano señalando alrededor de la habitación.

— Lo sé, no es que yo sea ingrata, Jake. Todo es adorable, pero no quiero convertirme en un burro de carga, una sombra de mí misma, ¡por el bien de una *casa*, maldición!

— Es más que una casa... —Él captó el acero en sus ojos azules—. Mencionaste un camino. —Se sentó en el sillón que había hecho suyo y cruzó los brazos sobre su pecho—. Dime que quieres decir.

Ella lo enfrentó moviendo un taburete. Sus ojos se suavizaron y le mantenía la mirada. Luego echó la cabeza hacia atrás por un momento, cerró los ojos y tomó una respiración profunda.

— ¿Mi camino? ¿Qué tanto conoces mis creencias? Te las voy a explicar antes de contarte mi idea. Te *necesito* Jake, si voy a emprender ese camino. —Su mirada se fijó en él nuevamente.

Él no tenía ni la más mínima noción de lo que ella estaba hablando, pero quería complacerla. No podía soportar la idea de perderla.

— Sabes que haré todo lo que pueda...

Ella asintió y su rostro adorable brilló.

—Lo sé, pero primero, mis creencias. ¿Recuerdas la primera vez que nos conocimos, Jake? —Ella sonrió ante el recuerdo.

—¿Cómo podría olvidarlo? —Él también sonrió ante el recuerdo de su encuentro en Warwick en la marcha de protesta anti-fracking.

— Me dijiste que la tierra era sagrada. Eso fue lo que me atrajo a ti, aparte de tu trasero.

— ¿Mi culo? ¿En serio?

— En serio. Para un panteísta como yo, el mundo es sagrado y está imbuido de una fuerza de energía divina que impregna toda la vida. Tus palabras tocaron el centro de mi ser. Creo que los espectros habitan el paisaje. Ellos viven invisibles junto a nosotros. Algunos son buenos. Otros malignos, pero cada uno tiene su personalidad. Yo también soy un pagano y adoro a los viejos dioses. Esto lo sabes. Pero yo tengo una devoción especial por Freya, especialmente después de conocerte.

— ¡Supongo que estás convencida de la existencia de elfos, enanos y gnomos! —se burló él.

—¡Por supuesto, lo creo! Además, pienso que nuestros espíritus ancestrales nos guían a lo largo de la vida. —Ella lo miró desafiándolo.

Él miró hacia abajo y se rascó la barba incipiente de la mandíbula. Cuando miró hacia atrás, su mirada estaba desenfocada. El tirón del lóbulo de su oreja la provocó.

—Jake, ¿vas a tomarme seriamente o qué?

—Te *estoy* escuchando, honestamente.

—¿Pero estas comprendiendo?

—Liffi, es un poco mucho para mí. Me criaron para ser un cristiano y un pensador lógico racional. Quiero decir, ¿elfos? ¿Realmente?

—Solo porque no hayas visto unos no quiere decir que no existen. ¿Has visto a Jesús?

—Bueno, no.

Ella se sentó hacia atrás y su labio se curvó.

—La cristiandad es una fe extraña, Jake. Es fundamentalmente incompatible con las tradiciones de nuestros antepasados sajones. No espero que aceptes mi paganismo de inmediato, pero si vamos a estar juntos, debes al menos hacer algún esfuerzo. Empieza pensando en lo que significa la palabra *pagano*. Es la forma contemporánea del *haeden* del Inglés Antiguo, significa el que vive en el campo o en los páramos y en los bosques. Después de todo, tú eres una prueba tangible del poder de los dioses.

Frunció el ceño. Era verdad. Él no podía negar o explicar algo de la fortuna que inexplicablemente lo había favorecido. Él creía de todo corazón en la

Maldición del Caballo Rojo, y había visto a la mujer astuta y se había beneficiado de sus poderes.

— Prometo que resolveré mis ideas, Liffi. Me ocuparé de estudiar el Paganismo. Pero por ahora, dime que quieres que haga.

Le preocupaba lo que ella pudiera decir, pero... perdido por perdido...

Ella jugueteó con su coleta trenzada y lo miró desde debajo de su frente.

— Te dije que tengo una devoción especial por Freya, por lo que me gustaría construir un templo donde pueda adorarla. Una vez que esté terminado, me reuniría con mis parientes y realizaríamos ritos juntos.

Jake intentó esconder su asombro y empujó el aluvión de objeciones al fondo de su mente, pero emergió una de ellas.

— ¿Qué ritos? Ustedes no sacrificarán animales, ¿no?

—¡Absolutamente no! Eso es primitivo y cruel. Si tú mantienes tu palabra, te darás cuenta que hay otras maneras de honrar a los dioses.

—Lo haré, pero aún no me has dicho lo que quieres de mí.

—Jake, si dices que me ayudarás, seguiré adelante con mi idea.

—Por supuesto que te ayudaré. —Tenía una sensación de hundimiento.

Ella aprovechó su respuesta aparentemente positiva para extraer una serie de otras promesas que involucraban la reorganización doméstica. Liffi Wyther no tenía intención de convertirse en una *pequeña ama de casa tímida,* como lo expuso. Ella dijo que ella haría todos los arreglos para tener una ama de llaves, así él podría concentrarse en su carrera, con la condición de que estudiara el paganismo.

El pacto fue sellado con un beso apasionado.

El parque temático había estado rodando por más de un año, atrayendo multitudes de visitantes. Jake, cuyo carácter inquieto requería estimulación constante, se quejaba que no había nada para el gerente de desarrollo para desarrollar. Esto era verdad en parte. Ideas grandiosas giraban en su cabeza como en un carrusel, pero de manera realista, llevar a cabo cualquiera de ella en un momento tan ocupado podría ser contra productivo. Afortunadamente, Liffi también estaba inquieta, lo que significaba que Jake podía darse el lujo de tomarse unas vacaciones para ayudar a su pareja a alcanzar sus metas, incluso si sus ideas lo incomodaban.

Impresionado por su compromiso de encontrar un lugar para un templo pagano, él la complació sumergiéndose en su investigación sobre los paganos modernos. Viendo su voluntad de aprender, ella lo condujo al *Diario del Pensamiento Pagano Contemporáneo*. Él compro el primer volumen, y a pesar de su escepticismo inicial, tuvo que reconocer que su carácter introspectivo y reflexivo se adaptaba bien a los argumentos allí expuestos.

—Hey, Liffi —dijo él, interrumpiendo su lectura—. Este escritor cree que el cristianismo es una fe extraña, esencialmente incompatible con los europeos. Él hace un fuerte argumento también. ¿Es lo que tú piensas?

—Bueno, es verdad ¿no? El cristianismo es una religión hebrea. De acuerdo con el Antiguo Testamento, proclama que los impulsos y deseos naturales del hombre son malignos y que todos somos pecadores, nacidos con la mancha del pecado de Adam y Eva. Pecado Original, ¡puf! ¿Cómo puede eso ser cierto, Jake? Esto conduce a una mirada negativa del cuerpo, el sexo y las cosas buenas de la vida. ¿Tú piensas que nuestros antepasados creían en esta mierda? Se los impusieron a fuego y espada, y gracias a los misioneros cristianos, la tradición popular de elegir al cacique más apto para liderar, fue reemplazada por la realeza.

—Veo que has hecho tu tarea.

Su labio se curvó.

—No seas condescendiente. Profundiza y reanudaremos esta conversación.

Ella tenía razón, por supuesto. Era presuntuoso para él pensar que con una lectura de media hora podía competir con sus años de profundo pensamiento y estudio. Él se preguntaba por qué tenía un instinto para disminuir y ridiculizar al sexo opuesto. ¿Algo que ver con su educación cristiana? Él tenía también una competitividad innata, lo que lo hacía querer estar en el tope en cualquier discusión. Cualquier cosa que pasara, él tenía que alcanzar su nivel de preparación en este tema. Volvió a profundizar en sus estudios con renovado entusiasmo.

Ellos estudiaban en silencio, Jake reprimiendo proclamaciones exuberantes ante sus descubrimientos, de los que sabía que ella estaría al tanto. ¡No le daría esa satisfacción a ella!

—Jake, me voy a Yorkshire.

—¡Yorkshire! ¿Para qué?

Su sonrisa era triunfante.

—Al *East Riding*, para ser precisa. Lo he encontrado,

Jake. —Ella estaba emocionada sin aliento e hizo una pausa para recobrarse.

Jake la miró. Él tenía malos recuerdos de esa parte de Inglaterra, pero esperaba mientras ella se recomponía.

—Oh, apenas puedo creerlo. Es perfecto, Jake. Hay un lugar en el Camino de Yorkshire Wolds. Es llamado Goodmanham y está en una pendiente orientada al sur. Y escucha, ¡era el sitio del gran santuario de la Northumbria Anglo-Sajona, el templo de Woden!

Jake la miraba. Todo esto estaba agitando algo en su memoria. Como escolar Anglo-Sajón, leyó el Venerable Bede. ¡Era eso! Por supuesto, Godmun, 627 AD, y la famosa historia del sacerdote pagano Coifi. Su famosa declaración al Rey Edwin, «*He sabido desde hace mucho que no hay nada en esta religión que hemos profesado... cuanto más busqué la verdad de ella, menos encontré... esto puede darnos la salvación de la vida y la felicidad eterna... aconsejo que quememos el santuario inútil... ¿y quién mejor que yo como ejemplo?*»

—¿No es ese el templo donde Coifi pidió un semental y una lanza prohibidos para él como sacerdote? —dijo Jake—. Entonces él arrojó el arma dentro del santuario, y viendo que el sacrilegio quedó impune, hizo que sus seguidores lo arrastraran por el suelo.

—El mismísimo —dijo ella, su emoción seguía burbujeando—. Coifi fue un traidor de los dioses. Este lugar ha sido sagrado desde el principio de la Edad de Piedra. ¿No ves, Jake? ¿Qué lugar mejor para recapturar la tradición de nuestro pueblo? Es muy anterior al cristianismo, y el Paganismo puede restaurar la religión apropiada para aquellos como yo que desean reclamar nuestra ascendencia y la tierra para nuestro pueblo originario.

Campanas de alarma sonaron en su cabeza, pero no pudo calmar su ardor.

—¡Espera un minuto! ¿Estás diciendo que quieres reconstruir el templo de Woden en su lugar original?

—Sí... *er*... no, no puedo. Los sajones construyeron una iglesia de madera ahí, y luego más tarde, cerca del 1130 AD, se convirtió en un edificio de piedra caliza que todavía está ahí, Todos los Santos. ¡Malditos impertinentes! Ellos han hecho esto por todos lados, tú lo sabes. Tomando el control de los sitios paganos con su religión extraña.

—No hay forma que puedas demoler el edificio y levantar un templo a Woden.

—¡No soy estúpida, Jake! —Ella le disparó una mirada que podría haberlo convertido en un pilar de sal si hubiera estado mirando.

—¿Pensé que dijiste que encontraste el lugar perfecto para tu templo?

—¡Lo hice y lo tengo! Está solo a tres kilómetros o más hacia el noreste de Todos los Santos. Hay una granja de catorce acres a la venta, y los precios están bajando. —Su voz se elevaba con entusiasmo, y su rostro adorable asumía la expresión de súplica infantil de una niña pequeña por una nueva muñeca Barbie—. Eran dos campos antes y ahora se trabaja como uno. Es perfecto. Tiene buen acceso, con un camino recto justo al lado de los confines.

—¿Tú quieres construir un santuario para Woden allí? ¿Has pensado en esto cuidadosamente?

—Por supuesto —espetó ella—. Pero no quiero construir un templo para Woden.

—¿No quieres? —Ahora él estaba perplejo, y podía ver que ella disfrutaba eso por sus burlones ojos azules y la pausa.

—No, yo quiero erigir un templo a Freya. Oh, Jake, di que me ayudarás. Es una ganga a seis mil ochocientas libras el acre.

La aritmética no era el activo más fuerte de Jake,

pero hizo unos pocos toques en la calculadora de su teléfono y miró hacia arriba.

—Maldición, Liffi. ¡Es alrededor de noventa mil libras!

—Tú puedes comprarlo, Jake —ella lo engatusó—. Me amas, ¿no es así?

En ese momento, no lo hacía. Pero sus artimañas femeninas conquistaron su resistencia más rápido que una flecha sajona. Ella se inclinó hacia él, echó su trenza hacia atrás y le dio una tímida sonrisa. Él sabía lo que ella había hecho, pero aún así quería arrancarle la ropa.

En cambio, con frialdad fingida, él repitió:

—¿Has pensado en esto cuidadosamente?

—¿A qué te refieres, exactamente?

—Si sigues adelante, habrá toda clase de problemas.

—¿Tales cómo?

—Vamos a empezar con la licencia de obra. ¿Qué ocurre cuando Joe Clerk abra tu archivo y lea, *para un templo pagano?*

—He pensado acerca de eso. Es un obstáculo menor. Peor será la protesta de la Iglesia. He pensado en aquello también.

—Oh, lo has hecho ¿no?

—Si, aquí es donde aparece el famoso Jake Conley.

—¿Yo ¿Cómo?

Ella reasumió su postura engatusadora.

—Bueno, mi amor, tú tienes contactos poderosos y un record de seguimiento. Nosotros venderemos el templo como una atracción turística, justo como el Parque del Caballo Rojo, pero sin las diversiones. Incluso introduciré libélulas, si quieres. Lo construiremos como una reconstrucción, un renacimiento de la herencia. Incluso ni la Iglesia puede objetar esto.

—Mmm. Puede funcionar. Pero ambos conocemos que tú quieres practicar ritos paganos. Tú misma lo dijiste.

—Sé que lo hice, y mantengo lo que dije.

—¿Piensas por un minuto que el clero tolerará esto?

—Normalmente no lo harían, pero si lo disfrazo con un renacimiento de la herencia para los turistas, tal como una re-promulgación, no serán capaces de hacer nada. Podemos llevar adelante una farsa hasta que seamos lo suficientemente fuertes, suficientemente numerosos para detener a la Iglesia. El anglicanismo es difícilmente una institución floreciente hoy en día, ¿no?

—Es verdad. Estás empezando a convencerme, aún si necesitas un último empujón. —La miró lascivamente. Sus labios estuvieron sobre los suyos en un flash, y ella supo que había ganado, mientras que reprimió más campanas de alarma en favor de una lucha frenética.

Al día siguiente, Jake estaba parado en la oficina del agente de tierras en el Mercado Weighton, cara a cara con un hombre agradable de mejillas regordetas quien se introdujo a sí mismo como la cabeza de Gestión de Proyectos y Consultoría de Costos. Jake echó un vistazo a la tarjeta de presentación y quedó impresionado por la cadena de letras detrás de su nombre: BSc, MSc, MRICS, MAPM. No entendía los dos últimos, pero estaba seguro intuitivamente que el consultor era tan inteligente como lo sugerían sus calificaciones. Fue una sorpresa placentera encontrar a alguien tan competente en un pequeño mercado de la ciudad. Además, el hombre era encantador, sus ojos amigables bordeados por arrugas de la risa, mientras su cabello en retroceso estaba inmaculadamente arreglado. Sobre todo, sus modales transmitían que nada era demasiado problema. No debería serlo, Jake pensó. Después de todo, el dinero hablaba. También, él fue de buen corazón e indulgente con el entusiasmo burbujeante de Liffi.

Sorprendido inicialmente por la naturaleza del requerimiento, pero halagado por estar en presencia del famoso creador del Parque Temático del Valle del

Caballo Rojo, el consultor habló acerca de sus equipos de arquitectura, planeamiento y desarrollo. Gente, costos, escalas de tiempo y consideraciones de calidad – nada parecía interponerse en el camino del plan de Liffi. Gradualmente, el agente se iba calentando con la idea de una atracción turística que involucraba la recreación.

Apuntó a un mapa a gran escala en su pared.

—La propiedad está aquí. —Indicó un camino menor cercano a Goodmanham, en un destello de un gemelo llamativo—. Y aquí... —Hizo una pausa por efecto—. Difícil por el Camino Wolds. Corre desde Hessle, cerca del Puente Humber, aquí arriba, justo pasando *su* tierra, y sigue... —Se puso de puntillas y alcanzó la costa este—, para terminar aquí, ciento veinte kilómetros después, en Finley. El mejor pescado con papas fritas en Yorkshire. —Se apartó del mapa y sonrió a Liffi—. Verá usted, señorita... *er*... señora, el potencial de su idea es enorme. Hay un Grupo de Acción Wolds Way. El sendero ha existido desde 1982, y ellos removieron todos los pasos angostos y están ampliando las puertas de besos para el acceso de las sillas de ruedas. También han instalado las diez mejores experiencias de caminata, que van desde una villa medieval desierta a un santuario de milanos reales en el Parque Londesborough. ¿Cuán difícil piensa usted que puede ser insertar su templo en este pequeño lote? Usted debe considerar crear alojamientos para los excursionistas. Tiene espacio. Pero vamos a hablar de tiempo, dinero y calidad. Podemos crear una representación en 3D del templo en cuanto los planos estén listos. Por cierto, ¿tiene un prototipo de diseño?

Jake miró a Liffi con los ojos bien abiertos y la frente alzada, pero ella lo sorprendió sacando una brillosa revista arqueológica de su gran bolso amarillo. Ella hojeó las paginas, la puso en el escritorio del agente y señaló.

—¡Yeavering! —dijo ella con un movimiento de su mano—. Era un complejo Anglo-Sajón...

—Si, lo sé —dijo el consultor, sorprendiendo también a Jake—. En los Cheviots, Northumberland. ¿Hay un plano terrestre del templo? Ah, sí, aquí está. Edificio D2, construcción de madera. Dice aquí, *El único ejemplo conocido de un sitio como este en Inglaterra.*

—Encontraron un pozo lleno de calaveras de bueyes al lado. —Liffi llevaba una sonrisa maliciosa—. Pero nosotros no ofreceremos sacrificios.

—Me alegra escuchar esto. —El consultor relajó sus hombros tensos—. ¿Qué dicen, deberíamos dar un paseo hasta allí para ver el sitio?

—¡Ooh, si! —Ella casi rebotó hacia la puerta.

Jake caminó penosamente a la retaguardia. Tenía una sensación de vacío que no podía interpretar del todo.

Cuando miraba a través del fondo del valle donde el campo estaba ubicado, hasta la colina donde estaba el sendero, sintió el dolor familiar en su frente, la indicación habitual sobrenatural que el recibía cuando se le presionaba a hacer algo que no quería. Con un sentimiento de hundimiento, se dio cuenta que tendría que aceptar los planes de Liffi.

Apretones de manos, promesas de contratos y los procedimientos habituales, con un intercambio de números de teléfonos, y el día de trabajo estaba hecho.

En el automóvil, una jubilosa Liffi suplicó que condujera para ver otra vez el sitio de su templo. Ella quería rezar allí pero no creía que Jake estuviera listo para aceptar esto.

También le prometió a Freya que lo convertiría al Paganismo.

## 3

## LOWER QUINTON, WARWICKSHIRE, Y
## BARHOLM, LINCOLNSHIRE, 2021 AD

Con las fosas nasales ensanchadas, Jake golpeó la mesa con un puño. Afortunadamente, estaba de regreso en casa por compromisos laborales y solo, porque estaba ansioso por una pelea. Liffi había ido de compras y entonces estaba a salvo del chasquido de mandíbula y el sarcasmo y otras reacciones irracionales provocadas por su viejo e inconsecuente adversario, Bill Backhouse. El periodista de tabloide había logrado una vez más despertar la ira de Jake, que, esta vez, al menos, no estaría dirigido a un observador inocente.

Jake, agarró el periódico y miró los titulares de nuevo: DESECRACIÓN DE TODO LO QUE ES SANTO.

Estrujó el periódico como si fuera una toalla húmeda, solo deteniéndose cuando los músculos de sus antebrazos le dolieron. En este punto, lo arrojó a la alfombra y estampándolo allí, pretendiendo que era la cabeza del periodista pirata. Todavía temblando por la furia reprimida, se arrojó en el sillón y se relajó, para intentar calmarse adoptando un pensamiento lógico.

Por qué debía dejar que el garabateado inútil se metiera bajo su piel, necesitaba una respuesta clara. Jake pensaba que la sabía. Era la manipulación implícita de la verdad, las insinuaciones que lo irritaban. ¿Qué era lo que había escrito? ***Dos veces investigado por asesinato, el notorio oportunista Conley, autor de best sellers basados en su notoriedad... Actualmente director exitoso de un parque temático en la cresta del mismo descrédito...*** *bla, bla, bla.* ¿Mojó el canalla su pluma en tinta de pura envidia? ¿Era un escritor frustrado? ¿Era porque las dos novelas de Jake habían encabezado las listas de bestsellers? ¿Observaba ahora la carrera directiva de Jake en la cumbre, desde su sucio escritorio en el campamento base?

Lo que sea que inspiraba sus venenosos artículos, Bill Backhouse, como ningún otro, tenía la habilidad de liquidar a Jake, que había luchado duro y fuerte para limpiar su nombre. Esforzándose, aún ahora, para ser aceptado. Él deseaba solo ser visto como una persona ordinaria. Backhouse sospechaba correctamente que era cualquier cosa menos normal. Aunque tenía poca o ninguna idea de la extensión de la condición *paranormal* de Jake, poseía una persistencia perruna que lo había llevado a vomitar su último artículo.

No debió haber sido difícil para él encontrar quien era el responsable por la erección del templo Pagano en Goodmanham. Aunque el concepto del santuario era de Liffi, como la supervisión cada día de los progresos, la firma de Jake era la que estaba en todos los cheques y contratos. Cualquier truco que valiera dos peniques podría desenterrarlo. La pregunta era cómo reaccionaría uno a la información. El instinto de Backhouse era arrojar barro de la manera más melodramática posible, o como Jake había visto, para provocar problemas. ¿Por qué más habría ido corriendo con el Arzobispo de York para ver su reacción ante la construcción de un santuario Pagano en su diócesis?

Jake, arrepintiéndose de haberlo maltratado, se levantó de su asiento y recogió el periódico arrugado. Corrigió el daño lo mejor que pudo y alisó las páginas arrugadas en la mesa. Quería releer los comentarios del digno arzobispo, porque ellos debían tener una respuesta. Ennegreciendo sus manos con la tinta de la impresión, alisó el artículo relevante lo suficiente para comprender el sentido de las palabras. ***Voy a hacer todo lo que esté en mi poder para convencer a Whitehall para derribar esa abominación en el nombre del Señor.***

Jake se burló. «¿Quiso decir en el nombre de sí mismo?»

Leyó. ***... por supuesto, este es un país donde la libertad de culto está constitucionalmente consagrada...***

«¡Bravo, ahora está hablando!»

***...y cualquiera puede construir edificios para venerar a su Dios. Pero esta aceptación asume una perspectiva monoteísta. Cualquier otro es aborrecible para una sociedad cristiana.***

«Exactamente, ¡para una sociedad cristiana!»

***...en palabras de nuestro Salvador en el Evangelio de Juan, «Yo soy el camino, la verdad y la vida. Ningún hombre llega al Padre, si no es por mí».***

«¡Ah, la vieja propaganda de Yahwed!»

Furioso, Jake tomó su móvil y presionó la entrada de Backhouse, entre sus contactos.

El periodista contestó:

—Sr. Conley, ¿a qué debo el honor?

—Como si no supiera, usted, medio-informado, cerebro muerto hijo de...

Escuchó el grito ahogado y casi balbuceando:

—Tranquilo, no hay necesidad...

—¡Toda necesidad! ¿No se le ocurrió levantar su teléfono para preguntarme que pienso acerca de las declaraciones del arzobispo? ¿No piensa que sus lectores tienen derecho a informes equilibrados e imparciales? No, usted no lo hace. Este es el punto con usted, ¿no?

—Si usted tiene algo que decir, Sr. Conley, sáquelo y veré como lo meto en la publicación de mañana.

—Será mejor que lo imprima *textualmente*. ¿Está claro? De otro modo, ¡yo sé cómo manejarme con alimañas como usted, Backhouse!

La respuesta llegó temblorosa y sin aliento.

—No necesita ser abusivo. Lo reportaré palabra por palabra. Empecemos. El grabador está encendido.

—El propósito del templo en Goodmanham está constituido por un movimiento de regreso a la Naturaleza, buscando un refugio pacífico de los males de la civilización post-industrial. A pesar de las objeciones del arzobispo, todas las autorizaciones ministeriales han sido solicitadas y obtenidas. La iniciativa implica un simple renacimiento de la herencia, una estructura no representa ningún dogma religioso fijo o teología. En cambio, ofrece una visión panteísta, como es apropiado hoy en día, al lado del Camino Wolds como nuestros antepasados en la prehistoria o en la era Sajona. ¿Tienes eso, Bill? ¡Sí, espléndido! ¿Alguna pregunta? No, nosotros no nos beneficiamos de subsidios gubernamentales. Es un proyecto auto-financiado. El contribuyente no tendrá que contribuir con un penique. Por favor remarca esto, es una contribución sin fines de lucro para la herencia de nuestro país.

El tono del reportero era sospechoso.

—Hay más en esto de lo que parece. Se está guardando algo, Conley. Pero cualquier cosa que sea, iré al fondo de esto. Usted no es del tipo altruista y no me convence. Pero tiene mi promesa. Publicaré lo que me ha dado, palabra por palabra, pero haré mi trabajo. ¡Mire si no lo hago!

Cortó la llamada antes que Jake pudiera responder, y escupió en la habitación vacía:

—¡Maldito sea! Donde hay Backhouse, hay malicia.

Se sentó tranquilamente en su sillón por un momento, temiendo pensar a qué niveles había subido su presión arterial. Con los ojos cerrados, controlando su respiración. Pronto se había calmado y estaba perdido en sus pensamientos.

Liffi no había respondido sus llamadas. Más temprano, en el teléfono ella le había dicho que iba a comprar huevos. Ella debería estar atendiendo algo que involucraba el templo. No se arrepentía de la molestia adicional. No cambiaría su hermosa esposa por ninguna otra, ni aún por una top model.

El santuario estaba trayendo problemas, como había previsto, pero sus estudios sobre Paganismo lo habían preparado para una reacción y él podía comprender mucho más acerca de lo que atraía a Liffi al Paganismo. Lo que le gustaba de esto más que cualquier otra cosa era una verdad fundamental envuelta en un simple credo: *Nosotros somos nuestras obras.* La importancia de recuperar un sentido de espiritualidad étnico era clara para él también, pero hasta que él hubiera investigado más profundamente, las molestas campanas de alarma seguían tintineando. No tenía una idea coherente de qué debía hacer. Si hubiera sabido lo que estaba haciendo Liffi en ese momento, podría haber formulado una.

❦

Liffi había conducido hacia el sur de Lincolnshire, hacia el pequeño pueblo de Barholm, cerca de Stamford. Había encontrado en Internet a un tallador de madera que producía también figurillas para altares paganos. Ella había amado la fotografía de una estatua de Freya de roble tallado, completa con capa de plumas de halcón, collar y dos gatos. Cada uno de estos simbolizaba la esencia del mito de la diosa. Liffi había hablado con el tallador por su móvil, pero necesitaba un encuentro personal.

Kennerh Robinson, en sus treinta, barbudo, de pelo largo, de dos metros y fracción de altura, se alzaba sobre ella como un guerrero vikingo, pero juzgó la firmeza de su apretón de manos apropiado para una dama.

—Como le dije por teléfono, tengo un proyecto macizo en mente para usted, Sr. Robinson.

—Ken. Por favor llámeme Ken. —Su cálida sonrisa se extendía a sus ojos grises—. ¿Qué tiene en mente? —Barrió la ceniza de cigarrillo de un taburete y le indicó que se sentara—. Un poco espartano, me temo. —Dio vuelta un cubo de metal, y se sentó incómodo frente a ella, levantando una ceja expectante por una respuesta.

Ella sacó su móvil de un bolsillo trasero y tocó el ícono de la galería para recuperar la fotografía de la escultura de Freya que ella había copiado.

Le mostró la pantalla a él.

—Usted esculpió esto. Es exquisito, y yo quiero una.

—Pensé que había dicho un proyecto *enorme*. —Sus ojos se burlaron de ella.

Ella se rió coquetamente. Este artesano la atraía.

—Cuatro metros de alto.

Su mandíbula cayó, los ojos bien abiertos, y él balbuceó:

—U-usted está bromeando. ¡Dígame que está bromeando!

—¿Puede hacerlo? Digo, idéntica a esta, ¿pero de cuatro metros de alto?

Endureciendo su postura, parpadeó rápidamente antes de mirarla fijamente.

—Depende.

—¿De qué, Ken?

El presionó una mano contra su pecho, con los dedos extendidos.

—Primero que todo, llevará tiempo, y el tiempo es dinero. Luego está la cuestión del material...

—Tiene que ser roble. No puedo considerar ningún otro.

—El roble es más lento y costoso que la madera blanda, por lo que volvemos al tiempo y el dinero.

Sonriendo tímidamente jugueteó con su trenza cosida.

—El pago no es un problema, pero necesitaré un estimado. Quiero todos los mismos detalles, replicando lo que usted puso en la estatuilla de veinte centímetros. Pero recuerde, este polo de los dioses debe ser visto en los alrededores.

—Entonces usted es una Pagana, Srta. Wyther. — Extendió una mano.

Ella la tomó y no la soltó, mirándolo a los ojos.

—Debería haber sabido que tú también lo eras por los detalles en tu Freya, el *Brosinga neme* (collar de Freya) y todo.

—¡Ah, la gargantilla dorada! Conoces del tema, ya veo.

—Estoy abriendo un templo para Freya en Yorkshire y necesitaremos un tótem.

—He leído algo en el periódico de la otra mañana. ¿No está el famoso Jake Conley involucrado de alguna forma?

Una sonrisa reservada llegó, y se fue rápidamente.

—Jake es mi socio, pero de alguna forma estoy tratando de convertirlo al Paganismo, aún así él está financiando mi santuario.

—Entonces no me preocupo acerca de esta comisión.

—Si te refieres al pago, para nada. Estoy muy feliz de dejar un generoso adelanto para mostrar buena fe. Pero, —Ella se levantó y finalmente le soltó la mano—, quiero ver al maestro en acción. No puedo creer como puedes tallar todas esas pequeñas curvas sin un desliz. Estoy segura que dañaría cualquier esfuerzo más allá de la redención.

—Ay, estoy seguro que podrías. Si tienes práctica, calma y paciencia. Por favor entra en mi taller. —Ellos cruzaron el piso desordenado sembrado de virutas, hacia un banco cuya superficie estaba llena con herramientas, y se pararon bajo una amplia ventana de un solo cristal—. Estoy trabajando en esta estatua de Wodem. —Levantó una figurilla, de aproximadamente el mismo tamaño que la que había fotografiada de Freya —. Está casi terminada. La madera es roble, por cierto. —Levantó la estatuilla de un hombre con barba completa y un bastón en su mano derecha.

Liffi la tomó y giró para verla a la luz.

—Eres muy inteligente. ¿Cómo manejas todos los pequeños detalles?

—Como esto. —Le quitó la figura y tomó una herramienta—. Una gubia de 41/6. Tiene una V de 60° para una incisión cuidadosa. ¡Mira! —Presionó hábilmente y movió el cincel—. El meneo hace que el corte sea más fácil y más controlado. —Ante sus ojos, produjo una perfecta gorra para la pequeña figurilla del dios.

—¡Wow! Trabajas bien. Pero dime, Ken, ¿no necesitarás herramientas distintas para un proyecto como el mío?

—Honestamente, no puedo empezar hasta que vaya de compras.

—¿Cómo es eso?

—Me refiero, tendré que andar penosamente entre vendedores de madera hasta encontrar un tronco de cuatro metros que sea adecuado para el poste. Y eso puede no ser fácil. Necesita ser recto y sin defectos. Lo sabré cuando lo vea, pero encontrarlo podría ser un trabajo del demonio.

—No si lo ofreces en sacrificio a Freya.

Él se rió, pero ella pudo ver que no había desestimado su comentario.

—¿Sabes qué? Lo haré. Toma esto. Es un regalo.

La estatua de Woden se acurrucó en su mano y ella le sonrió.

—Gracias, Ken.

—Ahora, respondiendo a tu pregunta, por supuesto que tendré que usar herramientas poderosas para un trabajo tan enorme. Seré honesto, será el más grande que haya emprendido, pero estoy confiado que tengo las habilidades y la experiencia para llevarlo a cabo.

—¡Grandioso! ¿Y el costo, Ken?

Tratando de medir el efecto de sus palabras, la observó a ella, deseando transmitir su integridad.

—Como digo, nunca he hecho algo tan grande, así que deberé cubrir el tiempo que me tome. Voy a disparar cuatro mil libras, pero con la condición que, si me lleva más de tres meses, el precio puede elevarse hasta el límite de cinco mil libras. ¿Suena justo?

—¿Me mantendrás informada?

—Puedes llamar cuando quieras —dijo él, roncamente, con expresión anhelante.

Ella falló al cubrir su rubor con una tos fingida que no lo engañó.

—Depende de mis compromisos laborales. De todos modos, tienes mi número, por lo que puedes enviarme las imágenes de tu progreso de vez en cuando.

—Prefiero tratar contigo cara a cara. —Metió su rostro en el de ella.

Ella presionó sus labios en su mejilla.

—Esto es para mi Odín. —Ella se echó hacia atrás y lo movió bajo su nariz para que él no pudiera acercarse de nuevo.

—Si consigo *eso* por una baratija, ¿quién sabe lo que obtendré por un poste completo? —Él miró lascivamente, pero extendió la mano para sellar el trato.

Ella la tomó y sonrió.

—Depende.

—¿De qué?

—De cuan hermosamente talles a mi Freya.

Después de entregar un cheque de dos mil libras, ella se fue con paso saltarín. De regreso en el auto, ella bajó el parasol y se sonrió a sí misma en el espejo de tocador instalado allí.

—Ken no usa un anillo. Me pregunto... De todos modos, le advertí a Jake que los paganos no somos necesariamente monógamos.

CONDUCIENDO HACIA BARHOLM, LIFFI PONDERÓ LOS pros y los contras de seducir a Ken Robinson. A pesar de estar impulsada por el deseo, parte de ella se rebelaba ante la implícita traición a Jake, en cuyo amor y soporte financiero ella confiaba. Para pensar con más claridad y con pesar, apagó *Florence and the Machine*, a todo volumen desde su radio. Si tenía éxito con Ken, ella razonaba, no habría roto ningún voto. Ella y Jake no se habían casado con promesas convencionales, y ella solo había prometido a Freya que lo convertiría al Paganismo, y ese trabajo estaba en progreso. Además, su pareja sabía que ella era un espíritu libre y deseaba vivir su vida a pleno, experimentando todo lo que era maravilloso en la naturaleza.

Tomó una decisión, un par de kilómetros antes del pueblo salió del camino, retocó su lápiz labial y el rubor, y endureció su determinación. Regularmente, los planes impulsados por la lujuria salían mal, y Liffi se sorprendió cuando atravesó la puerta de madera abierta de cinco barras y se detuvo en el camino de grava. Cuando ella elegantemente sacó sus piernas fuera del auto, ella vio a Ken Robinson parado al lado de un hombre alto y musculoso con el cabello rubio cortado. Era una cabeza más bajo, pero más fornido que el escultor. Estudiando al extraño, ella consideró que lucía como un camorrista de fútbol. Pero su atención no podía permanecer enfocada en él, porque su mirada dibujaba el mástil que se elevaba entre los dos hombres, donde, con emoción, admiró los rasgos finamente tallados de Freya mirando abajo hacia ellos. Los esfuerzos del tallador de madera habían llegado hasta la cintura, y ella vio que él había cambiado el *Brosinga mene,* el collar de la diosa.

No tuvo tiempo para pensar en eso, porque ambos hombres se volvieron para mirarla.

—Ah, aquí está la dama —dijo Ken a la imponente figura tatuada a su lado—. Srta. Wyther, Martin Szewronski.

El hombre corpulento con una camiseta negra y un jubón de cuero sin mangas extendió un brazo desnudo y le tomó la mano con un apretón aplastante. Ella miró a la mano ofensora donde O-D-I-O estaba tatuado en letras azules en sus nudillos. La cara ancha y plana colocada en una cabeza enorme que le recordaba una estatua de la Isla de Pascua, rompió en una amplia sonrisa.

—¡Una bella dama aria! Una digna de ganar el concurso de belleza Miss Hitler. —Miró su busto.

—No necesito una puta faja en mi pecho para decirme lo que ya se —escupió, separando su mano y mirando.

Avergonzado, Ken Robinson dijo:

—Estoy seguro que el Sr. Szewronski le estaba haciendo un cumplido, Srta. Wyther.

—¡Claro que sí! —Sonrió el hombre rubio—. Es un placer conocer a una compañera pagana. Y un vistazo a esto.

—Prefiero ser admirada por mi mente que por mi cuerpo.

—No hay problema. Justo le estaba diciendo a Ken aquí que yo quiero una figura de Woden, pero no de este tamaño. Solo hasta aquí. —Él mantuvo una mano plana a la altura de su cintura como una excusa para mirar la entrepierna de sus ajustados *jeans* blancos. Temblando por dentro, ella apartó la mirada de la esvástica tatuada en su antebrazo y miró el cráneo con un pañuelo tatuado en el otro—. Maravilloso trabajo hizo nuestro hombre con su Freya. ¿Supongo que le pedirá que haga uno de los Padres de Todos a continuación?

Alarmada por algo en su tono, Liffi no se sentía enteramente en confianza con este hombre.

Sin encontrar su mirada, ella dijo:

—Mire, ha sido un placer, Sr Szew... *ronski*. ¡Es así, ¿no? Pero estoy muy ocupada y he venido a discutir de negocios con el Sr. Robinson.

—No hay problema. Solo haga de cuenta que no estoy aquí.

Ella deseaba que no estuviera y se volvió a Ken, todas las ideas de coqueteo se habían evaporado. Ella deseaba alejarse del rubio bruto lo más pronto posible.

—He visto que has cambiado el *Brosinga mene*.

—¿El collar? ¿No te gusta? —Ken se frotó la nuca y luego jugueteó con su camisa de franela a cuadros—. Es demasiado tarde para volver a cambiarlo.

—No, no, me gusta. Me pregunto por qué has hecho la alteración.

Él sonrió.

—Investigando. Está este pendiente en el Museo Nacional de Antigüedades de Suecia, en Estocolmo, y algunos creen que es el propio *Brosinga mene*. Compruébalo tú misma. El de la estatuilla fue mi creación, pero quería acercarme lo más posible al collar de Freya.

—Gracias, Ken. Solo quiero que mi templo para Freya sea auténtico.

—¿Qué dice? —Szewronski se adelantó, tan cerca que Liffi podía oler el olor a sudor rancio que emanaba su camiseta—. No olvide, jovencita, Woden es el gobernador supremo sobre todos los otros dioses. —No había duda de la amenaza en los pequeños ojos azules, y para confirmarlo agregó—. Sea cuidadosa. ¡No eleve a otro por encima de él... o sino!

Liffi se apartó.

—Bueno, debo correr. —Se volvió hacia el vergonzoso Ken y le dio una sonrisa llena de dientes—. Estaré en contacto pronto. Mantén el buen trabajo.

Sus manos estaban temblando cuando deslizó la llave en la ignición, y se detuvo para calmar sus nervios después de una corta distancia, lo suficientemente lejos del taller para no ser vista. Recostándose en su asiento giró la cabeza para liberar la tensión. «¡Qué matón!» Ella sentía tal repulsión por el bruto que la idea de volver al jardín de Ken la llenaba de un pavor igual al deseo que la había impelido a llegar más temprano ese día. Por un momento ella se llamó a sí misma tonta por sobreactuar, pero luego recordó la intimidación malevolente en los ojos cerrados y aceleró el motor para alejarse. Cuanta mayor distancia haya entre ellos, mejor.

Llena con esos pensamientos, su distracción causó que tomara el camino equivocado. Ella creía que estaba conduciendo al oeste, no al norte. Se había dirigido a Warwickshire y la seguridad del abrazo de Jake. Necesitaba su seguridad más ahora que nunca. Disgustada con ella misma, condujo hasta la siguiente rotonda y giró para reubicarse en la dirección de Goodmanham. Después de todo, una hora atrás ella había estado decidida a traicionar al hombre hacia el que ahora corría frenéticamente en busca de consuelo. Una tórrida sesión con Ken Robinson había sido frustrada solo por la presencia del repugnante rufián.

Avergonzada por su conducta, Liffi reconoció la necesidad de hablar con Jake y no podía esperar a llegar a Yorkshire. Ella salió del camino en una estación de servicio, cargó diésel, bebió un café, y bajo la sombra de un árbol marcó el número de Jake.

—¡Al fin, Liffi! No has estado contestando mis llamadas. Estaba comenzando a preocuparme.

Ella sonrió. «¡Por Dios!»

—Perdón, he estado concentrada en arreglar el templo. No tomes a mal si te digo que te he llamado porque necesito de tu sentido común. Necesito algunos consejos Jake.

Él hizo los ruidos correctos, entonces ella le contó acerca de su encuentro con Martin Szewronski y cómo la había aterrorizado. Para su alivio y gratificación, él lo tomó seriamente, sin desestimar sus preocupaciones como histeria femenina, como muchos de sus antiguos pretendientes hubieran hecho de manera típicamente masculina. Este tipo de reacción era una de las muchas razones, creía ella, por las que amaba y necesitaba a Jake Conley. Él le hizo deletrear el apellido. No fue tarea fácil, ya que probablemente era de origen polaco.

—Puedo utilizar mis contactos gubernamentales para entrar en los registros policiales. Veamos si tienen algo de este rufián, y lo tomaremos desde allí. Mientras tanto trata de sacarlo de tu mente.

Jake tenía el truco para calmarla con su tono tranquilo y mesurado. Como si fuera una prescripción, Liffi sacó un cigarrillo del paquete y con una mano temblorosa lo encendió. Después de inhalar, ella hizo el gesto usual de un fumador de inclinar la cabeza hacia atrás, mirar hacia el cielo y soplar el humo. Así fue como lo vio en las ramas superiores, un halcón.

Liffi amaba las aves de presa, pero especialmente los halcones, habiendo llegado al punto de estudiarlos como criaturas sagradas para Freya. Ella jadeó de placer ante la rareza del avistamiento, y el sol recogió el plumaje, haciendo fácil la identificación. Inconfundible por el patrón en punta de flecha en su pecho y su parte inferior y sus alas grises oscuro. Era una especie en peligro de extinción, el halcón peregrino.

Habiendo asimilado las extrañas teorías de la sincronicidad, ella sintió que la presencia del rapaz no era coincidencia. Esta era Freya su guardiana, asegurándole que ella era su ángel guardián, Jake Conley cuidaría de ella. Y si no, la diosa estaba cerca. Como si fuera una respuesta a sus pensamientos, el pájaro corpulento se levantó de su percha con un grito lastimoso y aceleró hacia el cielo. Fascinada, ella entrecerró los ojos contra el sol para seguirlo en su vuelo, y se hundió en su forma característica de un ancla. Debía haber divisado una presa. Asombrada con la velocidad del descenso y sintiéndose privilegiada, Liffi se alejó porque lo había perdido de vista a través de obstáculos visuales. Instalada en su coche, ella recordó que los halcones representan a los mensajeros del mundo espiritual, así que haber visto uno significaba que el universo, o Freya en particular, querían que ella aprendiera o expandiera su sabiduría.

Estos pensamientos la ocuparon en su viaje a Yorkshire, y el hecho que el halcón simbolizaba la capacidad de usar la intuición y visión superior o tomar decisiones importantes, aumentaron su resolución de dedicar su templo a Freya solamente. Tan profunda era su reflexión que no fue hasta que cruzó el Puente Humber, que ella encendió su amado canal musical de rock y comenzó a cantar «*Highway to Hell*», de AC/DC casi sin pensar que podría ser apropiado para su actual situación.

Sintiéndose mejor después de una ducha y un vaso de Vinhio Verde enfriado, ella tomó su móvil cuando su tono de llamada personalizado, «*Wheels*», de Foo Fighters la alertaba de la llamada de Jake.

—Oye, Liffi, tenías razón. Ese Szewronski es un problema.

Ella tomó un largo trago de su vino, pero sintió su estómago tensándose.

—Tiene un expediente policial. Desagradable pieza de trabajo. Exmilitar. Lo han acusado dos veces de Daño Corporal... ¿estás ahí?

—S-sí. He escuchado lo que has dicho, y no me

sorprende. Un matón como él no me impedirá hacer lo que quiero.

—Espera, Liffi. Eso no es todo. Mi contacto triunfó encontrando que el MI5 está sobre él también. Los chicos anti-terroristas lo están siguiendo de cerca.

—¿Terrorista? —Casi se atragantó con la palabra, y alcanzó su vaso. Estaba vacío.

—Si. Ese pedazo de mierda blanco supremacista, un racista, para decirlo sin rodeos. Pertenecía a una organización prohibida. Pero el problema es, estos neo-Nazis, tan pronto como los cierran, aparecen bajo otro nombre. Cambian una piel por otra. Su ideología deformada pregona, *Protección del progreso de nuestra gente*. En otras palabras, una Gran Bretaña blanca, por cualquier medio posible, incluyendo erradicar judíos, minorías étnicas, y gente LGTB... ¿estás ahí Liffi? —Él podía sentir su miedo, por el teléfono.

—Lo siento Jake. ¡Por todos los dioses! ¿En qué me he metido?

—No te preocupes, querida. Has hecho lo correcto al decirme acerca de él. El MI5 ha contactado a la policía local en Yorkshire. Ellos pueden rastrear sus movimientos, tarjetas de crédito y todo. Ellos saben qué hacer.

—Aún así...

—Por supuesto que estás preocupada, pero con algunas sensatas precauciones podemos manejarnos con esta persona. Para empezar, no debes regresar sola a lo de tu escultor. Si necesitas visitarlo, dime y yo iré contigo.

—Oh, ¿lo harías, Jake? ¡Estaría *tan* agradecida!

Hubo una pausa mientras ambos seguían un hilo de pensamiento paralelo.

—Han sonado campanas de alarma, sabes —dijo él —, pero no pude entender por qué. Ahora lo sé. Voy a tener que estudiar el paganismo *y* el racismo. Mi instinto me dice que los dos son incompatibles, pero voy a hacer alguna investigación. Tendrás que andar con cuidado.

—La gente ha mostrado interés en el templo a medida que avanza, y he tomado nombres y direcciones. ¿Piensas que hay alguna forma que podremos verificarlos sin inmiscuirnos demasiado en su privacidad?

—Pienso que es esencial. Mándame un mensaje con los detalles y lo seguiré.

—¿Qué haría yo sin ti, Jake?

Era una pregunta en la que se detuvo cuando terminó la llamada. La tranquilizó sin fin que él iría con ella a lo de Ken Robinson la próxima vez. La ironía no se le escapaba, y ella sonrió cuando rellenó su vaso. Cortaría de raíz cualquier propuesta amorosa hacia Ken.

Por un momento ella pensó que era una pena, pero luego reflexionó sobre lo amable y comprensivo que era Jake y descartó todos los pensamientos desenfrenados sobre el buenmozo Kenneth Robinson. En cambio, se centró en su trabajo para ella e imaginó lo bien que se vería el tótem completo dentro de las profundidades de su templo. Con resentimiento, ella pensó como la presencia del neo-Nazi le había impedido apreciar plenamente la habilidad de Ken. Ella no había podido caminar alrededor del tótem y admirarlo desde todos los ángulos.

La próxima vez sería diferente, esperaba ella.

## 4

La reflexión introspectiva era un pasatiempo que Jake había llevado a un nuevo nivel en los últimos dos años, llenó los dos días siguientes. Su hogar y en particular su sillón, servían como un lugar ideal porque le permitían meditar, sin interrupciones. Preocupado que Liffi se hubiera expuesto a la atención de un elemento desagradable como Martin Szewronski, necesitaba un plan de acción para mantenerla a salvo. Para no alarmarla, había retenido la información más desconcertante de sus contactos en Whitehall.

La postura de Szewronski como cabecilla de un grupo desagradable de ultra nacionalistas que se llamaban a sí mismos Hermandad de Woden. Los investigadores no habían podido vincularlos a varios crímenes de odio desde su comienzo. Ellos cubrían bien sus huellas, pero evidencia circunstancial apuntaba en su camino.

Habiendo esperado dos días considerando la situación, Jake entró en acción. Primero, encontró el número de teléfono de Ken Robinson para verificar una fecha de finalización, y luego de presionar para obtener el último viernes del mes, contactó a una compañía que había usado para las instalaciones pesadas en el Parque Temático del Valle del Caballo Rojo. Esta firma se especializaba en mover estatuas, obras de arte y otros objetos pesadamente incómodos. Arregló para reunirse con el director gerente en Barholm un día asignado para una visita al sitio, después de lo cual conducirían para una inspección similar al templo. El resultado sería una estimación, evaluación de riesgo, declaración de método, plan de elevación, seguro y todas las soluciones necesarias, incluyendo accesos, la entrega y la instalación. Jake tenía toda la confianza en la compañía después de su experiencia previa con ellos. Lo importante, le dijo a su contacto, era remover el tótem de Barholm lo más rápido posible, basado en la idea de sacarlo de la vista... fuera de la mente de Szewronski.

Organización completa, Jake decidió pasar la semana antes completando sus estudios de paganismo, observando especialmente el racismo. Como una cuestión de principios, evitó los prejuicios y adquirió varios libros sobre el argumento. Dado que la lectura apuntaba a la superación personal, Jake copiaba regularmente frases que le parecían esclarecedoras en un cuaderno. Luego de tomar estas notas de la biblioteca, se dirigió a su meticuloso índice y encontró dos entradas bajo racismo. Leyó, ***El mundo no necesita a la gente blanca para civilizar a otros. La verdadera carga de la gente blanca es civilizarnos a nosotros mismos.*** Esto lo había tomado de *El Corazón de la Blancura* de Robert Jensen. Sonrió ante el pensamiento de cómo estas palabras enfurecerían a Szewronski, si se las dijera. En la cita a continuación se leía. ***Lo único que el racista no puede manejar es algo como la discriminación. Él es indiscriminado por definición.*** ¡Cuán apropiada aparecía esta consideración formulada por Christopher Hitchens en su *Hitch 22,* para los llamados Hermanos de Woden!

Con un suspiro, Jake cerró el cuaderno, y volvió a las hojas impresas que había bajado de internet. Las hojeó hasta que encontró lo que buscaba. Como sospechaba, el paganismo no tenía connotaciones racistas inherentes, pero podía ser asumido por individuos que articulaban sus puntos de vista en formas exageradas y absolutistas. El paganismo real no era una fe de conquista o supremacía. Jake comprendió que un racista valora la simple biología, atribuyendo un significado espiritual a lo que no es nada más que una composición de cromosomas. «¡Malditos idiotas!»

El paganismo se adentraba mucho más en su cultura que el racismo, para encontrar orgullo. Y al hacerlo, encontraba una comprensión de sí y un conocimiento del orgullo de otras gentes folclóricas sin tener en cuenta el color de su piel y su origen. Cerró sus ojos y considerando esto. ¿Es xenófobo ser leal a los elogios de la gente y también admirar a un extranjero por su lealtad a su gente extranjera?

—Obviamente no. —«¿Entonces por qué continuaban las campanas de alerta?»

Probablemente porque el folclore y los prejuicios raciales compartían algo en común, una creencia en la exclusividad más que en el universalismo. Esto explicaba porque movimientos universalistas como el cristianismo, budismo, islamismo, y aún el ateísmo, que aplican una moral universal sin permitir la singularidad e intercambios culturales, fueron tan severamente opuestos por las creencias populares. Esto también clarifica por qué los fanáticos encontraron tan fácil subvertir al paganismo puro para sus propios fines perversos.

Iluminado, Jake reunió sus papeles y los ordenó. De nuevo, obsesiva y compulsivamente ordenados, algo que irritaba a la menos rígida Liffi. Los conocimientos que había adquirido reforzaban la actitud que, asumido con respecto a su compañera, quien necesitaba protegerse de la amenaza Neo-nazi. Sin protección, su maravilloso templo corría el riesgo de ser arrancado de ella y mutar en una entidad demoníaca.

Sin querer desear su vida lejos, esperaba pacientemente que llegara el último viernes del mes, que apropiadamente debía ser el día de Freya. Mientras tanto, continuó estudiando tantos aspectos del paganismo como pudo, y comenzó a apreciar los verdaderos valores asociados con la fe, y casi sin darse cuenta, se estaba convirtiendo. La ventaja era que, si abrazaba el credo, también abrazaría las ideas de Liffi, con todo lo que eso implicaba.

La moral del paganismo lo atraía. La ética del paganismo enfocada en los ideales de honor, coraje, integridad, hospitalidad y trabajo duro, y un fuerte énfasis en la lealtad a la familia. El fuerte carácter distintivo individualista enfocado alrededor de la responsabilidad personal se adecuaba a su carácter. Reflexionó de nuevo en el lema común dentro de la comunidad pagana. «Somos nuestras obras». Le gustaba eso.

Si, ahora él podía definirse felizmente como un pagano. Decidió vivir su vida por las Nueve Nobles Virtudes del Paganismo, coraje físico y moral, verdad, honor, fidelidad, disciplina, hospitalidad, laboriosidad, autosuficiencia y perseverancia.

¡Qué coincidencia! Había nueve días antes de su cita en Lincolnshire. Cada día que él usaría para meditar en el significado profundo de todos los aspectos de una de esas virtudes. Si pudiera llevar su vida en perfecta armonía con estos principios, sería una persona noble ciertamente. La idea de convertirse en un pagano real era dura para él aceptando luego una vida de bombardeo por la propaganda negativa del cristianismo, pero se mantuvo resuelto.

Había decidido mantener su decisión para sí mismo, por ahora. Las declaraciones significan menos que los hechos. Liffi podía reconocer su conversión por la substancia de sus acciones, no solo por sus palabras. Todavía, necesitaba comunicarse con su compañera para mantenerla informada de su involucramiento con sus asuntos.

—El viernes, yo conduciré con el director gerente de STI Limited, Bob Tomkins. Ellos instalaron las fuentes y estatuas en Caballo Rojo.

—¿STI?

—Estatuas, Transportes e Instalaciones Limitadas. Ellos evaluarán el trabajo y nos darán un estimado. No preveo ningún problema con eso. Todo irá bien, tu Freya estará en su sitio el lunes próximo. Espero que no te moleste. Me he hecho cargo de las cosas al respecto. Pensé que es mejor que tú estés apartada para cierta gente.

—Jake, esto es brillante. Es un peso fuera de mi mente. Sigo pensando en ese horrible hombre, y estaba preocupada por volver ahí.

—Lo sé. No necesitas preocuparte nunca más. —Ella esperaba que su tono sugiriera más confianza que la ansiedad interna podía haber transmitido—. Nosotros deberíamos llegar antes de las cuatro en punto el viernes. Te llamaré cuando estemos a media hora de distancia. —Finalizó la llamada con el sonido de besos en la línea.

Luego de tres días de meditación en las primeras de las tres virtudes, Jake se sintió confiado que podía formular una filosofía de vida. El cuarto día lo encontró reflexionando sobre la fidelidad. ¿Qué significaba para el paganismo? A diferencia de Heather, nunca se había sentido seguro de la fidelidad de Liffi. Sus palabras, *«El hombre no estaba destinado a ser monógamo»*, todavía le preocupaba. De sus estudios, él descubrió que la fidelidad era más compleja e involucraba permanecer fiel a los dioses, los parientes, un cónyuge y la comunidad. Más como el honor, la fidelidad era algo para ser recordado.

En muchas tempranas culturas paganas, un juramento era visto como un contrato sagrado. Alguien que rompía un voto, tanto a una esposa, a un amigo, o a un socio de negocios, ellos lo consideraban una persona vergonzosa y deshonrosa. Jake reconoció que las Nueve Nobles Virtudes estaban unidas. Al no cumplir con uno se dificulta cumplir con los demás. La lealtad se convertía en la palabra clave, porque defraudar a un amigo o a un miembro de la familia (o peor, a los dioses), significaba darle la espalda a toda la comunidad y todo lo que representaban. Tarde o temprano él debía confrontar a Liffi en el tema de la fidelidad.

Los tres días siguientes pasaron similarmente. Mentalmente cansado, pero con una filosofía clara, preparó un bolso de noche y se levantó temprano el viernes para conducir hacia Barholm. Concentrándose en encontrar el taller de Kenneth Robinson, Jake no se dio cuenta de la furgoneta blanca estacionada cerca de la puerta de madera abierta que daba al patio del tallador. O el Mercedes Benz plateado estacionado detrás de él. Éste último pertenecía a Bob Tomkins, como siempre puntual, hasta cierto punto. Al ver a Jake llegar, lo siguió hasta la entrada del artesano y se detuvo junto al Porsche.

—¡Bendita sea mi alma! —Miró hacia el poste de cuatro metros.

—¡Maldito infierno! —Jake jadeó.

Ken había hecho un trabajo magnífico. Asombrado, sería quizás la palabra correcta. Freya miraba hacia abajo desde un hermoso rostro enmarcado por largos mechones ondulados. Cada detalle, tallado exquisitamente, hablaba de un trabajo de amor.

Jake aún no saludaba al creador del tótem, quien le sonreía a él o a su amigo ejecutivo.

—No se ven muchos Porsches en estas partes —dijo el escultor, trayendo a Jake de regreso a la tierra.

—¡Es magnífico! —Por una vez, Jake luchó por las palabras—. Liffi adorará esto. Se ha superado a sí mismo, Sr. Robinson. ¿Estás de acuerdo, Bob?

—No conozco mucho acerca de las religiones nórdicas. Yo soy de la Iglesia de Inglaterra, pero sé cuando veo un buen tallado, y este es espléndido. Pero, dígame, ¿por qué los gatos? —Apuntaba a los dos felinos feroces a las rodillas de la diosa.

Jake estaba por explicar, pero Ken dijo:

—Simple. De acuerdo con la mitología, los gatos arrastraban la carroza de Freya. No podía dejarlos afuera.

—¿Qué hay acerca de todas esas plumas? —dijo el director.

—Freya usaba una capa de plumas de halcón. Se transformaba en halcón cuando ella quería.

El Sr. Tomkins se rió.

—Práctico, ¿no, Jake? Me vendría bien uno de estos para andar por el país. Más rápido que tu Porsche.

—Soy un conductor bastante restringido.

—¡Déjame! No me lo creo ni por un minuto. —Otra risa, seguido de un tono profesional—. Sr. Robinson, ¿Cuánto cree que pesa ella?

—Compré el tráiler por libras y pagué por 6436 libras, lo que equivale a tres toneladas. He pirateado un poco, pero todavía sigue por ahí.

Tomkins caminaba alrededor del tótem y asintió.

—Eso es lo que hubiera adivinado. Para que podamos usar nuestro camión grúa HIAB de largo alcance. Tiene un límite de carga de doce toneladas, por lo que no hay problemas. Mira aquí, Jake. Recordando que querías un cambio rápido, combiné un par de trabajos después de tu llamada y tengo este vehículo en espera. Puedo estar ahí en media hora, si mi precio es aceptable.

—Eso es bueno de tu parte. Pero has que el costo sea soportable, Bob. Soy un cliente habitual.

El ejecutivo miró a Ken en tono de disculpa, quien se alejó discretamente. Cuando se dio vuelta, los dos hombres se dieron la mano. Tomkins se dirigió directamente a su automóvil.

Después de terminar la llamada, le dijo a Jake:

—Como te dije, cerca de treinta minutos. Cuéntame de la situación en nuestro destino.

—Es un templo de madera con un techo a cinco metros del suelo. —Jake se volvió hacia el artesano e hizo un gesto hacia el tótem—. Cuatro metros, ¿verdad?

—Es lo que pidió la dama.

—Eso pensé. El templo tiene un extremo abierto por lo que puede meter el camión si lo necesita.

—Esto hace la vida más fácil, entonces. —Ken le dio un breve asentimiento.

—La parte más difícil es el levantamiento vertical. Tendremos que colocarle un cabestrillo para no dañar tu trabajo. Y luego usar un elevador de araña. No podemos arriesgarnos a que las cadenas dañen la superficie.

La competencia del supervisor de la grúa y los honderos tranquilizó a Jake. El equipo trabajaba con suavidad practicada, envolviendo primero la estatua con paños blancos así que parecía una momia egipcia, luego abrochando correas de alta resistencia alrededor del diafragma. Los cinturones estaban ajustados con anillos remachados en el lugar, utilizados para sujetar a las cadenas que colgaban de la empuñadura de araña.

La operación parecía complicada para Jake mientras se desarrollaba, pero finalizó con sorprendente finalidad mientras la grúa levantaba la Freya momificada del suelo. El tótem permanecía vertical y se balanceaba lentamente hasta ser depositada en sus pies, en la parte trasera del camión. La tripulación desenganchó las cadenas y las sustituyó con cables que se engancharon en los anillos y en el otro extremo, a los lados del vehículo. Fueron ajustados con cabestrantes hasta que quedaron tensos, haciendo que la enorme carga estuviera extremadamente estable.

—Solo hay que evitar puentes bajos en nuestra ruta —dijo Bob Tomkins.

—Estoy impresionado —dijo Jake.

—Así deberías estarlo, querido muchacho.

Ellos se despidieron de Kenneth Robinson, pero cuando él remarcó que él pagaría una visita al templo para ver su trabajo *in situ,* Jake se dio vuelta.

—Tú serás bienvenido, Ken. Pero no traigas a ese compañero Szewronski contigo.

—Creo que molestó a la Srta. Wyther cuando vino la última vez —dijo Ken—. Fue un poco rudo y listo.

—Puedes decir eso. En cualquier caso, no lo quiero en ningún lugar cercano al templo.

El tono de Jake fue tan abrupto que el tallador de madera lo miró conmocionado.

Metido en sus pensamientos, Jake, encabezó la procesión, sin darse cuenta que la camioneta blanca alejada detrás de ellos y siguiéndolos hacia Goodmanham.

## 5

## GOODMANHAM, ESTE DE YORKSHIRE, 2021 AD

El conductor de la camioneta blanca aminoró la marcha cuando los tres vehículos se encaminaron a la entrada de un campo y condujeron hacia el templo de madera. Ciertamente ellos no se habían dado cuenta de él, que continuó por casi un kilómetro, estudiando la posición de la tierra. Un bosquecillo de árboles en una colina le pareció apropiado para sus propósitos. Pero primero tenía que hacer invisible su camioneta blanca.

Era una tarea difícil, pero él estaba bien equipado para este propósito. Manejando dentro del campo, agradecido por la prolongada y reciente sequía, hundió el vehículo en la hierba alta junto al borde. Después de hurgar en la parte de atrás, sacó una lona de camuflaje y la puso sobre la VW. A continuación, caminó fuera del camino, miró por encima del seto para chequear que no pudiera ser visto, y dio un gruñido de satisfacción.

El exsoldado inició una serie de operaciones. Se puso una carpa para una sola persona bajo el brazo y se colgó la cinta del estuche de sus binoculares por sobre su cabeza. Entre los árboles eligió un lugar adecuado para mirar el campo, pero primero se trasladó al borde del bosquecillo, se acostó y sacó sus binoculares Nikon Monarch 3. Se sintió complacido con la imagen de alta resolución, podía ver los vellos rubios en el antebrazo de la mujer a casi un kilómetro de distancia. La reconoció como su presa, Liffi Wyther. Todo lo que tenía que hacer era esperar pacientemente hasta que ella estuviera sola. Posiblemente no fuera mucho, porque la grúa de transporte emergía sin su carga.

Pasó media hora antes que los hombres salieran del templo, llevando trapos blancos y lo que aparentaba ser arneses. Ellos arrojaron su equipo al camión y dejaron el campo, seguidos por el Mercedes plateado. Lo que, él sabía, significaba que Wyther estaba ahora sola con su amante, el famoso Jake Conley. Para un soldado curtido en la batalla entrenado en habilidades de comando, Conley no era un problema, pero él no quería tener un negocio desordenado en sus manos al asesinarlo, incluso si deshacerse del cuerpo no presentaba dificultades. No, esperaría el momento oportuno en que el compañero escritor volviera a su trabajo en Warwickshire. La información de antecedentes que había recopilado sobre la pareja, lo mantenía a la vanguardia en el juego.

Dentro de un par de días, la Hermandad de Woden tendría un templo de su propiedad, con el bono de Freya para ayudar a su causa. Prometiéndose a sí mismo la ventaja de probar los productos de Liffi Wyther, lo hizo reírse entre dientes. La perra era un poco guapa, todo bien. Empujó sus caderas adelante y atrás en el suelo blando y observó sus pechos a través de sus binoculares.

Después de emplear sus habilidades de leñador para cocinar una comida caliente mientras producía una cantidad mínima de humo, pasó las horas restantes de luz diurna sumergiéndose en una reedición importada de *Los Protocolos de los Ancianos de Sion* que había comprado en Internet, de una librería en Chicago. La idea de la dominación del mundo por el judaísmo lo enfurecía, y juró por Woden que cuando llegara el día, como seguramente pasaría, en que la Hermandad tomara el control de Westminster, él haría que la purga de Stalin luciera como un juego de niños.

Su oído agudo captó el motor del Porsche mientras se dirigía fuera del recinto del templo y bajaba por la carretera. Se maldijo por no haberse mantenido alerta lo suficiente en su vigilancia para asegurarse que la chica se había ido con Conley. ¿O podía estar sola y vulnerable? Colocó la funda de un cuchillo de caza de veintidós centímetros a su cinturón, y en el crepúsculo se abrió camino, hacia la camioneta, donde tomó su linterna recargable de grado militar. Su equipo era su orgullo y alegría, había pasado horas seleccionando y probando cada cosa, ya que no creía que un soldado pudiera estar demasiado preparado en términos de equipamiento. Después de salir a trotar por el campo, miró arriba y debajo de la carretera para asegurarse que no había movimientos cercanos, luego reanudó su trote hasta la entrada al templo. Desde allí, aminoró la velocidad y se aproximó sigilosamente al edificio.

Impresionado por la fachada imponente, donde aprobó la talla de follaje enrollado, silenciosamente entró en el edificio. Sus ojos se ajustaron rápidamente a la oscuridad. El anochecer estaba sobre él, pero aún así no encendió su linterna. En cambio, se quedó quieto y miró alrededor mientras escuchaba por el más mínimo movimiento. Entonces escuchó el batido de alas y se estremeció cuando una gran forma indistinguible brilló demasiado cerca de su cabeza y salió por la abertura de atrás. La criatura soltó un chillido, pero ignorando el canto de los pájaros, asumió que era algún tipo de búho. Había volado desde la dirección del poste de Freya.

Estaba seguro que no había nadie más en el templo, entonces encendió su linterna brillante y quedó boquiabierto a la estatua. Robinson había hecho un trabajo magnífico, sin duda. La diosa casi parecía viva, mirando abajo hacia él. A pesar de lo duro que era, sintió un estremecimiento de asombro, casi al punto del pánico. ¿Qué estaba pasando?

Pasó el rayo alrededor de las vigas del techo y el friso esculpido. La mujer no había escatimado en gastos, y Robinson tenía una competencia digna, dedujo, tanto por los rostros de elfos y gnomos que lo miraban. Podía ser diferente con la luz del día, pero esta sugestiva media luz lo asustó. La mujer no estaba allí, así que no tenía sentido andar por ahí. Prácticamente salió disparado del templo, corrió apresuradamente a su campamento espartano antes que la noche cayera sobre él.

Temprano al amanecer, estaba en posición, boca abajo en el borde de la arboleda, escaneando la carretera por el arribo esperado del Porsche. Cuando la pareja salió, ellos se miraron uno al otro. Conley había puesto una mano en el hombro de ella. Él sabía lo que eso significaba, despedida. Sin retraso, el exsoldado se apresuró a su camioneta, arrancó la lona y salió del campo lleno de baches. Tenía que estar seguro que Conley intentaba viajar hacia Warwickshire, porque él quería encontrar a la perra sola.

El Porsche apareció bien delante de él desde el templo y aceleró para ubicarse a veinte yardas detrás del caimán gris. Mantuvo esta distancia, suficientemente confiado que su camioneta parecía insignificante. Conley podía ver un vehículo blanco en su espejo retrovisor, pero entonces, ¿qué? Este tipo de camioneta era común en el Reino Unido. Conley tomó la carretera B, lo que lo tranquilizó hasta ahora todo bien, y cuando giró en la Salida 38, se dio cuenta que no era un viaje local. Ahí fue donde se separaron sus caminos. Conley se uniría más tarde a la M18 y se dirigiría hacia Warwick, mientras que él llegaría a la próxima rotonda, daría un giro en U y pagaría una llamada amistosa a la Señorita Heathen. ¿Amistosa? Quizás no era la palabra correcta. Se rió entre dientes. Más como intimo si se salía con la suya. Lo que haría él.

Su rostro era una imagen que le aceleraba el pulso cuando caminaba dentro del templo. El miedo en el rostro de los demás lo excitaba, especialmente si ese otro era una mujer bonita.

Ella estaba parada en una escalera de mano, estirándose deliciosamente para colgar una cortina en la pared, con tres clavos entre sus labios y un martillo en su mano. Al verlo, sus ojos destellaron con desesperación y él amó eso.

—Quizás debería darte una mano. O incluso dos, querida.

Los clavos cayeron al suelo desde su boca y ella dejó al tapiz que colgara y se balanceara en su única esquina asegurada.

Ella saltó desde los tres escalones al suelo, y gritó:

—¿Qué está haciendo aquí?

—He venido para tener una placentera charla cara a cara contigo, cariño. Tenemos que hablar acerca de este templo.

—No tengo nada que decirte. ¡Fuera!

Él dio un paso adelante hacia ella, su cara era una máscara de amenaza.

—Ahora, eso es simplemente grosero. Voy a tener que enseñarte una lección, señorita. Una buena paliza es lo que necesitas.

—¡Fuera! —Ella levantó el martillo.

Pero él pudo ver que ella estaba temblando, y eso lo encendió, así que se le abalanzó, pero no esperaba que ella lo golpeara. Un implemento ordinario de dieciséis onzas resultó ineficaz para la defensa, y el golpe en su brazo no dejaría más que un moretón. Aún así, lo enfureció.

—Oh, ¿sí?

Él agitó un enorme puño y la golpeó en el costado de su boca, partiéndole el labio y la dejó tambaleándose, escupiendo manchas carmesíes en su camiseta blanca. Saltó hacia adelante y la tomó por la cintura y la atrajo hacia él.

—¡Ahora vamos a hacer algo divertido, pequeña gata salvaje!

Cuanto más luchaba ella, más excitado se ponía. Una pata grande le agarró el pecho. Gritando, ella pateó su espinilla, él la apretó duramente, saltándole lágrimas de sus ojos.

En su momento de más profunda desesperación, llegó un chillido y un batir de alas. Garras afiladas atravesaron la cabeza de Szewronski, sacándole sangre. Él gritó y dejó ir a Liffi para golpear con sus brazos al rapaz, pero el ave de presa esquivó sus puñetazos con velocidad y agilidad, sólo para reasumir el ataque. Liffi corrió hacia la seguridad detrás de la escalera de mano y observaba asombrada al halcón peregrino atacando a su asaltante.

—Freya.

El enorme pájaro se abalanzó de nuevo, sus garras como una daga encontrando el ojo izquierdo del bruto. Horrorizada, Liffi lo vio gritar y caer en agonía al piso, agarrándose la cara. El halcón daba vueltas sobre él, observando su presa, luego con un movimiento gracioso, batió sus alas y voló para posarse en el hombro de la diosa, donde permaneció inmóvil, mirando abajo al hombre en el suelo.

Liffi no se atrevía a moverse, pero en cambio se maravillaba de lo que había sido testigo. Freya la había salvado de la violación. Las garras habían infringido daños serios, pero luego, ellos lo harían. El nombre del halcón venía del latín *falce,* que significa hoz. Los romanos habían observado las garras correctamente.

Desapasionadamente, Liffi observó a su atacante retorciéndose y gimiendo. ¿Qué debía hacer ella?

Ella se acercó hacia él para observar la herida. Era horrible. Quedaba poco del globo ocular y la cuenca estaba llena de sangre. El largo cuchillo le llamó la atención y ella y se gachó para sacarlo de su funda de cuero. Admirando la larga hoja de acero, ella agarró la empuñadura, se inclinó sobre Szewronski, levantó el arma sobre su cabeza y la bajó con todas sus fuerzas para clavarla en el suelo junto a él. Ella saborearía por siempre la fracción de segundo de terror en el ojo que le quedaba, pero ella no era asesina, aunque merecía morir en sus manos. En cambio, ella llamó a una ambulancia y lo acompañó a él, sentada junto a su camilla en la parte trasera, hacia el hospital.

El paramédico había puesto una máscara de oxígeno sobre el rostro de él, por lo que no podía hablar. La cara fea estaba mutilada y horrible, y el único ojo sano la miraba. Demasiado para ser agradecida.

Él levantó su mano derecha y apuntó hacia ella con un tembloroso dedo índice, que luego deslizó por su garganta. Liffi negó con la cabeza y miró hacia otro lado. Quizás ella debió haber terminado con él. Aunque, parecía que ella estaría a salvo en el templo de Freya, donde él nunca se atrevería a entrar de nuevo. Ella bendijo a la diosa. Todavía era temprano, por lo que recitó una plegaria matutina a Freya, en voz baja.

«Freya, diosa de oro,
Inspírame hoy.
Enséñame a caminar a través de mi día
Con orgullo en mi propio ser,
Con confianza,
Con poder.
Viva Freya, brillante diosa de oro.
Te alabo».

Ella se relajó por primera vez desde que el Neo-nazi entró al templo.

Antes de llamar un taxi, ella esperó para saber sobre

la condición de Szewronski. Una gentil doctora de piel oscura le dijo que él estaba estable.

—Lo hemos sedado y lo mantendremos bajo observación por algunos días. No hay nada que podamos hacer para salvarle el ojo. Ha sido desgarrado muy mal. Lo mejor que se puede hacer es cosmético. Sugiero un ojo artificial para su amigo.

—¡Él no es amigo mío! —Se estremeció Liffi.

—¿Está todo bien, querida?

La historia completa se desbordó, y la doctora insistío en llamar a la policía.

—Esto es serio —le dijo a Liffi—. Un caso de asalto e intento de violación no puede ser barrido bajo la alfombra. Tiene suerte que el pájaro intervino. ¿Supongo que será un halcón entrenado?

Liffi decidió que una mentira blanca sería más creíble que la verdad.

—Si. Es una hermosa criatura. La llamo Freya. Como la diosa, ¿sabe?

—Ah, eso explica todo. La estaba defendiendo. Bastante notable. Déjeme ver su labio. ¿Él le hizo esto?

Liffi asintió, y la doctora hizo una expresión desaprobando y frunció el ceño.

—Lo reportaré —dijo ella—. Es profundo, temo que necesitará sutura. Sólo una puntada. Venga por aquí. Lo haré yo misma. Debería curar rápidamente, y si usa unas tijeras de uñas afiladas y unas pinzas, puede remover usted misma el hilo con cuidado, con bastante facilidad cuando se ajuste. Se ahorra el viaje de regreso. Pero si usted prefiere, por supuesto, lo removeré por usted.

La doctora era hábil y delicada, por lo que Liffi soportó la puntada con coraje.

Cuando ella hubo terminado, la doctora dijo:

—Evite el contacto con cerámica caliente. Sólo sentido común. Debo pedirle que aguarde. La policía está en camino desde Hull. Ellos estarán aquí pronto. ¿Estará bien por su cuenta un momento?

Liffi le agradeció y asintió.

Involucrar a la policía era probablemente una idea sensata, ella pensó mientras hojeaba una revista de modas en la sala de espera. La frialdad de una botella de agua mineral de la máquina expendedora contra su labio palpitante le dio algún alivio. Una débil sonrisa se le escapó por una pequeña niña que mostraba una larga trenza con cuentas y esperaba capturar la atención de Liffi. Su madre estaba mensajeando en su móvil y la ignoraba. Esto le hizo pensar a Liffi en contactar a Jake, pero pensó mejor en esto. Ella no quería preocuparlo, y él había señalado que tenía un montón de trabajo atrasado esperándolo.

Dentro de una hora, llegó la policía. Un oficial alto que lucía distinguido, acompañado por una mujer policía, caminaron a través del área de espera y ella escuchó al hombre preguntarle a una enfermera por la Doctora Singh. Ella los llevó aparte y Liffi esperó, divertida con las travesuras de su pequeña amiga en busca de atención. Algunas veces la niña se volvía demasiado demandante, por lo que no quería alentarla.

El policía retornó y la identificó sin preguntarle el nombre.

—Buenos días, Srta. Wyther. Detective Inspector Harris, Policía de Humberside, y oficial Fortey.

—Hola. —Sonrió dolorida.

—¿Puede identificar a su asaltante, Srta. Wyther?

Liffi asintió. Ella podía hablar sin dificultad, aunque era consciente de su labio grueso e hinchado.

—Si. Lo conozco como Martin Szewronski. Lo vi en Barholm en Lincolnshire. Es un nazi.

El detective intercambió una mirada con la oficial.

—Sabemos todo acerca de él. Lamento que no tuviéramos rastro de él estando en Yorkshire. No ha usado ningún servicio bancario mientras se dirigía hacia aquí. La Doctora Sing me dijo que él ha intentado...

*eee*... abusar sexualmente de usted. ¿Puede confirmar eso?

El detective procedió a establecer que Szewronski había cortado su labio y cómo el hombre había perdido su ojo. Liffi mantuvo la historia del halcón domesticado y sólo comenzó a preocuparse cuando el policía decidió llevarla de regreso a la escena del crimen para ver al ave por sí mismo.

En el camino hacia el templo, ella se preocupó, «¿y qué si el halcón no estaba allí?»

Ella no podía saber que había volado hacia el hospital y que incluso ahora volaba sobre el auto policial mientras se apresuraba a su destino. Tal es el poder de la diosa que el rapaz estaba ya posado en el tótem y esperando por ellos cuando llegaron. No solo eso, cuando Liffi aliviada levantó su brazo apuntando a la criatura, voló abajo, y para su asombro y susto, se asentó en su muñeca, justo como lo haría un ave entrenada. Liffi miraba con adoración al halcón, cuyo ojo pequeño y brillante la estudiaba a ella.

La oficial Fortey observó.

—¡Que ave maravillosa, Srta. Wyther! ¿Puedo acariciarla?

—Muévase muy lento y suavemente. —Liffi quería acariciar al halcón ella misma, y observaba ansiosamente a la oficial deslizar su mano en el lomo del ave de presa.

Sacudió sus alas y voló arriba hacia la estatua, posándose en el hombro de la diosa que había dejado momentos antes.

—Maravillosa estatua y hermosa ave —dijo el Detective Inspector Harris—. ¿Creo que usted hace un renacimiento de la herencia aquí?

—Si, cuando esté lista para abrir al público, quizás el próximo mes.

—¿Piensa usted que por esto es que Szewronski vino

aquí? Estoy informado que él pertenece a algún culto pagano.

—Si. La Hermandad de Woden. Pero yo no tengo nada que ver con ellos. Este templo está dedicado a Freya, y yo no soy racista. Odio el racismo.

—¿Sabe lo que Szewronski quería?

—¿Aparte de sexo no consensuado? —Su tono era amargo, pero lo modificó—. Goodmanham era llamado Godmundingaham, en los tiempos sajones, y el lugar era importante y famoso entonces, como el sitio del alto santuario del Reino Northumbriano. Donde la iglesia se levanta ahora estaba la ubicación del santuario de Woden. Pienso que la Hermandad de Woden no puede soportar el pensamiento de un templo de Freya justo aquí. Ellos quieren tomarlo y re-dedicarlo a su propio dios, Woden. ¡Pero yo no haré eso!

—Ya veo. —Harris estudiaba la sangre seca en el suelo donde Szewronski había caído, y extrajo el cuchillo de caza de la tierra aplanada. Conmocionado, consideró el arma mortal—. Esta hoja es ilegal, Srta. Wyther. ¿Es suya?

—No, es suya... de Szewronski.

—¿Cómo explica que esté clavada en el suelo aquí? La hoja es de al menos veinte centímetros.

Liffi mantuvo la calma.

—Yo lo hice. La clavé en la tierra junto a él. Y yo estaba asustada y no estaba pensando correctamente. Confieso que cruzó por mi mente clavársela a él antes que la usara en mí. —Ella vio la expresión en el rostro del detective y agregó—. Afortunadamente, volví en mis sentidos justo a tiempo.

—Su reacción fue comprensible, dadas las circunstancias. —El detective se relajó.

Él procedió a tomarle una declaración y le aseguró que le pondría una orden de restricción al Neo-nazi para que no se le permitiera acercarse a un kilómetro y medio de ella a riesgo de ir a prisión. También sería acusado de agresión. La oficial tomó una foto de cerca de su labio y le explicó a Liffi que no estaba obligada a asistir al tribunal de primera instancia, dadas las circunstancias. Mientras confortaba a Liffi, Fortey le dijo que ella conduciría la camioneta de Szewronski hasta Hull, donde sería confiscada temporalmente, por lo que no tendría ningún pretexto para regresar.

La policía se marchó y Liffi miró hacia arriba a Freya, pero el halcón se había ido. Qué extraño, ella no lo había visto volar afuera.

Después de volverse a subir en la escalera de mano, ella finalizó la tarea de sujetar la cortina a la pared, la que había sido brutalmente interrumpida. Terminado esto, bajó para admirar el tapiz. Representaba a Freya parada en un carro plano tirado por dos gatos, con la hermosa diosa blandiendo un látigo sobre los felinos. Liffi miró reverentemente a la imagen. Previamente ella había sido vagamente devota a Freya. Después de este día ella sería la acólita más ardiente, firme y adoradora.

## 6

## LOWER QUINTON, WARWICKSHIRE, 2021 AD

Sin saberlo Liffi, quien quería evitarle la preocupación a Jake, él supo todo acerca del incidente en el templo, habiendo recibido la notificación de su contacto en Whitehall. Tranquilizado de que los planes de contingencia estaban en su lugar, se ocupó él mismo con más investigaciones. Esta vez él quería entrar en la mentalidad de los primeros colonos Anglo Sajones, entrar en su *yo interior* para comprender como se había producido el cambio al cristianismo. Sin embargo, la idea planteaba problemas, porque el cuerpo de los textos Anglo-Sajones sobreviviendo al siglo XXI era leve y quería evitar la propaganda monástica. En un intento de hacer esto, lo atrapó el Libro Exeter de Inglés Antiguo, y se procuró una copia facsímil con traducción. Poco sospechaba lo que sucedería como resultado.

## GOODMANHAM, EAST YORKSHIRE

La decoración interior del templo de Liffi siguió a buen ritmo. Ella decidió que honrar a Freya significaba alabar a la familia y los parientes de la diosa. Habiendo tomado esta decisión, creo un santuario lateral para las deidades del Vainir y ordenó estatuas del padre de Freya, Sundoric, el dios del agua, Freyr, su hermano y Eostre. Ella puso más dioses menores detrás de ellos y dio un paso atrás y admiró su obra. Pero suspirando, sacó su móvil y contactó a un artista local cuyo nombre ella había anotado.

—Hola. Sí, tengo un encargo para usted, si está interesado y tiene el tiempo. Es por un mural de treinta y ocho centímetros de ancho y ventidós centímetros de alto de Vanaheim. Eso es, el hogar de los dioses del Vanir.

Ella estuvo agradablemente complacida que Chris Gurney supiera de lo que ella estaba hablando, lo que hizo el arreglo mucho más simple. Él estuvo de acuerdo en ir al templo temprano en la tarde para echar un vistazo sobre el santuario y el material de la superficie donde debía pintar.

La mirada experta del artista vagó errante sobre la pared de madera y el altar cuyo fondo él crearía. Una personalidad decisiva, Chris Gurney, su largo cabello rubio atado en un rodete y una barba en forma de pala lo hacían parecer en su lugar en un templo sajón, concluyó en un instante.

—Cebaré la superficie desde aquí hasta aquí. —Se paseaba indicando los extremos—. Luego prepararé un boceto en carbón para ver si le gusta el diseño. Un acabado de cáscara de huevo sería lo mejor, en mi opinión.

Liffi se conformó con dejarlo al experto.

—La Tribu de Vanir eran dioses de la naturaleza —dijo él—, entonces, yo estoy pensando en un telón de fondo escénico para su Salón, con gargantas, riscos, cascadas, ciervos y halcones y el ocasional gato salvaje. ¿Qué piensa usted?

—Puedo ver que usted conoce sus deidades, Chris. ¿Es usted pagano?

—No realmente. Me interesa la mitología, pero no solo la nórdica, también la sumeria, egipcia, griega, romana. Y últimamente he estado investigando sobre los mitos Latinoamericanos. Usted sabe, hay algo extraño acerca de todo. Hay demasiadas similitudes y estoy empezando a preguntarme si las historias son leyendas o verdades históricas. Quiero decir, Srta. Wyther, ¿se le ha ocurrido que estos personajes no fueran humanos, sino extraterrestres?

Liffi vaciló. Ella no quería entrar en una larga discusión maniática acerca de extraterrestres. Tampoco quería ofender a su nuevo conocido.

—Es un tema largo y difícil, pero sé de qué habla —dijo ella—. Vamos a hablar de tiempo y dinero, en cambio.

Con ganas de empezar y con una ganancia financiera que no era su motivador principal, Liffi alcanzó fácilmente un acuerdo con él. Bajo las circunstancias, no era una sorpresa que el templo estuviera terminado dentro de diez días, y se quedaron admirando su hábil e imaginativo retrato de Vanaheim. Liffi contuvo el aliento cuando reconoció el simbolismo en cada detalle por lo que la pintura podía leerse como un libro si el espectador entendía los motivos. La inclusión de un león debajo de un árbol donde se posaba un halcón anunciaba el coraje físico de Freya, y la serpiente enroscada representaba la destreza de la diosa para cambiar de forma. Entrando más profundamente en la perspectiva de la escena, Liffi observó un vertiginoso revoltijo de miembros animales y máscaras faciales.

Cuando ella le preguntó acerca de esto. Él contestó:

—Liffi, este estilo tipifica el temprano arte Anglo-Sajón. Tal como, los paganos y algunos eruditos lo describen como una *ensalada animal*. Quería dejar esta idea.

—Pienso que has hecho maravillas, Chris, y esto realza nuestro templo.

—Hablando acerca de esto, ¿puedo unirme a su movimiento? ¿Cómo lo llamas... los parientes?

—Exactamente. ¿Pero por qué el cambio de opinión?

Él le dio una mirada larga y penetrante, como si tratara de sopesar cuanto sabía.

—Algo extraño sucedió mientras tú estabas en el pueblo comprando pan para el almuerzo. Yo permanecí detrás para considerar la pintura y decidir si había terminado, cuando un halcón voló bajo desde la estatua de Freya y se posó en mi hombro, no sabía qué hacer con este grandioso halcón posado allí. Sabía que no significaba peligro para mí, por lo que me quedé perfectamente quieto. Entonces sentí la sensación más extraña entrando a través de mi cuerpo. Solo puedo describirlo como un flujo dorado que fluía desde mi cabeza hasta mis pies, llenándome con una sensación de paz y profunda felicidad. Liffi, estoy convencido que el templo contiene la presencia de la diosa, aquí, hoy... en 2021... tan loco como suena esto.

—No loco. Sucede que yo sé que es verdad, Chris, Freya me salvó de un ataque sexual, unos pocos días atrás... oh, es una larga historia, pero yo sé que los dioses aún están entre nosotros. —La leyenda del Valle del Caballo Rojo podía esperar para otro momento en que ella lo conociera mejor—. Entonces, ¿serás uno de los primeros de los parientes? Deberás estudiar el Paganismo en profundidad, ¿sabes?

—Lo haré. Pero ahora, mira la pintura. ¿Puedes ver algo distinto?

Liffi miró fijamente por algunos segundos.

—¿Cambiaste el halcón en el árbol?

—¡Bien visto! Después que el halcón voló de regreso a la diosa, simplemente tuve que tapar mi primer cernícalo de todos los días, que es el que normalmente vemos, y reemplazarlo con *ella*... la hermosa halcón peregrino.

Giró para mirar arriba al tótem, pero no había signos del rapaz.

—Parece que ella se ha ido de nuevo —dijo él—. Y supongo, que será mejor que me vaya también. Tengo mucho que hacer. Nunca olvidaré el día de hoy, y buscaré todo lo que pueda acerca del Paganismo.

—Planeo realizar la primera reunión de los parientes a principios del próximo mes. Tendré que imprimir el folleto del evento. Te enviaré uno. El templo deberá estar terminado para entonces. Ven para la reunión, Chris, y te presentaré a todos.

Cuando él se había ido, ella cruzó el piso hacia la otra pared para admirar el santuario desde la distancia. Desde donde ella estaba parecía que ella podía ser capaz de caminar directo hacia el mundo maravilloso de Vanheim, tan realista había hecho Chris la perspectiva. Ella pensaba acerca del artista barbado. ¿Qué pasaba con la gente creativa? Parecía que ellos suscitaban deseo en ella. Pero ella no debía concentrarse en él, suficiente tuvo ella con su primer discípulo.

Ella se envolvió con sus brazos alrededor de sí misma y se abrazó apretadamente por puro placer. Al final, las cosas iban sin problemas.

❧

*LOWER QUINTON, WARWICKSHIRE*

Por teléfono a su empleador y amigo, Huxley Adams-Wessez, Jake dijo:

—No quiero que pienses que estoy descuidando mi trabajo, Huxley, pero el parque es una máquina bien aceitada acelerando bastante bien sin ninguna necesidad de intervención hasta el momento. Los distintos gerentes del sector son eficientes, y cualquier desarrollo en esta etapa debe posponerse hasta los meses del invierno cuando el turismo escaseará. Supongo que realmente estoy pidiendo un descanso prolongado, porque quisiera poner mi atención en el proyecto de Liffi. Oh, ella está bien, gracias. Hasta las orejas con su reconstrucción del templo. Si, ¿por qué no conducimos juntos hacia allí? Ella estará encantada de verte.

Jake finalizó la llamada satisfecho que su requerimiento de tres meses sabáticos había sido otorgado. Él necesitaba tiempo para estudiar o reaccionar si Liffi se encontrara en peligro. Observando la investigación, su lectura preliminar del Libro Exeter había traído una misteriosa figura a su atención. Él reflexionó que en la mayor parte del período estaba envuelto en misterio, pero este poeta, Cynewulf, había desconcertado a los historiadores en cuanto a su identidad. Tres candidatos habían sido presentados como el verdadero hombre. El primero, el único que le había llamado la atención a Jake, un obispo del siglo VIII de Lindisfarne. El segundo, un cierto Cynwulf, un sacerdote de Dunwich del siglo IX. Por último, Cenwulf, el Abad de Peterborough de final del siglo X. El debate sobre si era Merciano o Northumbriano también intrigaba a Jake. Una de sus pasiones involucraba la investigación del pasado, y cuando, como ahora, su frente comenzaba a doler y a palpitar. Se había enviado una señal para continuar desde su cerebro cenestésicamente receptivo.

Jake había estado leyendo un poema de Cynewulf, el primer autor Anglo-Sajón en firmar su obra, y quien usaba una firma acróstica, intitulada *Juliana,* cuyo personaje principal muere después de que ella se rehusó a casarse con un hombre pagano, conservando así su integridad cristiana. El interés de Jake en este escritor, y que permaneciera apartado de los otros, yacía en su exploración del yo interior.

Entender lo que había ocurrido para eclipsar la vieja religión por la nueva avivó la curiosidad de Jake. Si él podía comprender la mentalidad de aquello primeros conversos, él podría ser capaz de relacionarse mejor con el Neo-paganismo. La tarea no parecía demasiado abrumadora, porque el poema estaba compuesto por solo 731 líneas.

Acomodándose en su sillón con el facsímil en sus rodillas, cuaderno y lapicera en mano, y una lata de cerveza pálida de la nevera, reanudó su estudio. Una parte de él esperaba que Liffi llamara, y si lo hacía, él la sorprendería preguntándole por su labio. Un viaje hasta Yorkshire, con o sin Huxley, apeló a él porque extrañaba a su pareja y se sentía protector.

⚘

## GOODMANHAM, EAST YORKSHIRE

Jake podría no haber estado tan relajado si hubiera conocido la identidad del siguiente visitante de Liffi. El hombre delgado, de rasgos afilados y rostro pellizcado, con el pelo oscuro cortado al estilo 1920, peinado hacia atrás con patillas casi inexistentes, entró en el templo como si fuera el dueño.

Liffi tuvo un mal sentimiento acerca de él, quizá porque lucia como Joseph Goebbels, pero ella forzó una sonrisa.

—¿Puedo ayudarlo?

—Por supuesto, Srta. Wyther.

—Me temo que usted me tiene en desventaja. Usted conoce mi nombre, pero yo no tengo idea quien es usted.

—Gilbert Gombrich a su servicio, madame.

Ella encontró sus maneras pintorescas, pero aún no le gustaban sus pequeños y duros, ojos azul pálido sin trazos de amistad.

—¿Cómo?

—¿Cómo? —Él lucía perplejo.

—¿Cómo puedo ayudarlo?

—Ya veo. Estaba esperando tener una conversación con usted acerca del templo.

Sonaron campanas de alarma. La última vez que ella escuchó estas palabras, ella había sido agredida. Una mirada hacia arriba al tótem le dijo que su protectora estaba ausente, y su corazón comenzó a palpitar.

—¿En qué capacidad desea usted hablar conmigo?

Ella vio la vacilación y la tensión de la mandíbula.

—Primero, déjeme asegurarle Srta. Wyther, porque sé que usted ha tenido un infortunado encuentro con Szewronski, y el idiota fue severamente reprendido.

Liffi estaba cerca del pánico.

—¿Qué? ¿Entonces usted es la cara respetable de la Hermandad de Woden, Sr. Gombridge?

—Gombrich. Es Gombrich, y me gusta pensar eso.

—Podría haberlo adivinado. Cuando entró, pensé que usted lucía como Goebbels.

Él le dio una sonrisa fina y sin humor y se pavoneó.

—Usted no es la primera persona en decir eso, lo acepto como un honor. Sabe, él y yo tenemos muchas cosas en común. Él era un escritor y un erudito, también. Ambos tenemos un doctorado y compartimos muchas ideas.

—Usted se da cuenta que Goebbels fue un criminal de guerra que envenenó a sus hijos con cianuro antes de matar a su esposa y a él mismo.

—Él fue un genio e incomprendido, Srta. Wyther. Y por supuesto la historia es famosamente escrita por los vencedores.

Se le ocurrió darse cuenta que estaba lidiando con un enemigo tan peligroso como Szewronski. Uno trajo una brutal amenaza física. El otro, peor... una siniestra amenaza indefinida.

Él dijo:

—Otra cosa que tenemos en común es el liderazgo. Estoy orgulloso de mantener el rango de Gauleiter en el Norte de Inglaterra. Y este templo está en *mi* parcela.

—Señaló con un dedo hacia el santuario—. Si no lo supiera tan bien, incluso admiraría su dedicación a los Vanir. De eso se trata ¿no? —siseó—. ¡Vanaheim! —escupió—. Verá, este territorio históricamente pertenece a las deidades Aesir, y específicamente a Wodem. Eso tendrá que ser reemplazado por una representación de Asgard.

—Usted no tiene jurisdicción aquí. Tendré al MI5 sobre usted en poco tiempo.

—Vamos a ser claros en una cosa, usted no es la amenaza aquí, Srta. Wyther, y su débil intento no tiene peso. ¿Usted cree que el MI5 nos molesta? Llevamos más de veinte años burlándonos de ellos.

—La última persona que vino a amenazarme terminó en un hospital, con la pérdida de un ojo.

—*¡Ja-ja!* Como el dios de un ojo, Tïw, pero sin cerebro. Mire, le seré franco. Usted ha creado una magnífica estructura. Bastante admirable, pero con una premisa errónea. Nosotros podemos llegar a un compromiso y vivir juntos pacíficamente. Propongo construir un altar a Woden en esta pared. —Apuntaba detrás de él—. Y erigir un tótem de la misma altura, al Padre de Todos. —Movió su dedo a la esquina opuesta vacía—. Por ahí.

—¿Y si no acepto?

Él la fulminó con la mirada.

—En ese caso, la guerra Aesir-Vanir comenzará de nuevo. Y usted sabe quién ganó la última vez. Por favor, piense seriamente. Lo que estoy sugiriendo no es un proyecto difícil. La alternativa podría ser muy desagradable para usted. —Sus rasgos retorcidos de odio eran viles.

Liffi controlaba su vejiga con dificultad, sabiendo de la virulencia de los Nazis, neo o de otra forma.

—Hay un problema —dijo ella—. No puedo tener nada que ver con su odioso credo. Ahora salga Sr.

Gumbridge. —Ella corrompió su nombre a propósito y se alegró de ver su ceño venenoso.

Aliviada, ella lo observó meterse en su auto y manejar camino abajo. Cuando ella estuvo segura, corrió detrás del templo y se puso de cuclillas para mojar el pasto. Temblando, retornó adentro y agarró su móvil para llamar a Jake.

—Hola, Liffi. ¿cómo está el labio?

—¿Cómo sabes acerca de eso?

Él le dijo todo lo que había aprendido de su contacto en Londres

—Ha habido avance. —Ella le relató la visita de Gombrich y su voz comenzó a temblar y a quedarse sin aliento por la ansiedad.

—Déjamelo a mí. Pero llama a la policía de Humberside inmediatamente. No te quiero sola ahí con esos matones a la vista. Diles precisamente lo que me dijiste a mí. Mientras tanto, yo me pondré en contacto con el MI5 a través de mi contacto. Tan pronto como haga eso, conduciré hacia allí, Liffi.

Él le informó de su licencia de tres meses y podía sentir su alivio al otro lado de la línea. Ella podría haberse sentido aliviada, pero él estaba tan preocupado que cuando llamó a Londres decidió preguntar por un arma de fuego y el permiso.

Como era costumbre cuando estaba solo en la casa, Jake decía sus pensamientos en voz alta. Algunas personas prefieren la compañía de un perro o un gato. Él prefería la de su voz.

Examinando las notas que había tomado para encontrar algo sobre la identidad de Cynewulf, dijo:

—Vamos a ver, ¿qué sabemos? No mucho. El poeta escribió en anglicano, no en dialecto sajón, que significa que era de Northumbria o de Mercia. Maldita sea, ya sabía. ¿Qué más? Ah, sí, él era un hombre erudito. He anotado algo aquí... *¡uf!* Debo mejorar mi escritura. Ah, sí, *alto nivel de sofisticación*. Probablemente un sacerdote o un monje, porque el poema es religioso. Y hay otra cosa, se refiere a otras obras en latín. Pocas personas aparte de las que están en órdenes sagradas conocen el latín. —Jake llevó su cuaderno al espejo, se inclinó hacia adelante y miró su reflejo—. Debo afeitarme, la barba no me queda bien ¿Tenías barba Cynewulf? Apuesto a que sí. —Miró su reloj, 10:15 —. ¿Qué más puedo decir de ti? En algún momento, disfrutabas el favor de los príncipes y regalos de los reyes. Mencionaste eso y que eras un guerrero y que conocías acerca de los viajes por el mar. Mmm, eso encajaría muy bien con Lindisfarne. —Volvió sobre el facsímil del libro de Exeter y lo miró

—. Oh, cómo amaría tener una conversación contigo, Cynewulf.

Eso fue cuando ocurrió la dislocación. Como en ocasiones previas, cuando su don, o maldición, de la retrocognición lo pateaba. Jake se encontró a sí mismo barrido en un vórtice arremolinado de intercambio de luz y oscuridad. Vértigo y presión sobre sus ojos le causaban una pérdida momentánea de conciencia, pero cuando volvió en sí, sintiéndose mareado e inestable en sus pies, estaba en otra dimensión, completo con el húmedo aire marino y el sonido de las olas rompiendo.

❧

## LINDISFARENA 750 AD

Jake se volvió para mirar el mar, desde su posición elevada. Con un comienzo, se dio cuenta que estaba parado en una isla porque a través del agua una larga línea costera se estrechaba a un kilómetro y medio de él. Preguntándose donde y en qué momento estaría, pensó frenéticamente en qué estaba haciendo cuando ocurrió la dislocación. El pensamiento de Cynewulf estaba fresco en su mente. ¿Entonces, su deseo había sido concedido y había sido transportado hacía atrás por la retrocognición a la presencia del poeta? Cosas extrañas habían ocurrido desde el terrible día en que el Jeep lo atropelló y de alguna manera le reconectó el cerebro.

La pregunta era si se encontraba en la Isla de Lindisfarne, o ¿la teoría de Dunwich era correcta? ¿Era esta la costa de Suffolk? Porque, aunque Dunwich estaba un poco tierra adentro en el siglo XXI, en los tiempos anglo-sajones Dunnoc, como era conocido entonces, podría haber sido una isla.

Voces, casi ahogadas por la cacofonía del llamado de los pájaros marinos y el silbido del viento, interrumpió sus reflexiones. Como un hombre hipnotizado, se encaminó al sonido de la presencia humana, y de inmediato deseó no haberlo hecho. Con emoción, comprendió que estaba a punto de presenciar uno de los eventos claves del siglo VIII de la historia de Northumbria. Entonces él estaba en Lindisfarne. La escena atroz que se desarrollaba ante sus ojos era familiar para él de su extensa lectura. El asedio de la abadía por el Rey Eadberht de Northumbria estaba en marcha. Si, aquellos eran los de las barras rojas y amarillas de la casa real, exhibidos en los estandartes atormentados por el viento y los escudos de las tropas. En ausencia del rey en una campaña en el norte para anexar exitosamente a Kyle a su reino, Offa se había revelado. Provocado y amenazado por sus rivales rebeldes, Eadberht había conducido a la fuga a su líder, Offa, quien había buscado refugio aquí en el santuario de las reliquias de San Cuthbert, en Lindisfarne. Su partidario, el Obispo Cynewulf lo había protegido sin vacilar.

Jake sabía todo esto, pero ¿qué estaba pasando debajo de él? Él miró hacia abajo desde su punto de ventaja en la cima de una muralla defensiva de tierra. Una figura gesticulante que pronunciaba anatemas vestida con una dalmática blanca lisa, abierta a ambos lados desde la cintura hasta el dobladillo, con los bordes de las aberturas y las mangas con flecos, llamó la atención de todos.

¡El Obispo Cynewulf! Jake estaba viendo la rendición y la consignación de Offa, ya que los hombres hambrientos dentro de la abadía ya no resistían el asedio.

A un gesto de su líder, que podía haber sido el rey, pensó Jake, dos fuertes guerreros saltaron hacia adelante y sujetaron los brazos del obispo que se retorcía para sujetarlo rápidamente. Otro movimiento de su mano y una figura lamentable, débil y medio famélico, exactamente como lo describían las crónicas, fue empujado a caer de rodillas suplicando por su vida. Los ruegos de Offa no fueron escuchados. Otra gesticulación aún y Jake vio horrorizado como ellos lo levantaron, solo para que un guerrero le clavara un puñal en el estómago del rebelde. El pobre hombre gritó y se dobló, y ante la mirada horrorizada de Jake, un hacha brilló a la luz del sol. El cuerpo y la cabeza cayeron separadamente al suelo, y la garganta de Jake se agitó. Se volvió y corrió colina abajo hacia la costa, donde se sentó, agitado, y tragando codiciosas bocanadas de aire fresco del mar. Había sido testigo de la promulgación de un momento clave de la historia, pero hubiera deseado no hacerlo.

Sus nauseas pasaron y él intentó recordar sus estudios. ¿Qué había pasado con Cynewulf? Si su memoria no le fallaba, Cynewulf, estaba embrollado en una rivalidad eclesiástica con las sedes de York y Hexham, fue arrestado por su complicidad en la revuelta y apresado en York. Entonces ellos debieron tomarlo allí. Las fuerzas de Eadberht debían haber llegado por barco, que debía estar amarrado muy cerca. ¿Debería arriesgarse y convertirse en polizón para un corto viaje río arriba por el río Ouse? Esto dependía si podían verlo en su forma retrocognitiva. Experiencias mixtas en el pasado lo habían dejado sin saber qué determinaba su visibilidad. Una cuestión de vida o muerte, tendría que desentrañar el misterio. No se le ocurrió en ese momento que la condición podía no depender de su cerebro, sino de fuerzas sobrenaturales externas.

Se paró y observó a lo largo de la costa. Aunque no había signos de barcos amarrados, tendría que caminar penosamente más allá del promontorio que bloqueaba su visión. En la cima, miró hacia abajo hacia una columna de hombres yendo a una cala donde seis barcos se balanceaban anclados. Si se apuraba, podría alcanzar a subir con ellos. Le quedaba verificar su invisibilidad. Su paso a tropezones bajando por el camino de las ovejas que conducía a la ensenada había pasado inadvertido. En cierto punto, a cincuenta yardas de la columna, se escondió detrás de un arbusto de aulagas, donde eligió una piedra de tamaño considerable. La arrojó al guerrero más cercano, golpeando la parte superior de su brazo. De pie expuesto a la intemperie, gesticulando hacia el hombre ofendido, quien miraba desconcertado a la ladera. Jake tuvo que concluir que no podía verlo, ya que el hombre se encogió de hombros, se frotó el brazo y miró hacia el otro lado.

Alentado, Jake corrió para unirse a los soldados, acercándose sigilosamente al cautivo en la dalmática blanca para que pudiera cumplir su deseo. Por el momento tendría que permanecer en silencio e invisible. Abordando el barco con los otros, escuchaba atentamente los intercambios en una versión arcaica de su lenguaje. Él debía haber entendido poco o nada, pero por una inexplicable razón el significado de las palabras estaba claro en su cabeza. No se le ocurría entonces que el don de comprender venía de la misma fuente que la invisibilidad.

La proa era el mejor lugar para resistir el movimiento nauseabundo de la embarcación, por lo que se alejó a regañadientes del Obispo Cynewulf. A pesar de no tener estómago marinero, estuvo contento cuando la pesada ancla, desplegó la vela y se dirigió hacia la costa de York. Cuanto antes partieran, antes estarían en tierra firme.

*GOODMANHAM, EAST YORKSHIRE, 2021 AD*
Gilbert Gombrich reapareció en el templo, a la sombra de dos agentes secretos enviados por Whitehall. Ellos

permanecían invisibles para él, pero grababan su conversación a distancia, utilizando un poderoso micrófono de vigilancia.

El mayor de los dos gruñó su aprobación.

—La dama tiene bolas. Tengo que reconocerlo.

Ambos se sonrieron cuando Liffi envió al Nazi a empacar, pero sus sonrisas se desvanecieron cuando Gombrich amenazó desde la puerta.

—Eres tonta y te haremos pagar por tu arrogante terquedad. Te arrepentirás de haberme arrojado en la cara nuestra generosa oferta. Prepárese para la guerra, Srta. Wyther.

Ajeno a los hombres de seguridad que lo seguían, Gombrich regresó a su cuartel general para poner en movimiento los planes para destruir la resistencia de Wyther. El cuartel general era conocido por el Servicio Secreto que lo estaban examinando y tocándolo. Todo esto cambió el nivel de amenaza, cambiando de ámbar a rojo.

Aterrada por la apariencia de Gombrich, aunque ella esperaba esto, Liffi esperaba que Jake pudiera regresar pronto.

¿Cómo podía ella imaginarse que él estaba a solo unos pocos kilómetros, pero doce siglos atrás?

Ella siguió adelante con la primera reunión de los parientes y explicó la necesidad, temporalmente, de mantener un bajo perfil. El énfasis estaría en la re-creación, más que en los ritos paganos. La pura belleza del templo le prestó autoridad y sus seguidores fueron rápidos para aceptar. Treinta personas vinieron a su primera reunión, y Liffi desplegó una serie de preguntas cuyo resultado era la oferta de una sala de reuniones en el pueblo cercano, la creación de los roles de Presidencia, Liffi, Tesorero y Secretaria. La Gente de Freya sería una organización sin fines de lucro, una asociación no incorporada, pero sus reuniones mensuales serían grabadas. Todas las actividades serían votadas para aceptarse, comenzando con la constitución que Liffi prepararía para la primera reunión a principios del próximo mes, agosto.

Ellos se dispersaron y solo Chris permaneció detrás para asegurarle a ella que el encuentro había sido un éxito.

—Ellos parecen un buen grupo —dijo él.

—Si, me sentí aliviada que no hubiera personajes estridentes, y no elegí a ningún bicho raro. Siempre es un riesgo con el paganismo.

—Ese tipo David, el que ofreció su local para nuestras reuniones, pareció bastante agradable y fue bastante decente de su parte.

Liffi había tomado un gran gusto por Chris Gurney y su positividad, junto con su alegre disposición la hacían decidirse a confiar en él. Ella le contó acerca de las visitas de Gombrich y Szewronski y las amenazas recibidas.

—Mi pareja, Jake, tiene contactos que han puesto a los Servicios Secretos sobre ellos. Él dice que vendrá porque no quiere que esté sola aquí.

—No me sorprende después de lo que me contaste antes de este patán tatuado. Para ser honesto, es en parte por lo que me quedé después de nuestra reunión.

—¿En parte?

— Bueno, tú sabes. Pero si tú tienes una pareja...

Ella le sonrió, halagada e intrigada.

—Es dulce de tu parte, y me caes muy bien...

Él puso un dedo en sus labios.

—No digas más. Todos tenemos nuestro destino.

Chris se aseguró que no hubiera nadie merodeando e insistió en acompañarla de regreso a su alojamiento, un ofrecimiento que ella aceptó alegremente.

En su habitación ella anotó algunos puntos, alrededor de los cuales luego redactaría una constitución para la asociación. Hecho esto, alcanzó su móvil, y aunque lo intentó por las siguientes tres horas, no pudo contactarse con Jake. ¿Por qué era que cuando más lo necesitaba, Jake desaparecía? Al menos el buen mozo de Chris estaba preocupado por ella.

Liffi sonrió una sonrisa secreta y pensó acerca del desenfreno de la diosa a la que adoraba. La leyenda decía que para obtener el *Brosinga mene,* su collar dorado, forjado por cuatro enanos, ella les ofreció oro y plata, pero ellos respondieron que ellos solo se lo venderían si pasaba una noche con cada uno de ellos. Por asociación, ella pensaba en otros amoríos de Freya, hombres y elfos, generalmente en ausencia del errante, Woden, cuando ella lloraba amargas lágrimas de oro rojo por él.

«No puedo ser capaz de llorar oro rojo, pero puedo tener amantes en la ausencia de Jake si sigo el ejemplo de mi diosa». Ella pensó en Chris Gurney y cómo había desplegado su conocimiento del destino. «¿Qué más le habían revelado sus estudios?» La sonrisa secreta regresó.

## 8

## EOFORWIC, 750 AD Y SIGLO XXI

Desde su asiento en la proa, Jake olía a York antes de ver la ciudad. El hedor de las calles Anglo-Sajonas flotaban río abajo en la brisa contraria. Estar fuera del barco y poner pie en tierra firme lo alegró, a pesar de la molesta sensación en sus fosas nasales. Consiente que necesitaba estar cerca de Cynewulf, Jake pasó por encima de las sogas, evitando a los hombres que todavía dormían y aquellos que trabajaban para avanzar por el barco. Él se mantuvo en silencio, porque su única oportunidad de comunicación con el poeta era permanecer sin detectar. Su plan era simple. Cynewulf sería arrojado a prisión y Jake compartiría su confinamiento.

Cuando los guardias arrastraron al escritor en sus pies y lo empujaron hacia el lado del barco para desembarcar, Jake cayó detrás de él. Fascinado por las vistas, aromas y sonidos del York del siglo VIII, Eoforwic, como era llamado entonces, Jake, inconcebiblemente, no pensó en las condiciones de la prisión que podría encontrar. La inmundicia de las calles debería haberlo hecho pensar dos veces acerca de su idea.

Además, parecía un error que un hombre erudito y obispo debiera ser arrojado a un agujero oscuro y húmedo. Para compartir el calabozo con él, Jake tenía que ser ágil de pies, evitando los guardias lanzándose a la celda antes que la enorme puerta se cerrara de golpe. Se metió en una esquina libre de juncos podridos y se sentó con las rodillas dobladas y la espalda descansada contra la pared. Era difícil en la penumbra discernir los rasgos del obispo y entonces leer sus emociones.

Dio la casualidad que no fue necesario ya que el obispo caminaba de un lado al otro con la cabeza inclinada.

—Amado Señor, ¡Culpa mea, mea maxima culpa! —Él golpeó su pecho tres veces con el puño—. Soy miserable. He pecado. Mira hacia abajo con misericordia a este pecador y suaviza los corazones de aquellos que me mantienen aquí. Padre de todos, ruego a ti por Offa, y por todos aquellos a quienes amo pero no veo demasiado. Garantízales eterno descanso. Deja que la luz perpetua brille sobre ellos. Haz que mi alama y las almas de todos los que han partido, a través de la misericordia de Dios, descansen en paz. Amén.

Estaba frío y húmedo en el calabozo, y Jake, usando una camiseta polo, estornudó.

—¡Quién está ahí! ¿Quién está ahí? —Cynewulf miró alrededor en el espacio confinado.

—Estoy por aquí —dijo Jake. Atónito al escuchar y comprender las palabras en Inglés Antiguo.

—Ah, te veo.

—¿Puede verme? —Esto era una revelación.

—Por supuesto. ¿Cuál es tu nombre, compañero? ¿Y por qué estás retenido en este agujero oscuro?

—Mi nombre es Jake y no he cometido un crimen, pero lo he seguido a usted aquí para conversar con usted.

—¿Cómo es posible esto? Los guardias nunca lo hubieran dejado entrar.

—Ellos no me vieron. Los eludí.

—Hablas bien. ¿Cuál es tu profesión?

—Soy escritor.

—Entonces, ¿estás ordenado?

—No, vengo de muy lejos, donde hombres que no son de la Iglesia, leen y escriben.

—¿Cómo puede ser?

—Bueno es así, se lo aseguro, Obispo Cynewulf. He leído sus líneas tituladas *Juliana.*

—¿Quién *eres*? ¿Un ángel o un demonio? Nadie ha leído *Juliana,* porque no ha sido copiado. Solo *yo* conozco de su existencia.

Jake dio un paso hacia el obispo, quien se encogió, el terror distorsionaba su rostro.

Jake extendió una mano.

—No tema, Su Gracia. No soy un demonio, pero soy alguien que Dios ha bendecido con muchos dones. Estoy aquí para decirle que el Rey Eadberht no es peligro para usted y que usted será restaurado en su ministerio. Esto sucederá, pero debe rezar y ser paciente.

—¡Alabado sea el Seños! Pero oh, hombre de nombre extraño, ¿de dónde viene?

Jake sonrió ante el pintoresco discurso y se preguntó que le revelaría al clérigo. No toda la verdad, lo cual era increíble.

—He sido llevado en alas de ángeles... —El prelado se santiguó—. Para aprender de ti, oh, hombre sabio... y para consolarte con compañía. Querido Obispo, esto te será difícil de comprender, pero ellos me trajeron de un tiempo y lugar distinto para estar contigo. Vengo de un tiempo no vivido todavía, que es por eso que estoy seguro de su destino.

Una mirada de éxtasis divino se extendía por el rostro del clérigo, quien en tono de asombro dijo:

—¿Qué es lo que buscas aprender?

Jake, quien había estudiado *Juliana* en profundidad, no estaba interesado en el estereotipo cristiano versus el pagano de la historia. Mucho más intrigantes fueron las exploraciones de la psique Anglo-Sajona, incluso si el escritor los hubiera usado con fines evangelizadores.

—¿Qué determina el destino del alma? —dijo Jake.

Los ojos del prelado mostraban sus ganas de debatir, aún por la tenue luz que se filtraba desde lo alto por encima de ellos.

—¿El alma...? —Pronunció la palabra más como *auma*—. Su destino como premio potencial por los esfuerzos del demonio depende de los aspectos internos del hombre bendecido por la Gracia del Señor.

—¿Cuáles cree que sean esos aspectos internos, Obispo?

El clérigo sonrió y tocó el pecho de Jake.

—Yacen dentro de cada uno de nosotros, juicio, pensamiento, evaluación, decisión y voluntad, sin olvidar nuestros impulsos y deseos. El alma es una posesión que hay que cuidar, proteger y nutrir, pues está atrapada en la carne, y ahí, puede sufrir innumerables males. El cuerpo debe asumir la responsabilidad de la vida que lleva.

—Ya veo. Pero dígame, en su poema, ¿no se refiere a las *ineludibles luchas internas* y la percepción de uno mismo como *separado de los otros y creando por la experiencia personal?*

—Lo hice, y creo que la responsabilidad se basa en la consideración de la naturaleza humana y una capacidad de cumplir con un propósito dado.

—Esto está claro en el conflicto que usted describe entre Juliana y el demonio. Esto tiene una posición central en su poema y es fundamental para el desarrollo, reforzando la idea de que los estados y eventos internos determinan toda acción externa. Pero mire, Obispo Cynewulf, yo sospecho que usted elige condenar al paganismo y exaltar al cristianismo para instrucción, por procesos didácticos.

El prelado rió y su tono fue de vergüenza.

—El rol de un pastor es cuidar de sus ovejas. La

pluma del clérigo debe ser empleada para la gloria de Dios. No es difícil para mí aceptar que he asociado el error y el pecado con el paganismo.

Jake se estaba acercando mucho al meollo del problema y la razón de por qué había seguido al prisionero, pero en el momento crucial fue interrumpido por el giro de una llave en la cerradura y el deslizamiento de los pestillos.

—¡Lord Obispo, usted viene con nosotros! —dijo una voz severa y ronca.

El prelado se volvió a Jake.

—¿Qué será de usted?

—No se preocupe por mí, Su Gracia. Más bien recuerde jurar fidelidad a Eadberht. Esa será su salvación.

—Te bendigo, hijo mío. Haré eso.

Los guardias se miraban unos a otros. Eran incapaces de ver o escuchar a Jake.

Uno dijo:

—Mira, el pobre se volvió loco. Está hablando consigo mismo. Menos mal que no ha estado aquí por meses o años. ¡Vamos, vamos a sacarte!

Jake se movió más rápido que cualquiera de ellos. Estar encerrado en un calabozo solo sin comida ni bebida era una sentencia de muerte. Había obtenido suficiente conocimiento del poeta arcaico para comprender el funcionamiento de la psique Anglo-Sajona. Un lugar tranquilo para pensar acerca de lo que había escuchado concerniente al poema podría clarificar y explicar el final del paganismo en Inglaterra. Pero el calabozo, silencioso a la perfección era el último lugar en la tierra adecuado para sobrevivir después de sus reflexiones.

Después de subir rápidamente los escalones de la planta baja, se abrió camino a través del palacio real, cuidando de no rosar contra la gente bulliciosa alrededor de sus negocios. Esta no era una tarea fácil, ya que las personas no disminuyen su velocidad cuando ven un espacio delante de ellos. Al fin estaba afuera, donde se apresuró a la ribera del río en el muelle y se sentó en un bolardo de madera. Los amarres tenían la ventaja de estar cerca del agua, y el aire fresco de la marea alta había cubierto el lodo del río y anulado sus olores. Jake necesitaba respirar aire que no apestara.

En pacífica reflexión, tranquilo, pensó de nuevo en su conversación. Él alió las palabras del obispo con su conocimiento del poema. En esto, aunque el diablo había intentado desviar a Juliana del camino de la salvación por sus poderes de engaño, él debía reconocer que el dominio de la verdad de Juliana era superior. Jake sonrió. Cynewulf había manipulado los eventos trasladando el verdadero poder y la victoria hacia adentro y asociándolo con el conocimiento de la verdad cristiana. Ahí estaba el truco. El poeta en consecuencia completa su asociación de error, vicio y pecado con el paganismo, y la sabiduría y la virtud con cristiandad.

—¡Por supuesto! —dijo Jake—. ¡Eso es!

Al resaltar que los poderes de Juliana y del diablo les fueron dados por sus respectivos padres y lords, la confesión del diablo ubica su lucha con Juliana en un contexto universal y reconoce que la facultad de engaño de Satanás es inferior que el poder de la verdad de Dios.

—Viejo listo Cynewulf. —Se rio entre dientes Jake —. Por supuesto los Anglo-Sajones fueron convertidos por este tipo de propaganda. Sin embargo, no es tan simple, hay más que esto. Tendré que continuar mi investigación del paganismo, pero estoy comenzando a entender que pasó en aquel momento... quiero decir, ahora.

Sentado en silencio, tranquilo, reflexionaba sobre la información que había acumulado en paz, hasta que vino un perro husmeando alrededor, y como Jake era visible para el animal comenzó a ladrarle. Enseñó los dientes y golpeó el tobillo de Jake, quien pateo a la criatura sarnosa. La bestia escuálida empezó una danza de arremetidas contra él y cobarde evasión y sus aullidos se volvieron más frenéticos. El perro se encogió cuando Jake se paró. La gente se reunía en grupos de dos o tres, señalando la conducta inexplicable del perro que se volvía más extraña cuando perseguía a su presa invisible. Afortunadamente para Jake, un comerciante que pasaba balanceando ollas, arremetió contra el animal huesudo con una patada brutal que lo envió aullando y tirado al suelo, incapaz de continuar su molesta persecución. Manteniendo el aliento, Jake se sentó en otro poste de madera donde un gran barco se balanceaba en sus mañanas.

—Como deseo estar de regreso en mi sillón. —Se imaginó su espléndida casa en Lower Quinton.

Su visión se borroneó cuando el mundo zigzagueaba mientras era dislocado hacia el siglo XXI. Aturdido llegó y se sentó en su asiento como si lo hubiera deseado, y se dio cuenta que el facsímil del Libro de Exeter estaba sobre sus rodillas.

—¡Me encontré con él! Ahora estoy seguro que el autor de estos poemas era un tipo agradable con una barba lanuda. —Rió histéricamente.

La retrocognición tenía sus momentos oscuros. Por otro lado, él había aprendido mucho acerca de la vida en el siglo VIII. Respiró profundamente y notó el aroma floral de la cera para muebles. Por solo esto, estaba feliz de estar de regreso en el tiempo actual.

Se sentó hacía atrás y cerró sus ojos, se concentró en el desconfort del calabozo y la desesperanza de ser encarcelado en tal lugar. Por asociación, recordó la decapitación y se sintió mareado. Sacando al siglo VIII de su mente, se forzó a sí mismo a retornar al día presente. Como un comienzo, se dio cuenta que debía contactar a Liffi. ¿No se suponía que debía viajar a Yorkshire? Miró la hora, ¡10:18! Se le ocurrió que solo habían pasado tres minutos desde su dislocación a

Lindisfarme. ¡Increíble! Entonces tenía todo el tiempo necesario para manejar a Goodmanham.

Después de tomar dos cambios de ropa y guardar sus camisas y suéteres en su maleta, llamó a Liffi.

—¡Justo acabo de volver del siglo VIII! Una pena que estuve en Eoforwic. No hubiera podido llegar muy lejos si no me hubiera traído de regreso a casa. Si, lo sé, pero no tengo control sobre eso. Te contaré todo acerca de esto en cuanto llegue. ¿Todo bien por ahí? No, no tengo. ¿El Daily Star? ¡No Bill Backhouse de nuevo! Conseguiré una copia de camino hacia allá. ¿Qué quieres decir, en qué mundo vivo? Esa es una buena pregunta, si piensas acerca de eso. He estado en muchos siglos diferentes en los últimos tres años que ya he perdido la cuenta de ellos. Estoy terminando la llamada. Hablando de tiempo, es una pena desperdiciarlo. Te veré pronto, e intenta no preocuparte, Liffi ¿Ok?

## 9

## GOODMANHAM, EAST YORKSHIRE, 2021 AD

Jake aceleró y se lanzó a lo largo de la autopista, causando que los otros conductores lo maldijeran y gesticularan. Las noticias de Liffi eran lo suficiente malas por sí mismas, pero el sensacionalismo de Bill Backhouse puso tensos sus nervios. Ansioso por calcular el daño por sí mismo, se detuvo en una estación de servicio, llenó su tanque, y agarró el periódico tabloide, y pasó las hojas hasta el artículo resaltado; EL ODIO PAGANO GOLPEA A LOS CAMINANTES.

«¡Un maldito maestro de aliteración!» Resopló Jake.

Por sensacionalista y distorsionada que fuera la escritura, los hechos resaltados eran innegablemente inquietantes. Matones habían atacado a una pareja de Hull, el Sr y la Sra. Kalpar, en el Wolds Way, en la vecindad del templo. Ellos habían golpeado severamente al marido y lo habían dejado con la nariz rota, dos costillas fracturadas y una gran esvástica grabada en su pecho. Se estaba recuperando en el hospital. Ellos también habrían atacado sexualmente a su esposa, si no fuera por la fortuita aparición de un grupo de exploradores en una excursión desde Hessle, que la habían salvado de la violación. Los cuatro atacantes cobardes huyeron a su llegada.

*—Los asaltantes estaban motivados racialmente —Alisha Kalpar (44) le dijo a nuestro corresponsal.*

«¡Corresponsal, Ja! Más como reportero pirata».

*—Ellos insultaban y gritaron, «Malditos, vuelvan a Pakistán». Lo ridículo es que ambos nacimos y nos criamos en Yorkshire y ninguno de nosotros a puesto nunca un pie en el sub-continente. Tampoco nuestros padres. La madre de Fawas fue una vez de vacaciones y eso es todo. Nada como esto nos había pasado antes. Nosotros vivimos en un vecindario adorable y nos llevamos bien con todos, cual sea su color de piel.*

Jake se salteó el resto del lamentable testimonio y buscó lo que Liffi le había dicho.

*—Los aldeanos de Goodmanham están cada vez más preocupados por la presencia de un nuevo templo pagano en la puerta de su casa —dijo Samuel Walters (63), el verdulero—. Nunca antes habíamos tenido problemas de racismo en nuestra área. Este es un pueblo tranquilo donde la gente piensa en sus propios negocios y hablan claro. No hay ninguno de esos creyentes en las personas que viven aquí. ¿Quién sabe qué ocurre en la noche en ese lugar impío? Ritos satánicos probablemente. — Para llegar al fondo de este misterio, nuestro corresponsal interrogó a un miembro de la comunidad del templo, el artista Christopher Gurney (37), quien nos dijo:*

*—No hay ritos en el templo, ni satánicos ni de otra forma. Nos llamamos la Gente de Freya reverenciamos a la diosa del amor, y este simple hecho revela como es imposible que nuestra familia cometa crímenes racistas. Nosotros amamos a nuestros hermanos, cualesquiera sean sus orígenes. El propósito del templo es nada más siniestro que recrear la herencia de nuestros antepasados a*

*través de una re-creación. No hay planes para sacrificios u otros ritos.*

Desestimando el testimonio de Chris, el artículo siguió implicando que la Gente de Freya era una cubierta para los blancos supremacistas para promulgar sus ideas racistas, y el reportero prometía indagar en sus actividades para revelar el *verdadero propósito* del edificio para sus lectores. Backhouse les aseguraba que el periódico estaba encuadrado contra cualquier forma de racismo, y aquí revelo su escasa inteligencia agregando *todo el culto no cristiano,* ofendiendo entonces a todas las otras religiones en una declaración banal. Jake, irritado y preocupado, salió pisando fuerte de la cafetería y condujo de regreso a la autopista, hacia el carril rápido, corriendo a través de las marchas. Solo cuando vio que el velocímetro indicaba ciento cuarenta kilómetros por hora se calmó y bajó la velocidad del Porsche a una velocidad más sensata.

Sin embargo, él quería llegar a Goodmanham lo antes posible para confortar a Liffi. El asalto racista parecía haber sido conducido por la Hermandad de Brethren, en su opinión. Esto era al menos el comienzo de la campaña de amenaza de Gombrich contra el templo. Las tácticas eran claras para él. Primero, él intentaría desacreditar a la Gente de Freya e intentar alejar a sus adherentes, antes de reclamar el edificio para Woden, justificando su presencia en el nombre del edificio sajón original.

Si los neo-nazis podían atacar y lastimar a inocentes caminantes, ¿qué podían hacerle a Liffi y a sus seguidores? Esto, con un grado de auto-satisfacción, había sido siempre el peligro que Jake había anticipado para el momento que Liffi había soñado el concepto. Él pensó hacia atrás cuando él tenía trece años en 1999, cuando los neo-nazis plantaron una serie de bombas de clavos por trece días. Los ataques fueron apuntados contra los Negros Bangladeshi de Londres y las comunidades gay y resultó en tres muertos y más de cien heridos. Si él recordaba correctamente, el perpetrador fue miembro de dos grupos políticos de extrema derecha, el Partido Nacional Británico y el Movimiento Nacional Socialista. Nunca había que subestimar a esta gente. Tan pronto como llegara a Goodmanham, llamaría al Jefe de la Policía de Humberside.

Whitehall había hablado de la presencia de los blancos supremacistas en el este de Yorkshire seriamente y habían provisto a Jake con un número privado para el policía de más alto rango. Jake le informó a él de las amenazas que Gombrich había hecho y le explicó sus sospechas. El jefe de policía, amable y simpático trató de restar importancia a la extensión del peligro.

—En el último censo en 2011, en todo Yorkshire había solo un 9% de inmigrantes. En orden numérico, estos eran paquistaníes, polacos, hindúes, alemanes e irlandeses. En su área de interés, estamos hablando de menos del 0.5 % de la población de origen paquistaní, Sr. Conley.

—Si, comprendo lo que usted dice, jefe, pero estos blancos supremacistas no están motivados por estadísticas. Ellos quieres subvertir nuestra constitución y *purificar* la nación con la eliminación de cualquiera que sea étnicamente diferente para su visión deformada. Ellos pueden empezar en una aldea de trescientas personas, como Goodmanham, con solo un inmigrante, justo como en Brixton, Lambeth.

—Le puedo asegurar que no toleraremos estos extremistas en nuestras tierras, señor. Tenemos una patrulla trabajando en este problema mientras hablamos. Estoy agradecido por su indicación y lo transmitiré a los agentes convocados. Seguiremos a este individuo Gombrich y no tomaremos sus amenazas a la ligera.

Jake terminó la llamada sintiéndose mucho mejor y condujo hacia el templo, donde encontró a Liffi hablando con un hombre que, cuando él salió del auto, a la distancia parecía agitado.

Detectando a Jake, Liffi terminó su conversación y corrió hacia él.

—¡Oh, Jake, gracias a Dios que viniste! Ha ocurrido algo terrible. Chris me estaba hablando de eso. Él estaba ahí cuando el maldito bastardo lo hizo.

—Cálmate, amor, no tiene sentido. —Se volvió hacia el hombre que estaba cerca—. Hola, soy Jake Conley. ¿Le importaría informarme acerca de lo que está pasando?

El hombre se adelantó y ofreció su mano.

—Hola, Chris Gurney, uno de los parientes.

—Él pintó el santuario. —Liffi señaló a través de la pared.

—Acabo de regresar del Mercado Weighton — dijo el artista—. Que es donde compro mis materiales. ¡Todo el infierno se ha desatado allí! Alguien plantó una bomba en el frente de la Química Boot en High Street. Esta siempre muy concurrido a media mañana. Ellos fueron por el máximo daño. Yo estaba viniendo de la dirección del Market Place, cuando sonó, una explosión terrible. —Su expresión obsesionada mostraba como la memoria lo afectaba —. La gente estaba corriendo, gritando, algunos de ellos salpicados con sangre. Pero la peor visión estaba cerca de la escena, personas en el suelo sangrando, una madre inclinada sobre su pequeño herido, llorando. Era algo como una película de terror. Luego las sirenas y la policía, las ambulancias... ¿Qué clase de mente deformada lleva a cabo esta clase de crimen?

—Pienso que sabemos la respuesta a eso —dijo Jake —. No estoy familiarizado con esta parte del mundo. ¿Cuán lejos está el Mercado Weighton?

—Está a solo tres kilómetros de nuestro pueblo. Todos los aldeanos van ahí de compras.

—Eso lo explica entonces. La Hermandad de Woden estará detrás de esto para desacreditar al templo. La mente retorcida de Gombrich habrá soñado esta atrocidad. ¿Puedo pedirte un favor, Chris? —Jake vio la buena disposición en el otro rostro—. Deslízate sobre Goodmanham y mantén tu oído pegado al suelo. Averigua lo que dice la gente. Debemos ser muy cuidadosos en este tiempo delicado.

Ellos intercambiaron números de teléfono y Chris se fue a hacer su mandado.

Jake llamó al jefe de policía de nuevo y regresó con Liffi con el rostro sombrío.

—Acabo de hablar con los altos mandos de la policía de Humberside. Los perpetradores llamaron inmediatamente después de la explosión, declarando que eran la Gente de Freya y diciendo que ellos protegían *la progresión hacia una Gran Bretaña Blanca*.

—Estos bastardos enfermos, están tratando de culparnos por esto.

Jake miró a su pareja con pena.

—No será difícil tampoco. Ponte en los zapatos de la Sra. Promedio. Ella sabe que esta era un área pacífica hasta que el templo fue construido. Luego que fue abierto, ha habido ataques racistas. Ella sumó dos más dos y le surgió la respuesta obvia, es la gente detrás del templo. La policía está obligada a emitir una declaración, y la verdad es que ellos recibieron esa llamada. Pon eso en las manos de Bill Backhoise y su calaña, y tú, querida Liffi no vas a ser la favorita del mes.

—Tenemos que hacer *algo* Jake. No podemos dejar que Gombrich y sus matones se salgan con la suya. Arruinarán nuestro proyecto.

—Pienso que el Servicio Secreto llegará al fondo de esto tarde o temprano. La verdad surgirá, pero temo lo que pueda pasar mientras tanto. Pienso que no es seguro para ti permanecer aquí. Pronto habrá una reacción indignada cuando la gente tome el asunto en sus propias manos. Gombrich sabe esto y estará planeando otra atrocidad para avivar la furia de la gente.

Jake, asegurándose de que la pesada arma de fuego yaciera en el bolsillo lateral de su chaqueta, pasó los siguientes dos días cuidando el templo de Liffi en su ausencia. Él había decidido que, si una turba se aproximaba, él haría un disparo de advertencia, y si se aproximaba un neo-Nazi atrevido, él podría mejor dispararle al cuerpo. Nada ocurría, pero su soledad forzada le permitía pensar acerca de tácticas y posibles futuros escenarios para reestablecer la credibilidad de la Gente de Freya.

Estaba meditando en esas posibilidades en el segundo día de su vigilia, cuando su móvil sonó.

«¡Liffi!»

—¡Oh, eso es horrible! ¿Una nota pegada en el cuerpo? ¡El cerdo asqueroso!

Jake finalizó la llamada y consideró lo que le había dicho ella. El cuerpo de un vagabundo muy conocido y amado, llamado localmente como Robin, un vendedor ambulante de periódicos que normalmente se encontraba en la calle principal de Market Weighton, había sido encontrado en un terreno baldío donde dormía a la intemperie. Pero Robin no había muerto por la exposición, desnutrición o drogas. Alguien lo había estrangulado con un cable de acero. También habían dejado una larga hoja impresa pegada a su cuerpo, con una diatriba de odio contra las *llagas de la sociedad: los vagabundos, los homosexuales, los yonquis y los negros.* Ellos usaron la palabra racista que Jake se reusaba aún a pensar. El escrito concluía que los fuertes debían hacer lo que las autoridades eludían. Eso era remover la escoria de la faz de la tierra. Ellos firmaron con tres palabras, Gente de Freya. El cobarde escondía su verdadera identidad, eran asesinos sin rostro.

Jake apretó sus puños. Le costaría mucho no rebajarse a su nivel si Gombrich se presentaba en el templo. La única diferencia, si él asesinaba a Gombrich, sería que él le estaba haciendo un favor a la sociedad.

Pobre Robin. Se trataba del trabajo digno de encarrilar su vida vendiendo su periódico callejero, pero estos matones se lo habían arrebatado prematuramente. La gente seguramente no toleraría los crímenes atribuidos a la Gente de Freya por mucho tiempo.

Jake se fue hacia el tótem e inclinó su cabeza.

—Ayúdanos, Freya. ¡Ayúdanos!

❧ 10 ❧

Habían pasado tres días sin incidentes en el templo, entonces Liffi relevó a Jake asumiendo el control de la vigilancia. Preocupada acerca del reciente e inquietante tren de acontecimientos, y habiendo rociado el tótem con hidromiel, Liffi replicó las acciones de Jake parándose delante y rogándole a Freya por ayuda. Con la cabeza inclinada, ella comenzó a darse cuenta de un cambio en la luz y sintió una presencia. Mirando hacia arriba, su mirada se encontró con una forma brillante y centellante que no era de este mundo, pero al mismo tiempo formaba parte de él.

El espectro intangible tenía la forma de la mujer más bella que Liffi hubiera visto jamás. Largas trenzas rubias caían sobre sus hombros para cubrir su pecho desnudo, y con una sonrisa radiante su ágil figura se movió dos pasos hacia la asombrada Liffi.

—¡Freya! —jadeó ella y contuvo el aliento.

—No temas, hija, porque yo te he elegido y te ayudaré en tu momento de necesidad.

Asombrada de poder comprender a la diosa y arrebatada de estar junto a ella, Liffi cayó de rodillas, preguntándose si en algún momento se despertaría de un sueño.

—He venido a enseñarte el *seidhr* para que seas una *norn,* una *veleda,* alguien que discierne el curso del destino y teja nuevos eventos para que existan.

Los hipnóticos ojos color miel de la diosa, exquisitamente formados tenían a Liffi en un trance, y la casual declaración de algo tan increíble, en lugar de ponerla eufórica, la hizo sentir inapropiada. Sintiendo su malestar, la diosa sonrió y le indicó que se levantara. Desde dentro, el cuerpo de Liffi fue impregnado con un indescriptible calor resplandeciente

La seductora diosa metió su mano dentro de su túnica y sacó una rueca.

—Esta es la *seidstafr.* La necesitarás para realizar el *seidhr.*

«¡Por supuesto, para tejer el destino!» Ella tomó el implemento ofrecido.

Freya sonrió y asintió. Ella también podía leer los pensamientos de Liffi.

La diosa continuó explicando el rito del *seidhr* y cómo ella debía convocar a las mujeres de la familia para formar un anillo y cantar alrededor de la figura sentada de Liffi. La deidad señaló una silla utilitaria que Liffi había apoyado junto a la pared. La había comprado por casi nada en un bazar de caridad, pero ante sus ojos atónitos la silla sencilla se transformó en un magnífico asiento parecido a un trono. Con un movimiento de la delicada mano de Freya, el trono macizo dejó el suelo y flotó hacia el centro del piso. Otro gesto y se asentó ligeramente inclinado de cara al tótem.

—Siéntate —dijo Freya—. Debo enseñarte el canto invocatorio que tú, a su vez, debes enseñarlo a los parientes.

Liffi preocupada que su memoria fuera muy pobre para retener el canto de palabras perfectas. Resultó una ansiedad inútil, porque la deidad le había otorgado muchos dones, incluida una memoria impecable. Otra sonrisa fascinante, Liffi quien nunca se había sentido atraída por su propio sexo, estaba enamorada de Freya.

La diosa susurró:

—Sé fuerte, porque te encontrarás con los espíritus. Profecía, bendiciones y maldiciones estarán entonces a tu comando. Reúne a mis sirvientes, Liffi. Tú sabes lo que tienes que hacer. Nuestros enemigos se convertirán en paja en el viento.

Se movió para pasar una mano insustancial por el hermoso rostro de Liffi, quien, si hubiera podido ver su reflejo, se transformó de ya atractivo a perfectamente inmaculado y seductor. Ese pequeño gesto removió veinte años de envejecimiento en su servidora en un instante. Jake iba a tener una maravillosa sorpresa.

La deidad se inclinó hacia adelante, besó su frente, y Liffi se desmayó en su asiento. Cuando volvió en sí, no había signos de Freya. Su mirada se desvió hacia el tótem y se fijó en el rostro de la estatua. Ken Robinson había hecho sus rasgos preciosos, pero nada tan fascinante como el rostro real.

Liffi sonrió. Pensó con claridad en su encuentro con el otro mundo. Pronto ella sería capaz de confundir a sus enemigos y bendecir a sus amigos. Un sentido de urgencia se apoderó de ella. Aún mientras ella vacilaba, Gombrich y sus matones podrían estar provocando otra atrocidad para desacreditar a la Gente de Freya.

Liffi tomó su móvil, y desde su trono confortable, hizo una serie de llamadas, inculcando en sus seguidores la necesidad de venir de inmediato al templo. Dentro de media hora, catorce mujeres estaban paradas delante del Alto Asiento, admirando su belleza y la de su ocupante. Cada una de ellas podía ver la transformación en su carismática líder. Liffi optó por no decirles que ella se había encontrado y hablado con Freya. En cambio, lo solucionó con una mentira blanca, ella explicó cómo a través de la plegaria ella había sido ilustrada.

—¡Escuchen! ¿conocen el significado literal de

*encantamiento?* Significa un estado de trance inducido por continuos cánticos, y eso, señoras, es lo que tienen que hacer. Formen un círculo alrededor del Alto Asiento y les enseñaré las palabras místicas.

Tomó tiempo y paciencia hasta que fueron las palabras perfectas.

Liffi les mostró su rueca que mantuvo erguida.

—Yo viajaré, en un trance, dentro del mundo espiritual. Allí me encontraré con los espíritus para buscar su consejo en nuestro momento de necesidad. Esto solo puede ser logrado con su ayuda. No deben vacilar ni interrumpir el canto por ningún motivo. ¿Comprenden? Bien. La Gente de Freya sabe esto, puedo tejer sus destinos y cambiarlos de malo a bueno si fuera necesario.

Quizás ella no necesitaba ofrecer este estímulo, pero ella pensó que no dañaría a su causa.

Las mujeres comenzaron el antiguo canto de inducción al trance y Liffi bostezó y empezó a temblar. Dentro de un momento, ella entró en un estado de éxtasis, dejando su cuerpo como cuando cae la cáscara del maíz maduro, desplomado en el Alto Asiento, su alma volando en una tierra de espíritus. Se encontró a sí misma en una esfera brillante llena de gente, todos tan desconcertados como ella.

—*¡Psst!* Por aquí.

Ella se volvió y observó los rasgos de una amable anciana, su semblante inquietantemente familiar.

—¿No te conozco?

—Nos conocimos en el otro mundo, niña. Freya me envió a buscarte. ¡Toda una tarea! Una hueste de almas, cientos de miles fallecieron solo hoy.

—Ya recuerdo. Eres la mujer astuta del Valle del Caballo Rojo. Tú me uniste a mi esposo con un lazo en las manos.

—La misma. Pero ven, estás aquí por un propósito. Pregúntame y podré ayudarte.

Liffi miró con tristeza a la criatura marchita, pero ella debía tener fe. Derramó el relato de los enemigos del templo y sus atrocidades.

El espíritu anciano escuchaba atentamente, y cuando Liffi había terminado dijo:

—Haces bien en servir a Freya y ella te protegerá y proveerá los medios, a través mío, para hechizar a tu enemigo. Escucha, debes tomar un retoño de roble recién cortado para crear una rama de potencia. En ella, tallas las siguientes runas futhark...

Liffi las memorizaba, y la mujer astuta continuaba.

—Una vez que hayas hecho esto, ponla delante del altar de Freya y canta la maldición. *Te miro, maldad lobuna y odio. Que la angustia y la miseria insoportables te afecten. Nunca te sentarás, nunca dormirás...*

La anciana siguió hablando, Liffi memorizando cada palabra en su memoria.

Cuando ella hubo terminado, el espíritu anciano tocó la mano de Liffi.

—Date prisa, niña. Cuando tú regreses, yo caminaré a través de las esferas para que tú ganes una mayor iluminación. Por ahora, regresa, haz esto, y conduce a tus enemigos a la locura.

Las mujeres cantantes, con las manos tomadas, obedecían a su líder, pero no había una entre ellas mirando su cuerpo sin vida que no abrigara el deseo de parar para restaurar a Liffi a su estado previo de vida. Qué alivio, cuando Liffi agitada, gimió y sus párpados se abrieron. Estaba exhausta, pero encontró la fuerza para poner un dedo en sus labios de modo que el cántico titubeó y luego se extinguió. Entonces ella fue bombardeada de preguntas.

—Si, he estado en el mundo de los espíritus, donde me encontré con una mujer sabía quién me enseño como confundir a nuestros enemigos. —A regañadientes, describió la esfera abarrotada, y después perdiendo la paciencia ella chasqueó—. Tenemos trabajo que hacer. Suficiente de esta charla inútil. La próxima vez tejeré favorablemente sus destinos, pero en el presente debemos lidiar con nuestros enemigos. Necesito que me traigan un retoño de roble.

Esto causó una intensa discusión acerca del mejor lugar para encontrar uno. Algunos bosques cercanos brotaban de sus labios, pero una mujer se aproximó a ella.

—¿Crees que importa si compro uno en un vivero local? Conozco un lugar que vende árboles jóvenes para plantas en el jardín. Estoy segura que encontraré un retoño de roble allí.

—Brillante —dijo Liffi—. De esa forma, seguro será fresco. Apresúrate y cómprame uno. Tráeme un recibo y yo cubriré el gasto. Oh, ¿puedes comprar un cuchillo, adecuado para grabar en la madera?

Para el momento en que la mujer regresó, llevando orgullosamente un árbol joven en una maceta, Liffi había recuperado el color en sus mejillas y su energía.

—Bien hecho, Rachel. ¿Conseguiste el cuchillo? ¿Cuánto te debo?

Saldada la deuda, Liffi abrió la navaja y cortó el tierno tallo. Después de tallarlo hasta la madera desnuda, talló las runas que había memorizado.

—¿Qué estás haciendo? —dijo su acólita.

—Preparando una maldición que llevará al líder de los neo-Nazis a la insania. —Rachel la sorprendió con una carcajada de bruja—. Sirve bien a los cerdos. Esa pobre pequeña quedará marcada de por vida, gracias a él.

Liffi llevó la ramita de gamban hacia el tótem y la dejó a los pies de la estatua. Ella repitió la maldición que había aprendido, pero insertó un nombre.

—Te veo, Gikbert Gombrich, maldad lobuna y odio...

Rachel la miró cuando ella hubo terminado.

—¡Espero que funcione!

—Oh, lo hará, Lo hará.

En su camino a casa para almorzar con Jake, quien había prometido cocinar comida china, Liffi sonrió ante el pensamiento de ser capaz de contarle todo. Reflexionando, ella estaba convencida que habría sido mejor reprimirse con las damas. Cuando juzgara que era el momento correcto, quizás ella sería capaz de compartir su experiencia que le cambió la vida. Por el momento, compartirlo con Jake sería más que suficiente.

—No podía creerlo, Jake —dijo ella, atravesando la cocina hacia Jake, que estaba salteando con una espátula de madera y no se dio vuelta—. Freya estaba parada justo allí, tan lejos como lo estoy de ti.

Aún él no levantó la vista, pero agregó algunos palillos de zanahoria al contenido chisporroteante del wok. El aroma era delicioso.

—¿Qué, en vivo?

—No estoy segura, para ser honesta. Era una especie de algo resplandeciente, como esperarías de un espíritu. Sin embargo, luego acarició mi rostro y su mano se sentía lo suficientemente real.

Finalmente él levanto la mirada, con la mandíbula floja y los ojos bien abiertos.

—¡Liffi! ¿Te has mirado en un espejo?

—No. ¿Por qué?

El silencio desde el baño parecía durar para siempre. Entre pelar y picar raíz de jengibre, Jake reflexionó entre lo que había visto u oído. Cualquier duda sobre la verdad de la increíble afirmación de haber hablado con la diosa se habían eliminado al ver su rostro y notar los cambios. Era como si su pareja hubiera rejuvenecido veinte años, la versión juvenil de ella misma, como él la había visto en viejas fotos, pero aún más atractiva. «Ella dijo que Freya le había acariciado su rostro».

Su bella pareja regresó a la habitación, radiante.

—Freya hizo esto por mí. ¡Oh, cómo la amo! Jake, ella es tan preciosa.

—Como tú, Liffi.

—Ella me ha recompensado. Debe ser eso. Luzco mucho más joven. ¿Te gusto así?

—Si no estuviera haciendo de chef, te mostraría cuánto. Tal como están las cosas, voy a servir el arroz y tú me contarás acerca de lo que ocurrió en el templo. El pollo se marinó toda la mañana, por lo que debería ser comestible.

—Mmm, huele delicioso, hombre de talentos ocultos.

Él extrajo el corcho de un vino tinto italiano y lo vertió con el satisfactorio sonido del líquido gorgoteando del cuello de la botella, en una copa.

Qué lujo. Este era el primero de sus pocos hombres que alguna vez cocinó para ella. Esto haría que compartir su experiencia especial en el templo fuera más confidencial y confortable. Ella le contó acerca del cántico y la inducción al trance al estado de éxtasis. Él estaba especialmente interesado en el mundo espiritual y asombrado que ella hubiera visto a la mujer astuta del Valle del Caballo Rojo.

—La querida anciana debe haber fallecido, entonces —dijo él.

—Si, probablemente siglos atrás. Pienso que Freya la envió a ella hacia ti en Warwick, justo como la despachó hacia mí en esa... esa... esa otra vida. Recuerda, Freya puede predecir el futuro, y en Warwick ella debe haber sabido que estaríamos juntos y que yo sería su seguidora.

—Supongo.

—Seguro. Y seré una profetiza, también, Jake. Ella me dijo que yo soy una *veleda*.

Fuera lo que fuera, lo dejó sin aliento, y se preguntó si Freya alguna vez se le aparecería y lo haría tan guapo como una estrella de cine.

Se forzó a sí mismo a concentrarse en los asuntos en cuestión.

—Entonces, ¿cómo nos ayuda Freya en nuestro predicamento actual? —La idea del retoño lo intrigaba —. Entonces, ¿es otra maldición? Sé que la Maldición del Caballo Rojo era poderosa y perduró durante siglos. Lo más probable es que siga en funcionamiento.

Ella mostró una sonrisa.

—Esto es diferente, más como un maleficio hecho a medida para volver loco a Gombrich. Un *Seidhr* puede ser bueno o maligno. Yo pienso que esto es un *seidhr* negro, Jake.

—Siempre pensé que tú eras algo como una bruja. Me has hechizado ciertamente.

—Esta fue una comida encantadora. Ven, Jake Conley, vamos a la cama.

Estaba a punto de convertirse en beneficiario de otro regalo que Freya le había otorgado a Liffi.

## CASA DE REUNIONES DE AMIGOS, NEW EARSWICK, YORK Y GOODMANHAM, EAST YORKSHIRE, SEPTIEMBRE DE 2021 AD

El Sr. Howatson, un juez de instrucción, recibió temprano en la mañana una llamada de un abogado de la policía, informándole de la muerte de un prisionero mientras estaba detenido. Bajo esas circunstancias, los requerimientos específicos de la ley, incluían una investigación judicial pública y la convocatoria a un juicio, también sería necesaria una autopsia. Publicaron la notificación de dicha indagatoria, relativa al fallecimiento del Sr. Gilbert Gombrich a mediados de septiembre.

El patólogo que había conducido la autopsia dio el primer testimonio. Detalló la supuesta hora de la muerte durante la noche previa al jueves, y la causa, el severo golpe del cráneo contra la pared de la celda. Cuando se le presionó para que indicara si la muerte podría atribuirse a heridas autoinflingidas o si había habido participación de un tercero, el patólogo dudó, pero luego declaró que sus hallazgos eran consistentes con un suicidio provocando una hemorragia interna y un ataque fatal.

El médico de cabecera, consultado por Gombrich en las semanas previas a su fallecimiento, proporcionó pruebas de la mala salud del fallecido. Explicó cómo su paciente había sufrido desde insomnio hasta calambres corporales inexplicables que le impedían descansar. Agregó que la prescripción de pastillas para dormir y medicinas para relajar los músculos habían sido todas ineficaces. Opinaba que el estado mental de Gombrich había mostrado signos de discapacidad y era compatible con el suicidio.

Los siguientes testigos, un detective inspector, prestó juramento y declaró que la policía había arrestado al fallecido tras las alertas del público acerca de sus desvaríos incoherentes sobre el atentado en el Mercado Weighton. El oficial expresó que en su opinión Gombrich era insano, pero se apresuró a agregar que su punto de vista no era el de un experto sino el de un aficionado.

El juez de instrucción pidió ver las declaraciones de los agentes de la noche de la muerte, y expresó su consternación ante la negligencia que surgió cuando las grabaciones de la noche en cuestión fallaron para estar a la altura de los agentes que *vigilaban* al prisionero en su supuesta vigilancia suicida. Esto, sugirió él, debía ser materia de una investigación interna dentro de la fuerza policial, pero los marcos del circuito cerrado demostraron más allá de toda duda razonable que nadie más estuvo involucrado en infligir el trauma al cráneo del detenido.

Para redondear los procedimientos, el jurado pronunció un veredicto unánime que Gilbert Gombrich, de cuarenta y cuatro años, había encontrado una forma de quitarse la vida mientras se perturbaba el equilibrio de su mente. El forense pasó debidamente su informe al registrador, quien lo grabó para la posteridad. El mismo documento, por su referencia a la negligencia, llegó al despacho del Jefe de Policía de Humberside, quien, a su vez, dada la identidad del fallecido, llamó a Jake Conley.

En una discusión formal, Jake señaló que la amenaza al templo y la reputación de la Gente de Freya no cesaría con la muerte de un propagandista neo-nazi. Posteriormente, sus palabras fueron más relajadas con su pareja.

—¡Liffi, lo hiciste! Te deshiciste de la escoria.

—¿Gombrich?

—Si. Aparentemente se volvió loco y se suicidó mientras estaba bajo custodia policial.

—Qué bueno. Pero Jake, ¿qué terrible poder he desatado?

—*Seidhr* negro. Pero justificable bajo las circunstancias. No siempre será así, Liffi. Serás capaz de usarla benéficamente, alterar el futuro por un bien mayor.

Su semblante adquirió una expresión soñadora.

—Yo solo quiero emplearlo al servicio de Freya. — Se demoró amorosamente en la última palabra.

La mañana siguiente la encontró dentro del templo con un gran ramo de rosas amarillas recién cortadas, que acomodó en un vaso a los pies del tótem. Dio un paso atrás para admirar su obra, se estrelló contra una figura desconocida.

Una enorme mano le tapó la boca y una voz que ella reconoció con horror, retumbó.

—Mantnte quieta y nadie va a lastimarte... no hoy, al menos.

La mano la liberó y Liffi se alejó del matón, se dio vuelta y miró con aborrecimiento a la enorme forma de Martin Szewronski, su rostro poco atractivo, empeorado por un parche negro de pirata en el ojo.

Dicho semblante se contrajo de rabia.

—Lo supe desde un principio. ¡Eres una bruja maldita! Solo mírate, has cambiado tu rostro y eso no es una maldita cirugía plástica. Convocaste a ese halcón, ¿no? El que me dejó ciego. Es tu maldito familiar, bruja. No es necesario que pienses que pagaste tu deuda por esto. —Señaló al parche en su ojo—. Porque todavía no he empezado contigo, perra. Voy a dejar que todo el mundo sepa que te gusta la brujería. Y si esto no te cierra, quemaré este lugar contigo adentro. Solo mira si no lo hago.

Liffi miró ansiosamente hacia arriba en el tótem.

Szewronski corrió de cabeza hacia la puerta y gritó por sobre su hombro:

—Oh, no lo hagas, maldita bruja. No pongas ese maldito pájaro sobre mí de nuevo.

Ella observó con asombro, como su auto salió rugiendo del recinto del templo.

Perturbada mientras caminaba de regreso a su alojamiento para hablar sobre estos eventos con Jake, comenzaron a formarse los destellos de cómo lidiar con el matón, y al mismo tiempo, aprender algo en su beneficio. Decidió no volver loco a Szewronski, como había hecho con el Gauleiter. Esta noción le pareció muy superior y se abalanzó a su apartamento para compartirlo con su pareja. Preocupado por la reaparición inesperada del extremista de un ojo, no obstante, Jake escuchó con creciente entusiasmo la idea de Liffi.

—¡Brillante! —dijo él—. Si aprendes a hacer esto, no habrá límites en lo que seas capaz de hacer.

Una sonrisa malvada apareció en su rostro.

—Dormiré y si sigo convencida, convocaré a las mujeres de la familia en la mañana.

Una serie de llamadas y mensajes, y antes del mediodía las mujeres de la Gente de Freya habían juntado sus manos alrededor del Alto Asiento. Su cántico insistente causó que ocurrieran dos cosas. Indujo el trance de Liffi y su forma sin vida no alteró a las cantantes que giraban, porque esta vez lo esperaban. Segundo, la entonación entusiasta reverberó lo suficientemente fuerte como para ahogar los suaves pasos de los intrusos que ahora grababan el ritual.

En cuanto a Liffi, su entrada a través de su *seidstafr* al más allá fue más suave que la primera vez, y cuando se separó de la multitud de espíritus, la mujer astuta la saludó de nuevo. El espíritu anciano se rió a carcajadas del relato del éxito de Liffi con Gombrich, y ella escuchó con creciente entusiasmo el plan de la joven.

—Por supuesto que puede hacerse —cantó ella—. Pero deberás pasar a una esfera más alta. —Tomó de la mano a Liffi y la llevó a través de los espíritus, muchos desconcertados por su llegada a la otra vida.

El nuevo ambiente estaba lleno con entornos armónicos y familiares, espectros animales y vegetales.

La mujer sabia condujo a Liffi sobre la copa de un árbol de roble.

—Es sagrado para Freya —suspiró ella—. Mira eso. —Señaló una raíz rugosa que emergía del suelo—. Siéntate aquí. Ruega a Freya por asistencia, y, sobre todo, concéntrate en el destino de tu asunto. ¡Concéntrate!

Liffi comenzó a hacer girar su rueca y su trance de concentración le mostró a Martin Szewronski manejando a alta velocidad desde el templo, luego sus acciones cuando llegó al cuartel central neo-Nazi. Ella lo vio llamando a varios periódicos con sus alegatos falsos, y decidió que había llegado el momento preciso de cambiar su destino. Ella desenroscó, y con una sonrisa maliciosa lo tejió en otro hilo que tenía. Cuando hubo terminado, ella vio cómo se desarrollaba el futuro de Szewronski, y si su víctima hubiera podido verla en ese momento, no habría tenido ninguna duda que ella era una bruja. Ella no podía esperar para regresar y contarle a Jake lo que le esperaba a Martin Szewronski.

El pensamiento de Jake hizo que su destino se desplegara ante sus ojos, y ella lo hizo girar con ferocidad. Viendo su destino desmoronarse, y presa de una gran felicidad por la positividad del suyo, «pero solo un pequeño retoque, deja ver, mmmm, por aquí», lo hizo y satisfecha por la alteración que provocó en su futuro, dejó la rueca y la visión se desvaneció.

La mujer astuta le sonrió.

—¿Todo hecho, mi dulce? ¿Recibiste la bendición de Freya?

—Debe ser —dijo Liffi—, porque todo salió como quería.

—Entonces esas cosas sucederán, niña. No temas. Hay algo que debo enseñarte ahora. Te saludo con mi despedida y mi bendición. *Adórenla, la fuerte y benéfica Freya de los fieles, cuya voluntad es terrible para los que la afligen, que en la batalla rompe los brazos de sus enemigos.* —El rostro arrugado, previamente absorto, se transformó en una expresión amable—. Que los manantiales de agua dulce nunca te falten y las estrellas guíen tu camino. Que la mano de Freya te tome y te sostenga. Ve con mi bendición, niña.

Liffi no pudo entender nuevamente como regresó a su cuerpo, pero la consciencia del canto duradero causó que ella se moviera y ordenó a las mujeres que cesaran.

Cuando tuvo la energía para hablar, dijo:

—Está hecho. Nuestro futuro está asegurado y nuestros enemigos confundidos. La bendición de Freya está sobre ustedes.

Si Liffi hubiera sabido quien se había retirado unos minutos antes, armado con un video y fotografías del rito, no habría hablado tan confiada. Por el momento, las cantantes parecían contentas con su rol y preguntaban a Liffi sobre el mundo de los espíritus y la efectividad de su *seidhr.* Les dijo lo suficiente para dejarlas contentas y a bordo, porque eran esenciales para sus visitas al otro mundo.

Al regresar con Jake, decidió no decirle por el momento acerca del giro que le había dado a su destino. En cambio, ella no pudo esperar para revelarle que destino, gracias a ella y a Freya, tenía reservado para el neo-nazi Martin Szewronski.

Ella encontró a Jake estudiando las cuentas mensuales del Parque Temático del Valle del Caballo

Rojo y se permitió una sonrisa de suficiencia. Sabiendo lo que había hecho, la empresa tendría que prescindir de Jake Conley en el futuro previsible que ella había manipulado.

—¡Jake, discúlpame por molestarte, pero estoy que explotó con estas noticias!

Él suspiró y adoptó una expresión de sufrimiento.

—Vamos, escuchémoslo.

—El *seidhr* funcionó perfectamente. Usé la rueca, el *seidstarf*, para hilar el destino de Szewronski. Debería irse a Estados Unidos mañana por una invitación de un grupo extremista llamado Odiar a tu Vecino. Deben adaptarse a él en el terreno. En cualquier caso, estará bien y verdaderamente fuera de mi cabello. —Ella jugueteó con su cabello suelto en el extremo de su larga trenza.

Sabía que era fácil despertar a Jake, quien en estos días no podía mantener las manos quietas.

—Pero escucha, esto no es todo. No tuve que guiar su destino a ningún final desagradable. Se las arregló... o mejor dicho se las arreglará por sí mismo. Lo vi usando un overol naranja en una penitenciaría norteamericana. Será arrestado por actividades subversivas violentas. Fue como ver un avance rápido en un video. Lo vi golpeado por guardias, por reclusos y lo vi envejecer y eventualmente morir en ese infierno. Le sirve apropiadamente.

—Seguro que lo hace, Liffi. No viste nuestros futuros, ¿o sí?

—Un poco del tuyo, Jake. —Ella le dio una sonrisa pícara.

—Oh, vamos, tienes que contarme.

—No estoy segura que sea sabio, en este momento.

—Al menos di si es bueno o malo.

—Definitivamente la mayoría bueno. —Pero ella no le dijo su parte en ello.

Quizás nunca lo haría.

Jake se acercó al sillón. Necesitaba pensar. Entretenida, ella lo observó deliberar por un momento, y al final, no pudo contenerse más.

—¿En qué estás pensando?

Él pareció salir de una meditación.

—Me preguntaba porque debemos tomar acción contra estos extremistas. Te has deshecho de Gombrich, y presumiblemente, Szewronski, pero hay más de ellos y ¿no dijiste que te amenazó con exponerte a la prensa? No creo que podamos quedarnos sentados aquí jugando con nuestros pulgares.

Ella sonrió con su sonrisa reservada, llena de conocimiento oculto.

—Estoy segura que depende de lo que tú decidas, Jake.

—¿Qué es lo que no me cuentas, Liffi?

—Oh, lo descubrirás pronto. Que sea una sorpresa, Sr. Conley.

Liffi regresó a casa de ir de compras, acarreando dos pesadas bolsas llenas de comestibles. Luego de ponerlos en la mesa de la cocina, sacó un periódico sensacionalista de uno con una floritura.

—Pienso que debes ver esto, Jake. —Ella le pasó el periódico—. Escucha el titular: BRUJERÍA EN WOLDS WAY.

—Hay solo un periodista con un comando similar de aliteración —se burló Jake—. Nuestro viejo compañero, Bill Backhouse.

—Él espió en nuestro ritual de *seidhr* y llevó un fotógrafo con él. Las imágenes están en el periódico, pero dice que hay un video en la versión online. Escucha esto. Dice que East Yorkshire es el hogar de una disputa pagana entre facciones rivales. Szewronski se ha arrastrado de debajo de las piedras y ha declarado que la Hermandad de Woden no es más peligrosa que un grupo de adherentes cuyo propósito es honrar a los dioses Anglo-Sajones. Él sostiene que su presencia en Goodmanham está justificada por la conexión histórica con el templo de Woden en el período del asentamiento temprano. Este reportero deja en claro que ellos son la parte injuriada, que no esperaban descubrir un aquelarre de brujas cerca de su lugar natural de culto. —Liffi blandió el periódico en el aire—. Hay una foto del feo amasijo de Szewronski aquí. Debería recibir asesoramiento legal acerca de este artículo, porque el nazi me acusa de ser una bruja. Dice que perdió su ojo porque yo tengo un familiar, un halcón, que yo lo envié sobre él para que lo lastimara. No satisfecho, dice que usé mi magia negra con su amigo cercano, Gilbert Gombrich para llevarlo a la locura y el suicidio.

—Eso es verdad —dijo Jake.

—Maldita sea, Jake. Él no sabe eso. Esto es peor, y yo debo poner un alto a sus comentarios frívolos. Escucha esto, la Srta. Liffi Wyther, presunta bruja y líder del culto satánico Gente de Freya, vive con el notorio Jake Conley, acusado dos veces de asesinato con un hacha, dos crímenes no resueltos que todavía lanzan una sombra sobre su nombre.

Jake se acomodó en su sillón y murmuró:

—¿No hay un final para este sinsentido?

Ella no lo oyó.

—¿Me estás escuchando Jake? ¿No te importa? —Ella marchó en el salón como si fuera un campo de batalla, blandiendo el tabloide—. Es más, ha iniciado una encuesta en la que invita a los residentes de East Yorkshire a declarar si quieren que el templo sea demolido. Por supuesto, ellos elegirán que sí, ya que él está haciendo ruido sobre el atentado en el Mercado Weighton y el ataque a los paquistanies. No tiene el cerebro ni la capacidad para ver a la Hermandad de Woden detrás de ello. Él está culpando a las brujas. Es como el maldito siglo XVII de nuevo. Backhouse se imagina a sí mismo como un moderno Matthew Hopkins.

—¿Quién?

—¿No sabes nada, Jake? Hopkins, el general cazador de brujas, responsable por la muerte de muchas mujeres inocentes que él acusó de brujería.

—Ya veo.

—¿Es todo lo que tienes para decir? *¿Ya veo?* Vamos a tener que hacer algo.

—No creo que debas usar *seidhr* negro en Bill Backhouse, Liffi. Eso solo confirmaría las acusaciones. La partida de Szweronski hacia los Estados Unidos deshace uno de los problemas, pero remover a un reportero quien justo expuso tus brujerías me parece contraproducente.

—¿Qué sugieres?

—Debes ir de regreso al mundo espiritual y tejerle un destino diferente. Por ejemplo, puedes convertirlo en un periodista de un periódico serio, donde estaría absolutamente fuera de su alcance y rápidamente desacreditado. Podría disimularse por su brillante investigación exponiendo a las Brujas de Wolds.

—¿Por qué él debe avanzar en su carrera como pago por sus mentiras? Jake, ¿puedes usar tus poderes mentales vinculantes para ponerlo en la Hermandad de Woden? Eso sería hacerle un favor a la sociedad.

Había mérito en esa sugerencia, y él no había usado su don paranormal por algún tiempo, o para este asunto, sintió la presión familiar en su frente que estaba experimentando mientras escuchaba a su pareja.

Eso lo resolvió. No podía ignorar el mensaje psíquico.

—Déjamelo a mí. Yo arreglaré a Backhouse. Cuando termine con él será conocido como Bill Retroceso.

Antes de que Jake hiciera un movimiento contra el periodista, recibió otra llamada del Jefe de la Policía de Humberside, requiriéndole que fuera a un *tête-a-tête* en Hull. El oficial mayor, quien tenía lo que él llamaba *una propuesta interesante* para Jake, era reacio a explicarle por teléfono.

Cuando Jake fue con Liffi para discutir la curiosa llamada, ella sonrió secretamente.

—Si, lo sé. Debes ir... y no lo rechaces.

Una vez más, Jake dijo:

—¿Qué es lo que no me estás contando, Liffi?

Ella mantuvo una expresión ambigua como una esfinge. Y solo cuando él estuvo a medio camino fuera de la puerta, dijo:

—No te olvides del asunto de Bill Backhouse.

Las instrucciones para llegar al cuartel general de la policía eran fáciles de seguir. Estaban situados en las afueras de la ciudad, en Priory Road, un poco más allá de la estación de tren Cottingham.

La oficina del Jefe de Policía era de más difícil acceso, en gran parte porque los oficiales de guardia parecían temerosos de molestar a la exaltada figura. Cuando Jake mostró irritación ante el retraso, se pusieron en acción, primero con el teléfono interno, y luego llevándolo hasta una puerta, donde con un golpe circunspecto logró su admisión.

—Ah, bienvenido. Al fin nos conocemos, Sr. Conley. Solo he tenido del placer de hablar con usted por teléfono. Por favor, siéntese. ¿Puedo ofrecerle algo? ¿Té, café? Ah, puedo ver por su rostro que aprecia lo último.

—No se puede esconder nada a un buen policía — dijo Jake—. Eso sería muy bueno, gracias.

Luego le preocupó qué significaría café para la Policía de Humberside. En su experiencia, los cafés en las instituciones generalmente no eran mejores que agua sucia desagradable. Pero para su placentera sorpresa, ellos tenían un expresso decente, fuerte y corto, justo como él lo prefería.

—Usted se preguntará porque lo he llamado, Sr. Conley. Confieso que mis pensamientos en el asunto comienzan con el atentado del Mercado Weighton y continúan después con la investigación sobre ese desagradable individuo Gombrich. También he investigado un poco sus antecedentes, ya que inevitablemente aparecía en las investigaciones. He descubierto un personaje notable y comencé un pensamiento lateral.

Impresionado por la edad del jefe de policía, «no tendría más de cuarenta y cinco», y por su manera de hablar, Jake estudió la apariencia de corte definido del hombre en frente de él y tomó un gusto intuitivo.

—¿Pensamiento lateral?

—Si, yo leí acerca de sus hazañas un par de años atrás, tratando con ese negocio curioso e intratable como el Agujero de Elfrid. Estoy convencido que sin su ayuda el caso no podría haberse resuelto.

—Para ser honesto, tuve que usar métodos no ortodoxos para convencer al Detective Inspector Shaw, pero le diré que tuvimos resultado.

—Por supuesto, lo hizo. He estado en contacto con la gente correcta, y he sugerido un rol especial para usted, esto es, por supuesto, si usted se inclina a aceptar mi propuesta. Puedo asegurarle un salario acorde y todo el apoyo que necesite, tanto tecnológico como de mano de obra. Pero no nos hagamos ilusiones. El trabajo está plagado de peligros.

Jake se incorporó. Emoción, peligro, esas eran las sensaciones que hacían la vida digna de vivir.

—¿Qué es lo que tiene en mente?

—Usted creerá que soy ridículo si me refiero a Sherlock Holmes, no lo estoy comparando con *él*, pero usted sabe, él se describe como un detective consultor y ese es el rol que he propuesto para usted.

«Un detective consultor, como anillo al dedo».

—No estoy seguro de tener las habilidades que Sherlock Holmes poseía.

El policía buscó su mirada con ojos perspicaces.

—No. Pero según los relatos, usted tiene otras competencias para influir en los casos. He hecho los arreglos necesarios para que empiece a partir de hoy. Pero como es usual, con Whitehall hay una trampa.

—¿Qué quiere decir?

El jefe de policía apoyó su mentón en su mano y observó a Jake con ojos gris intenso.

—Tan pronto como yo los persuada a usarlo para exponer a la Hermandad de Woden, ellos se aferraron a las estadísticas, como lo hacen, señalando su poca preocupación por Humberside en comparación con otras áreas de Yorkshire, donde hay una concentración de inmigrantes, tales como Bradford y Leeds.

—¿Seguramente no se supone que tenga que hacerme cargo de toda la extrema derecha en Yorkshire por mi cuenta?

—No solo. Tendrá el respaldo completo de la oficina en su casa y los recursos de las fuerzas policiales en las áreas involucradas. Lo que esperan es que sus investigaciones revelen una red de extremistas. Una vez que usted tenga los nombres, y crucialmente, la prueba, la fuerza se moverá. Tendrá una enorme base de datos para aprovechar, por cierto.

—Todo esto es muy interesante, pero desafortunadamente ya tengo un trabajo bien pagado.

El jefe de policía movió su codo hacia adelante un par de centímetros, y con eso su cabeza en su mano ahuecada.

—Esto es algo de lo que Whitehall se ha ocupado, parece. Su amigo Huxley Adams-Wessex fue muy cooperativo. Esta feliz de renunciar a sus servicios. No se enoje, viejo. Es típico del MI5. Ellos se mueven oblicuamente. Ya colocó un anuncio para su viejo empleo...

—¡Espere un momento! ¿Y qué si no aceptaba esta proposición?

—Creo que usted lo hará, Sr. Conley. Llámelo instinto de policía, si usted quiere.

Jake resopló.

—Luego de lo ocurrido en el Mercado de Weighton y las continuas amenazas a mi esposa... —Él vio las cejas elevadas—. Bien, OK, no estamos casados a los ojos de la Iglesia o del Estado, pero nos casamos en el siglo VI. De todos modos, es una historia larga e increíble. Me encargaré de ellos, Jefe. Pero hay algunos puntos que aclarar.

El jefe de policía se sentó hacia atrás en su silla giratoria de cuero y alcanzó la manija del cajón del escritorio.

—Y algunas formalidades —dijo él—. La más importante es que usted firme en el Acta de Oficiales Secretos. Debo advertirle fuertemente que lo lea cuidadosamente, porque de incurrir en infracciones, hay severas penalidades. Mientras hace eso, yo haré fotocopias de su contrato con la policía de Humberside que también requerirá una o dos firmas.

La longitud del documento comprendía de dieciséis secciones, inmediatamente manifestaba las consecuencias en caso de infracción, la más pesada implicaba una sentencia de catorce años de prisión. Jake podía ver la relevancia de las primeras seis secciones, pero aceleraba su lectura, volteando página tras página hasta que estaba hojeando las últimas páginas, que consideró que tenían poca relación con las operaciones en las que estaría involucrado. Después de recoger el bolígrafo de aspecto caro que el policía había dejado al lado del documento, Jake firmó con una floritura. «Por los dioses, ¡soy un agente secreto! Jake Conley. Me pregunto si tengo un número 00».

Un golpe en la puerta, y entró un joven oficial de policía con una barba corta y abundante, sin duda diseñada para hacerlo parecer mayor.

—Las copias que pidió, señor.

—Ah, espléndido, Browning. Es correcto, ¿no es asi?

—Si, señor.

—Bien, Oficial Browning, tenga la bondad de hacerme una copia de este documento. —El jefe deslizó el largo escrito que Jake acababa de firmar a través de su escritorio y se lo entregó al joven, quien se apresuró afuera con él—. Es mejor que usted tenga una copia personal. Yo tengo una, no es que la vuelva a leer después del día que la firmé. Es todo sentido común, después de todo. ¿Otro café, Jake? ¿No le molesta que lo llame por su nombre, espero?

—Perfectamente bien, Jefe.

—Ah, eso sería injusto. Tú puedes llamarme Alex, abreviatura de Alexander. Como podrás ver a partir de tu contrato, eres un oficial de alto rango, con acceso a puertas que yo estaría en apuros para pasar. Sería correcto que estuviéramos en igualdad de condiciones. Tu superior inmediato estará escondido en alguna oficina lujosa de Londres, sin duda. Ahora, ¿qué hay acerca del café? Yo mismo soy algo así como un adicto.

—Tenemos eso en común, Alex. Me complace aceptarlo. Me sorprendió lo bueno que es.

—Insistí en una cafetera Lavazza y la misma marca de cápsulas. Los italianos conocen una cosa o dos acerca del café. ¡Pero dame una malta sobre grappa cualquier día!

—La de Lagavulin es mi favorita —dijo Jake, medio esperando que uno apareciera como por arte de magia.

No fue así, pero su comentario le valió una sonrisa de agradecimiento.

—¿Te gusta tu whisky golpeado entonces? Será mejor que ponga una fecha para una sesión informativa. Creo que esas ocasiones son mucho mejores con un vaso en la mano. Pasé unas vacaciones en Islay un par de años atrás. Adorable lugar, más destilerías que habitantes. Solo bromeo.

Consumido el café, el policía giró otro documento hacia el rostro de Jake. Un dedo señaló en la mitad de la primera página.

—Esto debería interesarte, tu salario es el mismo que el mío.

Jake tuvo una reacción tardía. Ochenta y cinco mil libras anuales. Era veinte mil libras más por año que sus generosas ganancias en el Parque Temático del Valle del Caballo Rojo.

—El monto de tu pago refleja la naturaleza peligrosa de tu trabajo, Jake. El mío, en cambio, se basa en volar esté escritorio, con la considerable responsabilidad que conlleva. Hasta cierto punto, tú comienzas a ser parte de eso, también. lo menos que puedo hacer es inculcarte la necesidad de extremar las precauciones. Me gustaría tu consentimiento para mudar a la Srta. Wyther a una casa segura. Por supuesto, ella será libre para continuar con sus actividades diarias, pero bajo ojos protectores. Estos matones usualmente intentan golpear a los agentes a través de sus familias. Nosotros no les daremos esa oportunidad, Jake.

—Sería un inmenso alivio saber que Liffi está bajo protección especial.

—Un nombre inusual.

—Su nombre real es Ethel. Ella adoptó Liffi, algo relacionado con Ragnarök, el fin del mundo en la mitología Nórdica.

El jefe de policía contestó:

—Um-um. —Y volvió su atención a otros asuntos—. Londres envió estas dos cajas de aluminio. ¡Ábrelas en una habitación a oscuras! En serio, lejos de ojos curiosos, lee atentamente el dossier adjunto. Por cierto, tienes acceso inmediato a nuestros archivos sobre la Hermandad de Woden.

Él levantó una caja sin dificultad y la puso sobre el escritorio. La otra le hizo gruñir y sudar.

—¡Espero que no tengas una hernia, Jake! Esto parecería ser todo, excepto un par de firmas en nuestra copia de tu contrato. Ya he firmado las tuyas.

Jake obedeció y encontró una mano extendida para estrechar.

—Bienvenido, colega. Me aseguraré de obtener una botella de Lagavulin para nuestra próxima visita. Aquí está mi número, reservado para operaciones. Línea cerrada. El de abajo es para llamadas sociales. Mejor no uses ese. Anda con cuidado, Jake.

## 13

## GOODMANHAM, 2021 AD

Introspectivo en el mejor de los tiempos, Jake reflexionó sobre estos nuevos desarrollos mientras conducía hacia Goodmanham. Sin ilusiones, el antiterrorismo era una rama sofisticada de la policía y él era un principiante absoluto. Confortado por la conciencia de que estaba dotado de dones supernaturales, se habría sentido mejor si hubiera podido abrir y estudiar el contenido de las dos cajas de aluminio que tenía en el maletero. Como no lo había hecho, estaba preocupado mientras conducía.

Se detuvo por diésel y llamó a Huxley, quien lo asombró al decirle que no debían hablar por teléfono acerca del nuevo empleo de Jake. Parecía que su amigo sabía más acerca de sus actividades que el mismo. Aliviado que Huxley se lo tomara tan bien, finalizó la llamada en términos amigables.

Con nna causa de ansiedad fuera del camino, se abocó en otra: Liffi. ¿Cómo tomaría ella, un espíritu libre, estar bajo protección 24/7? ¿Aceptaría la casa segura, y qué pensaría acerca de su nuevo trabajo? Podía fanfarronear con jactancia e impresionarla con su importancia y su estatus, pero no era su estilo. Además, tenía tantas dudas sobre su capacidad de ser un agente secreto. ¿A quién engañaba? No era James Bond. Si se lo pidieran, ¿podría matar a un hombre? Él dudaba poder hacerlo. ¿Era lo suficientemente inteligente como para adelantarse a la mente criminal más astuta?

—Por supuesto. ¡Soy malditamente inteligente! —le dijo a una anciana, a través de la ventanilla de su automóvil, detenida junto a él en un semáforo.

Ella lo miró, levantó una ceja, y aceleró en la luz ámbar.

Brillante o no, él tenía ventajas que ningún otro agente en el mundo poseía.

Se rió a carcajadas.

—Jake Conley, 007 ½, Investigador Paranormal.

Y luego de dejar sus pesadas cajas en el piso del salón con un gruñido, saludó a Liffi.

—Jake Conley, Agente 007 ½, Investigador Paranormal, a su servicio, madame.

—Si, lo sé. —Ella sonrió.

—¿Lo sabes? ¿Cómo? ¿Te llamó Huxley? Lo hizo la policía... —Él entrecerró los ojos—. Espera un momento. Esto es lo que te estabas guardando. Esto es obra tuya ¿no?

—Puede que haya hecho un pequeño toque en tu destino, Jake. Pero todo es por una buena causa.

—Maldita sea, Liffi. Podrías estar enviándome a mi muerte a manos de estos malditos neo-Nazis.

Ella sacudió su cabeza.

—No, Jake. Es cierto que no estudié tu futuro, pero vislumbré lo suficiente para profetizar que serás un sesentón sexy. Y uno muy exitoso, también.

—¿Soy un buen mozo sexy de treinta y cinco años? —Él la tomó en sus brazos.

Ella le sopló una frambuesa en su oído.

—Quítate de encima, tonto. Has lo peor. No te diré nunca.

Ambos rieron y cayeron en el sofá, intercambiando besos apasionados.

Jake la separó de él.

—Liffi, estoy preocupado.

—¿Nunca me prestas atención, Jake Conley? Ya te lo he dicho, estarás bien.

—No es acerca de mí, Liffi. *Tú*.

—¿Qué acerca de mí? —Ella frunció el ceño.

—Desde mañana, serás transferida a una casa de seguridad y bajo supervisión policial constante. El jefe de policía me prometió que serán lo menos obstructivos posibles. Pero escucha, yo preferiría que te mantuvieras alejada del templo lo más que puedas. ¿No puedes delegarle a alguien que haga las operaciones cada día?

—Quizás puedo preguntarle a Rachel y a Chris.

Pero él se dio cuenta de sus dudas.

—¿Por qué no? Solo será temporalmente, dependiendo de cuan exitoso sea yo.

—Apuesto a que no has resuelto lo de Bill Backhouse.

—¿Qué tiempo he tenido? Tú mejor organiza tu equipaje para la casa de seguridad. Me iré a Londres para solucionar eso, aparte de otras cosas que mi nuevo empleo requiere. Silencio.

En la capital, él hizo una llamada al editor del periódico matutino que consideró que era el más serio e informativo en el país. Obtuvo una cita colgando una zanahoria de primicias por delante.

—Tiene mi palabra acerca de esto —le dijo Jake, durante su encuentro cara a cara—. Pero hay una condición. —Se concentró en sus poderes de atar la mente y miró al desconcertado editor.

—¿P-por qué está m-mirando...?

—Yo solo puedo trabajar con Bill Backhouse. Lo nombrará como periodista de investigación en Yorkshire para cubrir las actividades de la extrema derecha en el país. Le ofrecerá un salario que no pueda rechazar y borrará cualquier escrito que él produzca dirigidos contra la Gente de Freya. ¿Estamos claros en eso?

El editor asintió impotente. Era como si este compañero Conley hubiera drenado todo el poder de pensamiento independiente de su mente... lo que había hecho.

Ellos se estrecharon las manos, y Jake dijo:

—Veré que tenga una serie de exclusivas a través de Bill Backhouse. Incluso podría ganar el Premio del Periodista del Año.

La mandíbula del editor cayó. Hitherto, el nombre de Backhouse había sido sinónimo de todo lo que despreciaba en su profesión. Después de la partida de Conley, se sentó con la cabeza en sus manos por algunos minutos, intentando comprender lo que había pasado. Sopesó el prospecto de una serie de primicias contra asociarse con Backhouse, gruñó y se rebeló. En vano, descubrió que su voluntad se había inclinado hacia la de Conley.

De mala gana, levantó el teléfono y llamo al carnicero de palabras para ofrecerle un empleo en su prestigioso periódico como jefe reportero para Yorkshire. Backhouse creyó que era una llamada falsa y obsequió al editor con el lenguaje soez más selecto. A Jake le hubiera encantado escuchar las disculpas humilladas de Backhouse y la aceptación aduladora de su nuevo puesto, pero estaba ocupado extrayendo información e instrucciones de su nuevo e innombrable señor supremo de Whitehall.

De regreso a casa al día siguiente, encontró una nota corta de Liffi en el departamento vacio. La había dejado en la mesa de café, con un teléfono móvil como pisapapeles. El mensaje decía: *Jake, no se me permite que sepas mi nueva dirección. No me llames con tu teléfono usual. Usa este. El mío es el único número en los contactos. Con amor, Liffi.*

La policía estaba haciendo un excelente trabajo protegiéndola. Ahora él debía seguir las instrucciones de Whitehall y tomar precauciones para su propia seguridad. No preveía una amenaza inmediata para su persona, pero usando su nueva autoridad puso en movimiento la maquinaria para seguir los movimientos de Szewronski. Usó la libertad ganada al no tener que hacer ese trabajo rutinario para examinar el contenido de los casos que había traído desde Hull. La más liviana de las dos contenía un dossier y una pistola completa con un silenciador. Si no hubiera sido incluida una nota explicativa, él no hubiera sabido que era una Sig Sauer P229 Dak, especialmente elegida para él porque el .357 Sig ***brilla con su trayectoria plana, lo que resulta en una mayor precisión y un rango efectivo más largo en comparación con la mayoría de los calibres de las armas defensivas.***

«Eso dicen. Sólo espero no tener que dispararla». La dio vuelta, manipulándola, sintiendo como se acurrucaba en su mano, con sentimientos mezclados de fascinación, repulsión y poder. Tuvo algún tipo de idea de por qué algunas personas adoran las armas. No le tomó mucho descubrir como acoplar el silenciador SRD9 y realizar un agarre a dos manos que era esencial para disparar con precisión cuando el silenciador estaba instalado.

El otro único contenido de este contenedor era un dossier delgado. Él quería leerlo inmediatamente, pero su curiosidad acerca de la otra caja era demasiado grande. ¿Qué había en la otra más pesada? ¿Una bazuca plegable? ¿Un heli-paquete? Su imaginación se aceleró, pero incluso su creatividad mental no pudo igualar la realidad.

Al abrirlo, encontró un equipo esencial para espionaje y vigilancia. Los objetos curiosos iban desde lo increíblemente compactos como en el casi de un teléfono trasmisor en miniatura, que no habría reconocido de no ser por el folleto explicativo adjunto con instrucciones, al voluminoso receptor de monitoreo. Cada elemento estaba igualmente bien etiquetado, y él imaginaba escenarios en los que los emplearía. Particularmente impresionantes eran los micrófonos ópticos de alto poder, tan pequeños pero capaces de levantar un susurro a larga distancia. Para cuando había comprendido el propósito y como usar cada dispositivo, la mañana se le había escapado. Solo su estómago gruñendo detuvo su estudio, y ni siquiera había empezado con el dossier. Sin embargo, se sentía significativamente empoderado. Jake Conley, con sus poderes paranormales, más su equipamiento de agente secreto, era una fuerza para tener en cuenta.

Recordó como amaba las películas de 007 cuando era niño.

—Bond, James Bond —dijo, en el estilo de Sean Connery, frente a un espejo. Luego cambió a—: Conley, Jake Conley. —Y esperaba tener tanto éxito como el héroe del celuloide con las mujeres que se encontraba.

Se preguntaba si su profetisa había vislumbrado alguna futura infidelidad similar, y se sintió culpable. Por supuesto que ella no lo hizo. De otro modo, habría sentido toda la fuerza de su ira.

Una lata de sardinas, dos tomates, un pedazo de pan fue lo más lejos que estaba preparado para ejercer sus habilidades culinarias. El objetivo era volver rápidamente a sus estudios.

Jake se sentó en su sillón y abrió el dossier. Se trataba de tensiones raciales en Yorkshire, comenzando con vistas ilustradas celebrando la identidad asiática en Yorkshire, y la vida positiva y vibrante que brindan las diferentes culturas. ***Curry,*** señalaba, ***era el plato más popular del Reino Unido. Y el té, originalmente de India y China, era ahora la quinta esencia británica.***

Jake bostezó. Él sabía esto, y resopló al reflexionar que, desde los tiempos Anglo-Sajones tan queridos para él, Bretaña había sido enriquecida por la asimilación de las culturas del mundo. Pero intentar decirles a fanáticos como Szewronski que la identidad británica siempre había evolucionado como una nación insular desde la invasión romana. Ellos ignoraban la historia o la deformaban para adaptarla a su retorcida ideología.

Él ceso su meditación y retornó a las estadísticas que decían una historia diferente.

Leyó, ***En 2011, el total habitual de población residente de Yorkshire y el Humber se situaba en 5 283 733. Cerca del 9% de estos residentes (464 691) nacieron fuera del Reino Unido, y un 4.5% (236 270) tienen un pasaporte que no es del Reino Unido.***

«¡Difícilmente una emergencia!» Pensó eso, pero no era estúpido. Sabía que había centros de gran concentración, como Leeds y Bradford, donde la visión de una mezquita o las letras arábicas brillando en neón verde del Banco de Paquistán podían causar una reacción inflamatoria en los odiadores.

Pasó la tarde estudiando en profundidad las causas y efectos del racismo en el condado, pero más preocupantes eran los casos de asesinatos en los Países Bajos y Alemania, donde las actividades de la extrema derecha parecían estar por encima de los de Gran Bretaña. El MI5 tenía razón en no ignorar las señales de advertencia, y era bien sabido que los eventos a través del Atlántico presagiaban a estos en el Reino Unido. Había una pequeña duda en la mente de Jake que el resurgimiento de los partidos con mensajes políticos populistas del ala derecha no solo fueran un riesgo para la radicalización de las juventudes musulmanas, sino que también podían infundir el extremismo del ala derecha porque tales convicciones se predicaban cada vez más abiertamente.

Jake había desarrollado sus opiniones a través de los años, pero creía necesario informarse lo más posible en el argumento. Se preguntaba acerca de la relación entre socialización, educación y radicalización. Su lectura esa tarde le dijo que el crecimiento del extremismo del ala derecha y el islamismo radicalizado se reforzaban uno al otro. La radicalización era más predominante entre los adolescentes y los adultos jóvenes, quince a treinta años de edad, y tendía a mostrar que los jóvenes se radicalizaban a edad más temprana. Así que a eso era a lo que se enfrentaba.

Más estudiaba él, más profunda era su convicción que necesitaba desmantelar a los blancos supremacistas antes que ellos alcanzaran los niveles de asesinatos de otros países. Se permitió a sí mismo una sonrisa torcida. Solo unos pocos meses atrás, el deseo de Liffi de crear una estatua para Freya había abierto una situación tan complicada que tenía ramificaciones internacionales.

Luego de tomar una lata de lager del refrigerador, se recostó para disfrutar la cerveza, cuando su móvil sonó.

—Señor, podemos confirmar que Szewronski tomo un vuelo de Virgin Atlantic hacia Nueva York temprano esta tarde, de Manchester. Como se indicó, no informamos a la CIA, como debía haber sido el protocolo normal. —Había un tono definido de desaprobación.

—Excelente —dijo Jake—. ¿Qué más?

—Tenemos las tabulaciones y elaboraciones de su móvil. Revisamos los mensajes de texto y llamadas, incluso aquellos que había borrado. Los encontrará interesantes, señor.

—Puedo estar contigo dentro de una hora. ¿Por quién pregunto?

Jake tomó las llaves de su auto y aceleró al cuartel general de la policía, donde firmó y tomó posesión de una voluminosa transcripción. «¡Más lectura ligera!»

Este pensamiento casual regresaría a perseguirlo antes que se retirara para pasar la noche.

## 14

## POCKLINGTON, EAST YORKSHIRE, 2021 AD

El ladrillo pintado a cal servía como el fondo perfecto para el mural negro de un águila con sus alas desplegadas, mirando por sobre su hombro izquierdo, posada en una corona de hojas de roble conteniendo una esvástica en el centro. La imagen llenaba una pared del garaje reformado que contenía seis filas de sillas plásticas y una mesa. Colgadas detrás de la mesa había dos banderas idénticas, el mástil de una en cruz sobre la otra. Estas dos banderas rojas con un círculo blanco en el medio, conteniendo una esvástica negra, repitiendo el símbolo recurrente de la habitación. Consignas de la década de los 30 deshonraban los ladrillos, tal como el repetitivo *¡Sieg Heil!* ¡Viva Victoria!, engalanando con citas de odio bajo el gran retrato del Führer... ***Ciertamente, el judío es un hombre, pero la pulga es también un animal...*** lo cual indicaba la profundidad cultural en la que estaba hundido su autor. Cajas de bandas de acero cerradas con candados completaban el mobiliario, iluminado desde el cielorraso por un único tubo de neón.

Dentro de esta sala de reuniones marchaban hombres que usaban vestimentas que ocultaban sus camisas de uniforme negras y brazaletes con la esvástica. Ellos podían exponerlos con seguridad a la vista en este lugar seguro juramentado conocido solo por ellos mismos.

—Hermandad, los he llamado a esta asamblea en un momento de emergencia, no nos ha ocurrido nada parecido desde nuestra formación. Como su líder, es mi deber nombrar un Gauleiter de reemplazo. —Su brazo derecho extendido, palma hacia abajo—. ¡Heil Hitler!

Veinticuatro hombres vestidos con camisas negras se pusieron de pie de un salto, imitando el saludo y repitiendo sus palabras. Los ojos de Walter Wilkinson, empleado de auditoría en la oficina de asuntos financieros de la autoridad local, brillaban con orgullo fanático mientras miraba a sus hombres. Se sentaron de nuevo, cada uno con el pelo muy corto que les daba la apariencia dura cultivada por sus compañeros soldados en Europa y Estados Unidos, esperaban ansiosos el pronunciamiento de su líder.

—Ustedes sabrán de las desgraciadas circunstancias alrededor de la muerte de nuestro Gauleiter Gilbert Gombrich. Lo sé de buena fuente que su...*ejem,* partida fue provocada por aquellos que se oponen a nuestro movimiento.

Aquellas palabras produjeron murmullos oscuros, como él había esperado.

—Por lo tanto, podemos reaccionar con fuerza, pero en una forma organizada y bien pensada. Camarada Maxwell, por favor de pie.

Un hombre de aspecto hosco, bien afeitado excepto por un triángulo invertido de bigotes bajo su labio inferior, llegando a un punto en el mentón, se levantó de un salto y golpeó los talones de sus botas.

—Como su Kreisleiter, depende de mí seleccionar el Gauleiter y depende de ti, Camarada Maxwell, que esta elección se decida.

Veintitrés pares de manos rompieron en aplausos, y el nuevo líder regional asintió y se inclinó ante la asamblea que aplaudía. Wilkinson levanto una mano pidiendo silencio, el gesto acompañado de una disciplinada obediencia.

—Venga, camarada, siéntese conmigo a esta mesa mientras preparamos nuestra campaña.

—Soy cada vez más de la opinión —dijo Wilkinson—, que no podemos trabajar por nuestros grandes objetivos como un capítulo aislado. Sin embargo, también es verdad que nuestros golpes más convincentes contra nuestros enemigos son mejor ejecutados por lobos solitarios, como en el caso del reciente golpe exitoso en el Mercado de Weighton. —Esperó a que sus palabras impactaran, muy consiente que en medio de ellos había algunos camaradas que no estaban dotados de la inteligencia de él y de Maxwell—. Es de suma importancia que no subestimemos al enemigo. Sus esfuerzos serán ahora redoblados para seguir nuestra pista y dar ejemplo a los que nos acusan. Como saben, tenemos fondos limitados que no se extienden a expensas de la última tecnología de encriptación de nuestros teléfonos móviles. Debemos, entonces, confiar en métodos probados y comprobados, tales como el uso de palabras en clave cuando nos comunicamos entre nosotros. —Levantó un dedo admonitorio—. Especialmente cuando hablan acerca de nuestras actividades militares programadas. De ahora en adelante, ninguna mención a explosiones planeadas... —Él tomó un marcador negro y garabateó *el trabajo de jardinería,* en un pizarrón ubicado a la derecha de las banderas cruzadas, y rió disimuladamente—. Una clara referencia a sembrar... sembrar bombas, eso es. —Frunció el ceño ante la lentitud de respuesta para su ingenio, luego escribió, *sales aromáticas*—. Esto se refiere a nitrato de amonio. —Garabateó con una floritura, *4CDs*—. Y esto, —Tocando la palabra con el extremo que no escribía del marcador—, significa el explosivo C4, en este momento guardado seguro bajo llave en la parte de atrás de esta habitación. Otra triste pérdida para nuestra organización es Martin Szewronski, que ha partido para reunirse con nuestra hermandad cruzando el Atlántico. Afortunadamente, Martin, a través de sus contactos en el este de Europa, reabasteció nuestros stocks y tenemos suficientes CDs para hacer tanta jardinería como queramos en los años venideros. —Sonrió—. Entonces, caballeros, ¿están en claro con esto? Debemos asumir que nuestros teléfonos están intervenidos, y, en consecuencia, ejerzan cuidado extremo. Sin charlas sueltas.

—¿Cuál es la naturaleza de la campaña a la se refirió más temprano, Kreisleiter? —dijo Maxwell.

—Voy a eso. Los golpes sufridos por nuestra organización están centrados alrededor del templo en Goodmanham, en que, como seguidores de Woden, es legítimamente nuestro territorio. Es ahí donde el camarada Szewronski perdió un ojo por la causa, y escucharlo, donde nuestro ex y lamentado Gauleiter Gombrich fue sujetado a la magia negra que lo llevó por el precipicio a la insania. Estos actos de agresión no pueden y no deben quedar sin castigo. El perpetrador de estos nefastos...

En cuanto dijo las palabras, se dio cuenta que había perdido a gran parte de su audiencia.

—*Eh*, quiero decir, la bruja detrás de estos hechos villanos es ciertamente Liffi Wyther. Deseo que la capturen, que la traigan aquí para castigarla y adoctrinarla. —Garabateó una dirección en Goodmanham en el pizarrón—. Esta es su residencia, o de lo contrario ella puede ser encontrada en el templo, donde, por cierto, un día será nuestro y re-dedicado a Woden. Cualquiera que traiga a la bruja Wyther aquí habrá realizado un gran servicio al movimiento. La comunicación del secuestro exitoso, debe hacerse con las palabras clave *presa en las garras negras*. —Apuntó al mural y gruñó—. Segundo, mientras que nuestra causa fue promovida por el reportero del *Daily Star*, Bill

Backhouse, el traidor a cambiado su apoyo a la Gente de Freya y en contra nuestra. Él debe aprender una lección. —Escribió otra dirección, esta vez en York, y señaló a los cuatro hombres sentados en la fila del frente—. Amigos, ¿piensan que les gustaría enseñarle la lección al renegado?

Su pregunta fue encontrada por cuatro sonrisas retorcidas y cabezas asintiendo ansiosas.

—Sean claros, *una lección,* nada terminal.

—Déjenoslo a nosotros, Kreisleiter —dijo un individuo fornido de rostro rubicundo sentado al final de la fila, y acompañando estas palabras con el saludo Nazi.

—Finalmente, es tiempo de tomar acción en nombre de nuestros hermanos en apuros en Doncaster. Antes de su muerte, Gombrich recibió esta carta. —Buscó en el bolsillo y sacó un pedazo de papel arrugado —. Permítanme leerla textualmente...*eh,* palabra por palabra. —Levantó y se puso un par de lentes de lectura que colgaban de un cordón alrededor de su cuello—. Y cito, ***Probablemente te hayas visto forzado a pasar por aquí en el tren en algún momento de tu vida, viendo las atracciones tales como el pakistaní y los pisos infestados de heroína del Balby, y el sucio Hexthorpe. ¡Doncaster es un falso Nottingham! Ah, Doncaster, esa mierda rodeada de otras mierdas tales como Hull, Barnsley, Pontecfract, Scunthorpe, y Rotherham. Una noche en Donny es mágica, con vagabundos sentados en los escalones, bebiendo un rayo blanco cerca del antiguo club de striptease Purple Door, o el Jobcentre y chavales sin casi nada, ofreciéndose como voluntarios para contribuir a la creciente tasa de embarazos de Doncaster.***

Suspiró dramáticamente y miró por encima de sus lentes las caras enojadas mirándolo. La carta había tenido el efecto deseado.

Él blandió el papel con tono resignado.

—Caballeros, nuestras ciudades se están volviendo insostenibles, donde los valores morales y estándares son burlados diariamente por negros, marrones, amarillos, prostitutas y homosexuales. Declaro que es tiempo que purifiquemos la sociedad por la eliminación de estos elementos. Por qué no empezar en Doncaster. ¿piensan por un momento que *él* habría tolerado esta corrupción de la raza? —Señaló a la fotografía de Hitler ceñudo desde la pared—. Por supuesto que no. —Los saludó con un brazo extendido, chocando sus talones—. ¡Sieg Heil! —Se giró para mirar a los rostros expectantes —. Con respecto a Doncaster, necesitamos iniciativas personales. Apenas tengo que decirles, si algo fuera a salir mal no deben mencionar su afiliación a esta organización. Discreción, caballeros, discreción. La reunión está terminada, por lo tanto, cubran sus insignias. ¡Heil Hitler!

—Por Doncaster, presumo que estamos hablando de *terminal* —dijo Maxwell, para que los otros pudieran escuchar.

—¿Qué tipo de limpieza sería de otra manera, amigo? —respondió Wilkinson.

El intercambio de sonrisas depredadoras entre los adherentes blancos supremacistas no dejaba nada para que los dos líderes desearan. Wilkinson no consideró el apuñalamiento fatal de dos jóvenes en el distrito de Balby de Doncaster más tarde esa semana como asesinato, sino como bajas inevitables de guerra. La severa paliza a Bill Backhouse obtuvo mayor cobertura en las noticias que las dos muertes, a pesar de las esvásticas clavadas en los cadáveres. Wilkinson se preguntó a sí mismo cómo la nariz rota de un periodista podía superar las vidas de dos jóvenes. La respuesta retorcida a esta pregunta sirvió solo para confirmar sus prejuicios arraigados. Además, el Kreisleiter vio muy poco sentido en el incendio del automóvil de

Backhouse. Un inconveniente temporal para el reportero, pero fue de poca utilidad para los propósitos de propaganda.

Más perturbador para Wilkinson fue el fracaso total de la Hermandad para acercarse a la bruja. Los reportes que se filtraron hasta él sugerían que ya no la encontrarían en la dirección que él les había provisto, y la presencia de guardias armados escoltándola implicaban la intervención de fuerzas especiales. Reacio a arriesgar complicaciones con estos profesionales, canceló las garras negras por el momento. La Hermandad podría capturar a la bruja cuando juzgara que era el tiempo correcto.

Por el momento, los asesinatos de Doncaster habían hecho suficientes olas en los medios, y él tenía la sensación que los silencios extraños en la línea en el comienzo de cada llamada telefónica significaban que él estaba bajo vigilancia. Tranquilizado por su astucia en el uso de palabras clave, estaba seguro que las autoridades no habían podido vincularlo con actividades terroristas.

Se regocijó con impunidad cuando algunos días después una pareja gay fue golpeada hasta la muerte en un callejón del Centro de Doncaster. Convencido que el Antiguo Testamento le daba bases morales para alegrarse por la remoción de aquellos que él consideraba abominaciones, Wilkinson felicito a los perpetradores en su *desmalezado,* haciendo del Centro de Doncaster un lugar limpio. De seguro él se había dado cuenta del silencio antes de que cada llamada conectara, pero no sabía que Jake Conley poseía la tecnología que le permitía establecer el paradero y las identidades de los dos neo-Nazis y vincularlos con el Kreisleiter.

## 15

## LONDRES Y DONCASTER, 2021 AD

El amanecer de lo que generalmente se reconoce en retrospectiva como una brillante carrera, requiere más que una mezcla de habilidad y buena fortuna. Sin el buen funcionamiento de la maquinaria de un sistema de soporte, el sol no saldría para iluminar dicha carrera. Este era ciertamente el caso en la génesis de la profesión de servicio secreto de Jake Conley. La intercepción y la localización de los teléfonos móviles había llevado al arresto de dos de los neo-Nazis en el capítulo de Pocklington. El rol de Conley en su aprehensión involucró nada más que el laborioso contacto con la gente correcta, sin dilaciones indebidas. A su vez, ellos se movieron rápidamente y tenían los métodos y los medios para romper la débil resistencia, bordeando el rango de cobardía de uno de los dos prisioneros.

—Lo hemos hecho cantar como un pájaro en poco tiempo, señor. Una promesa de una sentencia reducida, cambio de identidad, y la protección hicieron el truco —le reportaba un oficial de las Fuerzas Especiales a Jake.

La naturaleza espectacular de los resultados consecuentes, el arresto de Wilkinson y la revelación de la propiedad a su nombre, llevaron al descubrimiento de un garaje usado como cuartel general, conteniendo suficiente material explosivo para devastar medio Reino Unido, puso el nombre de Conley en los labios de los oficiales de alto rango de MI5.

Wilkinson había tomado considerables medidas para proteger su organización, pero había adoptado una técnica compleja y poco ortodoxa basada en códigos encriptados y palabras clave guardados en hojas de cálculo de Excel en el escritorio de la computadora en su hogar. Su mayor error fue haber salvado estas hojas de cálculo en su dispositivo, permitiendo a la policía británica durante varios meses descifrar los mensajes depositados en un disco externo y usarlos para arrestar a más de veinte miembros de la sección, acumulando también evidencia contra ellos. La computadora había sido borrada a tiempo. Arrancar un sistema operativo separado, tal como Tails, hubiera prevenido el error.

La única rodaja de fortuna de la que se benefició la Hermandad de Woden fue la ausencia del nombre de Maxwell entre los materiales incriminatorios. Esto significaba que uno de los elementos más peligrosos del movimiento se escapó de la red de seguridad. Como un individuo aislado, Maxwell podría haber representado una pequeña amenaza, no para subestimar el potencial del lobo solitario, pero su posición de Gauleiter en la red de la organización le daba acceso a toda la Hermandad en el condado y más allá de sus confines. Más perturbador y un secreto bien guardado, Maxwell era un amigo de la infancia de ZX, el nombre en código interno de un simpatizante de la extrema derecha trabajando en las altas esferas del MI5. Este caballero se consideraba a sí mismo como un patriota, pero alimentaba la creencia sincera que solo los valores tradicionales de la línea dura podían regresar a Bretaña a los días de gloria del Imperio.

ZX se habría horrorizado que lo acusaran de simpatizar con los nazis, y en cualquier compañía anunciaría acaloradamente su aborrecimiento por Hitler y todo lo que él representaba. Sin embargo, su filosofía estaba basada en la supremacía blanca, la xenofobia, el aborrecimiento de los individuos LGTB, y la importancia de un sistema legal duro empoderando a la policía para imponer medidas enérgicas contra el comportamiento desviado. La hipocresía inherente en su pensamiento no se le ocurría a ZX, y aunque muy consciente de la traición a su puesto de confianza al violar el protocolo en aras de intereses mayores de *promover una sociedad más civilizada,* no obstante, siguió adelante.

Proporcionar a Maxwell el nombre del agente encargado de desmantelar la organización de la supremacía blanca en Yorkshire, lo consideró él, con una lógica defectuosa, como un acto de patriotismo. Su falta de remordimiento fue debida también a su oposición inicial sin éxito al nombramiento del agente novato, Conley, con algo dudoso en su pasado que arruinaba su nombre. En su mente, si su amigo Maxwell, el de los buenos valores, podía impedir o eliminar a Conley, el camino estaría despejado para purificar una parte importante del país. Como resultado, en un encuentro clandestino con Conrad Maxwell, proporcionó el nombre y los detalles de Jake Conley a su antiguo amigo de la escuela.

El nombre de Conley no era nuevo para Maxwell. El financiero detrás del Templo de Freya en Goodmanham era conocido para él, y estaba al tanto de la relación entre él y la bruja en su lista negra. Conrad Maxwell sonrió ante el pensamiento de resolver un puntaje y castigar a Liffi Wyther a través de un golpe contra Conley.

Consiente que no podía actuar solo, contactó al

capítulo de Doncaster de la Hermandad de Woden, quienes después de todo, le debían un favor. El pensamiento de Wilkinson y sus otros camaradas detrás de las rejas lo llenaban con odio contra Conley y los de su calaña. Gracias a Bryan, su viejo compañero, ahora sería capaz de moverse con cuidado. Una lástima que no hubiera más funcionarios públicos con ideas afines en Whitehall. El país iba a la ruina. Gente como él mismo y Bryan podrían detener el deslizamiento despertando a sus compatriotas británicos nativos al llamado por una Reino Unido étnicamente puro. Él era un creyente firme de la superioridad de la raza británica. Solo se necesitaba un líder fuerte en Westminster para permitir su surgimiento. Cualquiera como Conley que intentara impedir su progresión natural sería barrido a un costado. Este pensamiento fijo lo acompañó en el viaje en tren desde King's Cross Station hasta Doncaster.

Tres caras sonrientes bajo sombreros colocados para ocultar los cabellos cortos, lo saludaron en la plataforma cuatro cuando se apeó de su compartimiento de primera clase. Aprobando la precaución menos, Maxwell echó un vistazo a la plataforma y no pudo identificar una posible vigilancia. Ellos lo llevaron a un vehículo estacionado afuera de la estación y lo condujeron a una reunión con el líder de la rama local.

Maxwell estaba impresionado con la manera enérgica pero meticulosa de Walter Anderton, quien comenzó el encuentro llamando a un operativo en Goodmanham.

—Hola, ¿Gavilán, está el cuco en el nido? —Escuchó —. Ah, bueno. Bien, mira, te subes a un árbol conveniente y esperas el llamado nocturno del búho cárabo, ¿está claro? —Finalizó la llamada y asintió a su visitante—. Conley permanece en la dirección donde la mujer Wyther se estaba alojando. Nuestro hombre confirma que está solo y sin defensa. Agarrarlo debe ser una tarea fácil, bueno, no *aquí,* pero para Doncaster.

Propongo movernos esta noche. Gavilán está esperando nuestra llamada.

Los cinco hombres se metieron en el automóvil que habían usado para traer a Maxwell al pueblo, y condujeron hacia York. El líder de la sección local estaba acarreando un pequeño bolso negro. Unos de veinte minutos desde Goodmanham, Anderton marcó un número de teléfono.

—¿Gavilán? Habla Búho cárabo. ¿Qué hay acerca del cuco? Ah. Ok. En un cuarto de hora estaremos allí. Cualquier movimiento extraño, me llamas al momento, ¿verdad?

—Parece como que Conley sigue despierto. Las luces en su sala están encendidas y no hay actividades sospechosas o automóviles estacionados afuera, por lo que será sencillo, espero.

Ellos condujeron en el camino y el chofer apagó el motor para que cruzaran silenciosamente por la acera frente al piso de Conley.

El Búho cárabo agitó una llave de apariencia extraña.

—Voy a hacernos entrar con este *pass-par-toot*. —Su pronunciación francesa era deliberadamente patética, él odiaba a los franceses, y a los extranjeros en general—. Entonces lo inmovilizan y yo me ocuparé del resto.

La operación fue tan fluida como él había dicho. El paspartú funcionó silenciosa y eficientemente. Adentro, la hermandad encontró a Jake medio-dormido en un sillón, con un libro en las rodillas. Ellos se abalanzaron y lo arrastraron hacia la alfombra, protestando. Su flujo de palabras fue silenciado por un paño empapado en cloroformo sobre su boca y su nariz. Sus ojos se dieron vuelta hacia atrás y se quedó quieto, mientras el líder de la banda sonreía, volviendo a colocar el trapo de algodón y el frasco con líquido claro en su bolso negro.

—Levántenlo, muchachos —dijo—. Comprueben si tiene cables o armas, y luego, tan silenciosamente como puedan, llévenlo al automóvil. Yo controlaré los alrededores y les daré la señal.

Un momento después, llegó su exagerado silbido.

—Vamos. Apaguen las luces y cierren la puerta detrás de ustedes.

Los cuatro hombres aparecieron, cada uno sosteniendo un brazo o una pierna.

El líder abrió el maletero y empujó algo hacia un lado.

—Pónganlo aquí. —Dentro del vehículo se volvió hacia Maxwell—. Hasta ahora todo bien. ¿has decidido qué hacer con él?

—Más o menos. Voy a interrogarlo. Necesitamos conocer sus planes para nuestra región. Saber cuánto conoce de nosotros, cuantos hombres y qué equipamiento despliegan ellos. Oh, y otra cosa, llevarlo a revelar el paradero de la bruja Wyther.

—Te ayudaré con el interrogatorio si quieres, jefe —dijo un tipo corpulento en el asiento de pasajero de adelante, alcanzando el bolsillo de su chaqueta, y sacando unos nudillos de bronce.

Se los ajustó, levantando una mano para que los de atrás pudieran ver, y movió los dedos con una risa maliciosa.

—Gracias, Davey. Lo tendré en mente.

Condujeron de regreso a Doncaster, y Maxwell arrugó la nariz mientras miraba por la ventana.

—Qué tugurio —dijo, lo bastante fuerte para que su compañero con el bolso negro pudiera escuchar.

—Si, pero un tugurio donde la gente no ve nada y nunca hablan acerca de lo que no han visto... ¿sí me entiendes?

—Barrio popular, ¿es eso?

—Si, tenemos un garaje por ahí. Sin vigilancia. Ideal para nuestros propósitos.

El automóvil se detuvo donde él había indicado un momento antes. Sin ningún intento de ocultar su carga, la banda arrastró la forma inerte de Jake Conley del maletero, llevándolo al garaje, atándolo a una silla y bajaron la puerta de acero con bisagras. Un foto de neón cobró vida, emitiendo una luz blanca antinatural que exageraba las bolsas bajo sus ojos y sus pieles cetrinas.

—Es todo tuyo, Conrad. ¿Quieres empezar?

Maxwell asintió, mirando dubitativamente a la cabeza de Conley que colgaba sobre su pecho, y cuestionando al líder, que sonreía y caminaba cruzando el anaquel de metal. Eligió una cacerola grande, la llenó con agua de un grifo en la pared, volvió hacia atrás, agarró el pelo de Jake y tiró su cabeza hacia arriba para recibir la olla llena de agua helada en la cara. Sus ojos se abrieron de golpe y miró con los ojos bien abiertos alrededor del garaje.

—Bienvenido de regreso a la tierra de los vivos, Sr. Conley. Mi amigo aquí tiene unas preguntas que le gustaría que respondiera.

Maxwell se adelantó y puso su cara tan cerca de la Jake que sus narices casi se tocaban.

Se burló.

—Necesito una dirección, Conley. ¿Dónde se está alojando tu bruja?

Jake decidió que era mejor no usar obscenidades bajo estas circunstancias.

—No sé.

—¿No sabe? ¿O simplemente no quiere cooperar? Davey aquí puede ayudarlo a informarnos.

El bruto se adelantó y balanceó el nudillo de bronce bajo la mirada alarmada de Jake.

—¿Está la cooperación en la agenda, Sr. Conley? —dijo Maxwell.

—¡Vete a la mierda!

—Aw, eso no es educado, ¿no? Ahora te toca a ti, chico Davey.

El golpe furioso contra el costado de la boca de Jake

envió sangre y saliva tanto al asiento como volando hacia los lados. Dos hombres saltaron adelante y pusieron la silla en posición vertical, no es que Jake supiera que estaba vertical. Su cabeza giraba y su visión estaba borrosa. Davey llevó su puño hacia atrás.

—¡Detente! —dijo Maxwell—. Necesitamos darle tiempo a nuestro amigo para reconsiderar su actitud.

El matón miró decepcionado, pero bajó su mano metalizada. El líder de la banda se aproximó a la silla con otra olla de agua y la arrojó a la cara de Jake.

—Esto debe refrescarle sus ideas. —Se sonrió satisfecho.

Jake dijo algo, pero fue inaudible. Maxwell se inclinó y puso su oreja cerca de los labios hinchados y partidos.

—¿Qué?

—Casa de seguridad con guardias —dijo sordamente, pero era lo mejor que podía manejar.

Pensó que era suficiente para prevenir la paliza.

—¿Casa de seguridad? —dijo Maxwell—. Pero, verá Sr. Conley, que eso no es de ayuda, ¿no? ¿Usted piensa que Davey puede hacer que lo haga mejor?

Los ojos aterrorizados de Jake se dispararon hacia el bruto lascivo.

—¿O podría considerar ahorrarle el esfuerzo?

—No sé. —No tenía idea de donde ellos mantenían a Liffi.

El violento golpe dañó sus dientes. Tuvo que escupir uno para evitar tragárselo. «Ellos van a matarme».

—Lávenlo —dijo Maxwell—. Es suficiente por ahora. Le daremos un respiro y continuaremos en la mañana. De esta forma, usted tendrá tiempo para reflexionar sobre las ventajas de cooperar, Sr. Conley. Me gustaría saber acerca de sus próximas actividades programadas, mano de obra y equipamiento. Conténteme con eso y podremos considerar dejarlo volver a su bonito pequeño apartamento. Buenas noches, Sr. Conley.

Todavía estaba consiente cuando ellos apagaron la luz y bajaron la persiana de acero para dejarlo solo en la oscuridad silenciosa. Si fue el sueño o la inconciencia lo que se apoderó de él era una pregunta, que tendría que responder cuando saliera de su bendito entumecimiento.

## 16

## GOODMANHAM, EAST YORKSHIRE, 2021 AD

Los dos fuertes cuidadores, acostumbrados a las excentricidades de Liffi, intercambiaron miradas resignadas al amanecer del último día de septiembre. El clima prometía ser bueno, pero, aun así, no esperaban un comienzo tan temprano de su vigilancia. Ellos llevaron su carga al templo, comprobaron que no hubiera ni un alma merodeando alrededor del edificio o dentro del edificio, antes de permitirle que deambulara alrededor de su lugar de trabajo. Por el bien de su cordura, fue bueno que eligieran quedarse dentro del automóvil negro.

Liffi, llevaba rosas frescas cortadas del jardín de la casa de seguridad, se inclinó para ponerlas en el florero que adornaba el pie del tótem. Mientras se enderezaba después de completar su tarea, un sentimiento familiar de tibieza y felicidad la envolvió. Miró hacia arriba a los rasgos bellos de su deidad. Freya sonreía, y para el asombro de Liffi, se quitó su capa de plumas para ponerla sobre los hombros de Liffi y la abrochó. El peso de la prenda la asombró más que el hecho de tenerla sobre su persona, pero todo se volvió claro cuando la diosa tomó la cara de Liffi entre sus manos y transfirió sus pensamientos al cerebro de su discípula.

Liffi miró profundamente dentro de los ojos color

miel de la diosa y experimentó una transferencia de coraje y fortaleza, que la hizo sentir invulnerable. Esto, con el conocimiento impartido que Jake estaba en peligro y su paradero, la hizo sentir impaciente. Freya se inclinó hacia adelante y besó su frente, y Liffi se transformó en la forma de un halcón peregrino. Sus garras tomaron el antebrazo de la divinidad, quien, con un gesto imperioso, la envió hacia las puertas del templo. En una espiral creciente, Liffi voló sin ser vista por los hombres de seguridad. Su poderosa vista de halcón enfocó el auto negro con facilidad, desde esa altura ella podía ver las criaturas tan pequeñas como musarañas o topillos. La idea de esos manjares le recordó que como de costumbre, no había desayunado. Pero no había tiempo para cazar. Ella tenía que volar a Doncaster y encontrar un garaje con la imagen en su mente.

Ella disfrutaba la velocidad, batiendo sus alas, agarrando las corrientes de aire, permitiéndole planear y remontar y realizar acrobacias indulgentes, consciente de la velocidad, inalcanzable por cualquier otra criatura aérea, que la llevó tan rápidamente a su destino. Ella gritó con júbilo, pero en lugar del pretendido grito de alegría, emitió una nota áspera y profunda de parloteo de halcón sobre los riscos muy por debajo. El tráfico de la mañana temprano en la autopista le recordó su misión y ajustó su vuelo, detectando la escritura blanca sobre fondo verde, indicando una calle para su destino. Ella la siguió, descartando la idea sumergiéndose en una zambullida poderosa para agarrar a un conejo bebé que había espiado meciéndose en el borde de la carretera. Lo cazaría en su retorno luego de resolver la situación de Jake.

Encontrar la ubicación del garaje no fue difícil, no con su conocimiento divino guiándola sin su voluntad, a la finca del consejo donde tenían prisionero a Jake. Después de extender sus alas para detenerse a cero, Liffi se posó en el mástil de una antena parabólica en el techo de una torre de pisos. Desde donde ella inspeccionó el mundo de abajo e identificó la puerta del garaje de la imagen en su cabeza.

Un niño en una bicicleta con un bolso de periódicos cruzado sobre sus hombros, se detuvo delante del edificio donde Liffi estaba posada. Él dejó su bicicleta en el suelo y desapareció de su vista puertas adentro. Dos mujeres jóvenes con faldas ajustadas estaban conversando y fumando cigarrillos en la parada del autobús, esperando por el transporte para trabajar en el centro de la ciudad. Vendedoras, adivinó ella. No había otros movimientos en la calle en la mañana temprano y ella echaba de menos la euforia del vuelo, cuando al final su paciencia fue recompensada con la apariencia de un automóvil gris plata, demasiado elegante para esa área caracterizada por las abolladuras oxidadas remendadas. Las apariciones de dos hombres corpulentos con chaquetas oscuras confirmaron su impresión, que estos eran su presa, entonces voló en una espiral descendente que le permitió pasar a través de la puerta del garaje cuando uno de los hombres la abría y la levantaba.

Pasando sin que se dieran cuenta sobre su cabeza, ella revoloteó hasta posarse en el estante superior de la unidad de almacenamiento de metal, y se movió ligeramente, posicionándose entre dos latas de acero soldadas de tres piezas, probablemente contenedores de comidas. A dos metros del piso de concreto, ella no era ahora invisible para los hombres debajo. Su corazón latiendo fuerte ante la vista de Jake ensangrentado, el rostro hinchado y amoratado, ella no podía contener su impulso de atacar. La prudencia debía ser su aliada en esta coyuntura. Dio la casualidad, que uno de los brutos, el otro hombre lo llamó Davey, sacó un cuchillo de casa de aspecto perverso.

Él gruñó.

—Voy a contar hasta veinte, y si en ese tiempo no me has dado la dirección de la bruja Wyther, te voy a cortar la oreja. ¿Me comprendes, chico lindo?

Jake murmuró algo incoherente.

—Voy a tomar eso como un si... siete, ocho, nueve...

Liffi no podía soportar más. Se lanzó, con las garras extendidas, al rostro del agresor de Jake. Para su inmenso placer, ella sintió la carne de su rostro cortarse bajo sus afiladas garras, escuchando sus gritos y el cuchillo cayendo al suelo. Los brazos agitados de su víctima impactaban solo en el aire, pero consciente de la presencia del otro torturados, ella voló a un lado justo a tiempo cuando él sacó una pistola, y luego de ajustarle un silenciador, la levantó apuntándole a ella. Pero había sido muy lento, porque una de sus garras perforó directamente en un ojo, justo como Freya lo había hecho con Szewronski. De nuevo, el grito y el ruido del arma cayendo al piso de concreto. El hombre cegado cayó sobre sus rodillas y buscaba a tientas el arma, pero Liffi fue la primera en llegar, sus garras se cerraron sobre el cañón mientras pasaba en picada y subía hacia el cielo, hasta el techo que acababa de dejar. Dejó la pistola ahí, y para su asombro, vio dos pies humanos, los suyos.

Ella se había transformado de nuevo y estaba parada, siendo ella misma, con la capa emplumada de Freya.

«¿Qué pasa con Jake?»

Agachándose, ella recuperó el arma, hizo clic en el pestillo de seguridad, y lo aseguró en su cinturón. Mirando frenéticamente alrededor del techo plano, vio la puerta de servicio, y rezando que estuviera sin llave, se precipitó y luego la abrió. Cedió en un tramo de escalones de metal, y en su carrera, casi se enredó con el dobladillo de su capa. Ella evitó el desastre agarrándose de la barandilla y deteniendo su ímpetu. El tiempo era esencial, con Jake herido y vulnerable en presencia de dos hombres heridos furiosos.

Las escaleras la llevaron al final de un corredor que contenía un ascensor de dos puertas. Su botón tenía una luz roja brillando alrededor de él, y cuando ella lo presionó, para su alivio se volvió verde y el estruendo familiar de un ascensor llegando hizo su regocijo. Las puertas se deslizaron abriéndose y ella pulsó el botón marcado con G para la planta baja. Los ascensores de los edificios municipales no son los más rápidos del mundo. «Vamos ¡Vamos! ¡En el nombre de Freya, vamos!» Luego de unos segundos, que le parecieron horas, Liffi estaba afuera y se precipitó por el vestíbulo de entrada como un pájaro gigante. Por todo el mundo, si solo hubiera alguien que la mirara boquiabierto. Ella sacó la pistola, quitándole el seguro, y corrió al garaje cruzando la calle.

¡Un día de milagros! Después del ascensor en funcionamiento, ahora su llegada en el último momento. Una figura, chorreando sangre de su cara, tenía el cuchillo de caza levantado sobre Jake. Liffi apuntó, y maravillada por el ruido sordo y mínimo retroceso, ella observó al hombre tambalearse y caer. Ella no estaba muy preocupada acerca de él, porque el punto de entrada del proyectil estaba detrás de su oreja. Se inclinó sobre el hombre quejumbroso con el ojo destrozado, cuyo sonido lo hacía cambiar de la pistola en su mano a su rostro.

—No te preocupes. No voy a matarte. Aunque los dioses saben que te lo mereces. Quieres el paradero de Liffi Wyther. ¡Bueno, ella está aquí! —Dio unas palmaditas en su chaqueta, y con un gruñido de satisfacción, extrajo las llaves del coche.

Las dejó caer en el bolsillo de Jake antes de recuperar el cuchillo y cortar sus ataduras. Lo ayudó a ponerse de pie, donde se balanceó por un momento.

—Parece como que tienes que ir a un dentista, pero

aparte de eso estás en buena forma. ¿No hay costillas rotas o algo más?

Su habla era arrastrada, pero negó con la cabeza.

—Bien, entonces debes conducir a casa, límpiate y haz una cita con el dentista. —Ella se agachó para recoger su diente del suelo—. El dentista puede copiar esto para un implante.

Él dijo algo, que por instinto ella comprendió como:

—¿No vas a conducir?

—No. —Ella apuntó al cielo—. Voy a volar sobre tu coche.

Jake miró incrédulo, pero se detuvo sobre el hombre postrado, le quitó su licencia de conducir y su teléfono móvil, murmuró algo más, y se enderezó justo a tiempo para ver la vista más maravillosa, Liffi transformándose en un halcón y elevándose hacia el cielo. Pero no había tiempo para admirar sus acrobacias. No podía estar seguro que los otros matones llegaran en cualquier momento.

Él levantó el arma y apuntó a la cabeza de su ex torturador. Con satisfacción, el observó la mancha de orina esparciéndose por la entrepierna de sus pantalones.

—¡Bang! —Sonrió—. Suerte para ti, Conrad Maxwell, nosotros no somos tan malvados como tu banda de locos fanáticos. Espero que nuestros muchachos lleguen antes que tus compañeros. En cualquier caso, estás destinado para un largo encarcelamiento después que te liberen del hospital.

Llamó a un número especial de la policía, explicando la situación, se dirigió al sedán negro y se alejó de Doncaster, deseando no regresar nunca. Arriba sobre su vehículo, un halcón peregrino chilló y se abalanzó en picada con regocijo ilimitado, antes de caer sobre un pequeño conejo que retozaba en la hierba al borde de la carretera. Concentrado en el camino por delante, Jake no vio el sangriento pico curco del ave rapaz en la carne de la presa.

Él estaba evaluando también como los magos de la computación podían ser capaces de extraer información del teléfono móvil de Maxwell, suficiente para dar lugar a más arrestos. Al menos, esperaba y su expectativa era el desmantelamiento de la rama de Doncaster de la Hermandad de Woden. La escala de la tarea y su insuficiencia para ejecutarla jugaba en su mente. Si Liffi no hubiera aparecido, él no estaría vivo para agradecerle cuando su boca retornara a la normalidad. El matón llamado Davey, ahora muerto, agradeció de nuevo a Liffi, había expresado su intención de acabar con el mundo de Jake Conley y todos los bastardos responsables de la ruina de la nación. Había muchos más como él, escondidos en su anonimato.

Jake estaba seguro que el recuerdo de la hoja de veintidós centímetros que se cernía sobre su cabeza lo perseguiría durante años. Él se había armado para recibir el frío acero en su garganta, pero el aburrido informe procedente de la puerta del garaje y el tambaleo lateral de su posible asesino había terminado con la pesadilla.

¿Cómo habían pasado él y Liffi, en el lapso de tan solo dos años, ir de la búsqueda relativamente inofensiva de la protesta ambiental a este imprudente negocio terrorista? Por el momento, sin embargo, ¿creía eso? «¿Inofensivo? ¿En serio?» Reflexionó acerca del incendio de sus oficinas de anti-fracking, incendio provocado que él creyó en ese momento que le había costado la vida a Liffi. El labio dolorido le palpitaba, pero le dolía menos al recordar el horror de aquellos momentos. Encendió la radio para distraerse de reflexiones similares desagradables.

Estaba pre sintonizada a una banda corta para espiar a la policía. Por supuesto. ¡Delincuentes ardiendo! Pero entre la confusión de los *cambio y fuera,* no pudo escuchar nada que tuviera que ver con su desventura y las subsecuentes operaciones de limpieza. Un momento de reflexión le dijo que habría sido imposible. La rama especial con la que trabajaba apenas transmitía su presencia.

Encontró una estación de música y las primeras palabras escuchó sonar una cuerda. *«Si no fuera por tu desgracia, yo sería hoy una persona celestial»*. Una banda brillante del New Age de los ochenta. Se esforzó por recordar su nombre, pero había demasiadas cosas en su mente.

## 17

## DISTINTAS UBICACIONES, REINO UNIDO, OCTUBRE 2021 AD

El editor de uno de los principales periódicos matutinos de Inglaterra ardía, incandescente con ira reprimida. Un pez gordo de Whitehall había acabado de terminar una llamada de reproche, una fuerte torcedura de muñeca por *incompetencia grave*. Qué descaro haber atribuido ese término a su distinguida carrera editorial y para disputar el compromiso discutido en la lista de Año Nuevo. Este desastre había ocurrido porque no podía confiar en ese imbécil de Backhouse. Inexplicablemente, lo había empleado a pesar de su buen juicio, y estaba pagando el precio.

«Solo me tomé tres días libres de mi trabajo para mantener contento a mi nieto con la promesa de visitar la famosa Goose Fair de Nottingham».

Tenía que admitirlo, la feria era un derroche de color y emoción, jactándose de más de siete años de tradición y más de quinientas atracciones. El pequeño Dylan, de siete años, tenía un estómago insensible a las montañas rusas, atracciones acuáticas, ruedas gigantes y todos los artilugios infernales que los proveedores de sensaciones podían reunir. Los trucos a los que el editor podía hacer frente. Por el contrario, la experiencia le había causado nauseas, dolor de cabeza, y ligereza en el bolsillo. Pero el costo real se midió por la ausencia en sus deberes editoriales.

Ante este pensamiento, apretó la mandíbula y alcanzó su teléfono. Era tiempo que Backhouse sintiera el borde filoso de su lengua.

—¿Puedo apartar mis ojos de tus incompetentes garabatos por veinticuatro horas? ¿Cuánto tiempo llevas en esta profesión? ¡Veintidós años! Para algunos periodistas esos serían veintidós años de experiencia. Para ti, Backhouse es veintidós por uno. Con eso quiero decir que no aprendes nada. —Sentía su presión arterial elevarse por la quemazón en sus mejillas—. Es como si yo estuviera trabajando con un novato de primer año que todavía está aprendiendo el oficio. ¿Qué has hecho? ¡Qué has *hecho*! —Su voz se elevó en un chillido e hizo una pausa para calmarse. En un siseo venenoso dijo—: Te diré que, has traído la furia de Whitehall sobre nuestras cabezas con la historia de Conley. Eso es lo que has hecho.

Esperó y escuchó la larga y patética excusa, las justificaciones futiles.

—Por supuesto —continuó—. Whitehall está encantado con el desmantelamiento de la organización de extrema derecha en Doncaster. Es cierto también que el público debe ser informado de los éxitos de nuestras dignas fuerzas de seguridad. Pero deja que ponga una cosa en claro, aquí y ahora, yo nunca hubiera permitido que publicaras el nombre de un agente y poner su vida en peligro, si hubiera estado en mi puesto el martes. Si, Jake Conley, imbécil. —Contuvo su rabia mientras Bill Backhouse intentaba explicar su incompetencia—. No me importa lo malditamente bien que hayas escrito en tu encarnación anterior con nuestra competencia, Backhouse. Pero desde ahora, cualquier cosa que ver con Jake Conley, te refieres a mí antes de acercate a tu maldito teclado. ¿Está claro?

Fue tan claro para el sudoroso y conmocionado

periodista, que cuando recibió una llamada anónima más tarde en el día, la remitió de inmediato a su superior en Londres.

—Bill Backhouse aquí. Usted me dijo que le refiriera cualquier cosa que tuviera que ver con Jake Conley, de inmediato. Si, unos pocos minutos antes, tomé una llamada de alguien que declaraba ser un luchador Gaul o algo así. Como sea, uno de los líderes de la Hermandad de Woden aquí en Yorkshire. Si, grabé la conversación. *¡Humph!* Me alegra que lo apruebe. Si, le mandaré la grabación en seguida. No, no lo soñaría. —Terminó la llamada y desató un torrente de lenguaje obsceno que nunca se atrevería a usar con su objetivo en carne y hueso

Tenía una primicia aquí y su editor lo estaba amordazando. Obedientemente, reenvió la grabación al teléfono móvil de su censor. A su vez, el editor llamó al número en Whitehall, alcanzando al mismo oficial quien le había dado su temprana paliza auditiva, aliviado que hasta cierto punto pudiera enderezar las cosas.

—La esencia del mensaje es que la extrema derecha de Yorkshire no va a dejar de lado el desmantelamiento de las secciones de Pocklington y Doncaster de su organización . Eso es cierto. Ellos amenazan con una retribución no especificada contra un objetivo civil desconocido, y declaran con bastante claridad que Jake Conley está en su lista de muerta. Si, por supuesto, le enviaré el mensaje. —Él escuchó—. Bueno, estoy seguro que lo hará, y es un alivio saberlo.

Luego de cerrar la llamada, el editor se reclinó en su silla y reflexionó acerca del tono de la conversación. No hostil, y el oficial se había abstenido de darle instrucciones sobre su manejo de este último desarrollo. Esto significaba una medida de confianza en su uso del sentido común en las noticias de última hora. El público debía saber que los terroristas planeaban algo, pero evitando la alarma indebida debía manejarlo él mismo y no le dejaría a Backhouse meter las narices en lo más mínimo. Jake Conley estaba en peligro mortal, pero Whitehall, o mejor el MI5, estaban manejando esto.

Reenvió el mensaje de Backhouse. Al menos el maldito tonto había tenido el ingenio de grabarlo. Debía reconocerlo. Le había dado al MI5 la oportunidad de estudiarlo, y tal vez se obtendrían algunas pistas, dadas las técnicas sofisticadas que ellos podían poner en juego.

En otro lugar, las torres enfriadoras de Ratcliffe en Soar, que eructaban vapor, se habían convertido para muchos en parte del paisaje de Nottinghamshire. Solo quedaban siete estaciones de energía de carbón y estaba programado que todas fueran cerradas en 2025 para favorecer la producción de una energía más ecológica. La demolición controlada de las torres, causando su implosión sobre sus propias huellas, requería un equipo con alto entrenamiento con los conocimientos adquiridos a través de la experiencia de haber demolido más de cincuenta estaciones de energía en el Reino Unido. Este era el punto de partida de la investigación policial en la demolición no autorizada que había, debido a una planificación meticulosa orquestada, causando solo cuatro muertes entre el esquelético plantel nocturno, siempre reprochable la pérdida de vidas inocentes. Otros efectos de la indignación incluyeron el apagón provocado a muchos jefes de familia en el área y el despido repentino de seiscientos cincuenta empleados.

Los investigadores se estaban tomando en serio una declaración emitida a los medios de comunicación en la que se admitía la responsabilidad, emitida por una poco conocida organización que se llamaba a sí misma Hermandad de Woden. La investigación tenía varios puntos importantes. Un grupo de hombres haciéndose pasar por controladores de mantenimiento designados por el gobierno habían visitado el sitio por tres días consecutivos. Su documentación les había provisto acceso al interior de las torres. Los expertos de una firma en Kent que asistieron a la policía en sus investigaciones, sostuvieron que, para producir la explosión controlada, se estimaba que habían perforado tres mil agujeros en las paredes interiores de las torres para recibir los explosivos.

La elección del horario de detonación a las 10:30 p.m. inmediatamente después de que el personal diurno (la mayoría de la fuerza de trabajo) habían salido del lugar. Estaba claro para aquellos a cargo de las investigaciones que estaban lidiando con alguien que sabía y conocía íntimamente los trabajos de una estación de energía. Quienquiera que fuera el perpetrador, debía haber sido enrolistado por los terroristas, quienes, aunque tenían los dispositivos, no poseían los conocimientos técnicos para hacerlo. Sobre esta base, la policía estaba confiada en identificar al experto que había organizado la demolición.

Una semana después de la destrucción de la estación de energía, a las 11 a.m., Jake abrió la puerta del frente de su piso en Goodmanham. El francotirador en una habitación arriba al otro lado de la calle apuntó a su pecho, alineando la mira con la vista del corazón de la víctima. Su disparo no tuvo obstáculos, y como un ex francotirador del ejército británico en Irak, estaba seguro de matar cuando apretó el gatillo. El disparo, amortiguado por un silenciador, no alertó a los hombres de seguridad estacionados debajo de la casa que el asesino había elegido. Sin embargo, sí observaron lo que el francotirador había visto, Jake Conley fue arrancado de sus pies y cayó de espaldas. Para cuando los hombres de vigilancia salieron corriendo del coche para verificar la muerte de Jake y escanear los edificios circundantes, el sicario había desaparecido.

—Está bien. Ayúdame a llevarlo adentro —el fornido hombre de seguridad llamó a su compañero.

—¿Él e-está...?

—No, está vivo. El chaleco anti balas lo salvó.

El poderoso golpe en su pecho lo había golpeado con el aire dentro de sus pulmones y lo había dejado momentáneamente inconsciente, pero Jake había sobrevivido. Cuando volvió en sí, se encontró acostado en el sofá con una cara amigable sonriendo sobre él.

—Era un profesional. Nos evadió y te disparó con un rifle de alto poder, pero el chaleco anti balas Nivel Cuatro hizo su trabajo. Estas fibras de aramida son resistentes.

—¿Aramida? —graznó Jake.

—Si, es un tipo de tejido de fibra de polietileno capaz de frenar las balas más efectivas AW magnum. Nuestros equipos de asalto en el Ejército y Ramas Especiales lo usan. Afortunadamente, usted siguió nuestra advertencia y se lo puso antes de abrir la puerta.

—Le haré una taza de té, Sr. Conley —dijo el otro hombre.

Su guardián continuó:

—El tirador se habrá escabullido, convencido que ha hecho su trabajo. Estará seguro del asesinato. Mire, aquí está la bala. —Le entregó a Jake una bala de latón deformado—. La he extraído del chaleco, y juzgando por el impacto, el francotirador debe haber estado en una ventana cercana. Mientras estaba inconsciente, nosotros dimos una vuelta. Nadie vio o escuchó nada, excepto por un niño pequeño en el número 5. Describió un ruido sordo, que encajaría con el supresor de un rifle, un silenciador para usted. La única casa desocupada era el número 1, directamente enfrente. Supongo que le disparó desde allí y escapó por la puerta trasera. Los vecinos de la puerta siguiente dicen que los propietarios tienen una villa en España. Algunas personas tienen toda la suerte —refunfuñó.

—No siento que pueda realmente quejarme de mi

suerte. —Jake sonrió con pesar, luego tomó la taza y sorbió el té que le ofrecieron.

—Es verdad —dijo el hablador—. En cualquier caso, debe ceñirse a todas las precauciones que hemos acordado. Será mejor que contacte a nuestro jefe para ver que tiene que decir al respecto.

La reacción de este último atentado contra la vida de Jake fue que lo trasladaran a la misma casa de seguridad con Liffi. Él tomó esto como un resultado placentero, ya que no había tenido oportunidad de hablar con ella luego de que lo hubiera salvado de las garras de Maxwell y sus malvados amigos.

La casa de seguridad no podría haber estado tan lejos de Goodmanham, ya que tomó media hora para llegar en coche. Jake pasó el viaje en silencio pensando acerca de su situación. Haber estado al borde de la muerte dos veces en diez días, era aleccionador. No podía continuar sus operaciones de este modo. Era muy riesgoso. Era necesaria un nuevo enfoque, y debía involucrar la penetración de la organización enemiga desde adentro. Él deseaba hablar con Liffi acerca de una idea que se estaba formando con mucha insistencia en su mente, una acompañada por un familiar dolor sordo en su frente. Cuanto más pensaba en la relación de Liffi con Freya, especialmente los dones con que la diosa la había bendecido, desde la belleza asombrosa hasta la transformación en un halcón, más crecía el convencimiento de su plan y más insistentemente machacaba el dolor encima de sus ojos. Sabía que la noción era sólida y que debía seguirla.

Se reclinó en el confortable asiento de cuero negro del coche de sus guardaespaldas y reflexionó. ¿Cuánto tiempo atrás fue que él creía que las deidades Anglo-Sajonas eran meros vuelos fantásticos de imaginación, mitología causada por el asombro ante lo inexplicable? Para estar seguro, ellos no necesitaban una realidad para ser observada como casas o árboles, o percibida para existir. Pero como Liffi había señalado más de una vez, muchas sociedades hoy en día aceptan la existencia del Dios cristiano invisible. Más temprano, los Anglo-Sajones aceptaron la existencia de sus dioses y diosas, y esta creencia colectiva los hizo una realidad social.

Liffi había ido detrás de esto, y era a su experiencia a la que él tenía que recurrir ahora. Para ambos, Freya era mucho más que una realidad social.

Cuando el coche se detuvo en el frente de la casa de seguridad, sospechaba que Freya pronto pondría a prueba la coherencia de su lógica.

—Será mejor que vaya contigo, Jake —dijo Liffi.

—Puedo pensar en varias razones de por qué no. No, iré solo.

—Puede que Freya no se te aparezca.

—Lo hará —dijo esto con una certeza y un gesto de arrebato en su rostro que la hizo apresurarse a abrazarlo.

Allí, ella lo miró a los ojos y murmuró:

—Te quiero mucho. No puedo soportar lo que te está pasando y es todo culpa mía. Ten cuidado, Jake.

—Ella me protegerá. Es su deseo.

Convencido de esto, Jake se paró en frente del tótem, puso más rosas, inclinó su cabeza y oró. En unos momentos, una calidez placentera y un indescriptible sentimiento de fuerza y alegría corrieron a través de él. Asombrado, se volvió para enfrentarse al ser más hermoso, brillando en lo que luego describió a Liffi como *una luz blanca dorada,* pero ella sabía de todos modos. La diosa le sonrió, amor radiante, paz y armonía.

—Jake Conley. —Su voz era dulce como un ruiseñor del bosque, acariciaba su nombre—. ¿Buscas la ayuda de Freya?

—Si. —No sabía cómo dirigirse a ella y eligió—: Oh,

Divina. —Inmediatamente deseando haber optado por «Diosa».

La divinidad dio un paso adelante, tomando su rostro entre sus manos y disolviendo de una vez sus ansiedades como un copo de nieve cayendo en un lago.

—Debo hacerte más presentable, Jake Conley. —Lo besó de lleno en los labios y él se desmayó. En segundos, sus ojos parpadearon abriéndose y su mirada se clavó en los ojos color de miel de la deidad, quien murmuraba—: Te he dado la belleza del aelfe y su sabiduría, para que puedas mezclarte libremente con ellos.

—¡Elfos! —gritó Jake, escudriñando su bello rostro, incrédulo.

—¡Qué extraño eres, Jake Conley! —Se burló—. Al principio, negabas mi existencia... —¡Cómo le palpitaba la frente!—. ...y ahora dudas del aelfe como entidad. Y, sin embargo, solo un aelfe puede resolver los problemas que leo en tu mente.

Absorto, en adoración, se detuvo en sus palabras, deseando encontrar las propias para agradecerle.

Pero ella conocía su corazón, cada uno de sus pensamientos.

—Tu agradecimiento es tu servicio hacia mí. Está en curso y tú vendrás en la próxima luna para encontrarte con el aelfe. Él te ayudará. Adiós.

La luz brillante se desvaneció y Jake se encontró a sí mismo mirando a la nada.

Si su asombro con la boca abierta era un espectáculo digno de contemplar, entonces el de sus dos guardaespaldas lo superó.

—¿Qué ocurrió ahí adentro? —El hablador fue el primero en encontrar su lengua—. *U-usted* ha cambiado, pero sigue siendo usted, ¡pero no es!

—Tranquilízate —espetó Jake—, estás balbuceando, no tiene sentido.

—Es porque no es posible. Usted entró y salió transformado.

—¿Transformado?

—Debe mirarse en un espejo. Se ha convertido, *eh*, no me malinterprete, ¡algo *hermoso*! Quiero decir, esculpido, como uno de los dioses griegos. —Dio una pequeña tos avergonzada. Había algo absurdo, surrealista acerca de un descomunal hombre de seguridad hablando en esos términos y Jake tuvo que reír—. ¡Bob, deberías pensar acerca de servir a Freya y quizás ella podría hacer lo *imposible* y transformarte!

El guardaespaldas lo miró boquiabierto.

—¿Está usted diciendo que los antiguos dioses existen? ¿Ella hizo esto para usted? ¡Es increíble! —Se volvió hacia su colega—. ¿Has visto esto también, Paul, o me estoy volviendo loco?

Su socio taciturno, pálido y preocupado, dijo:

—Pienso que debemos irnos de aquí mientras podamos. Es extraño, anti natural.

En el apartamento, recibió la misma reacción de Liffi.

—*Ella* hizo esto, ¿no? Oh, Jake, pero yo te amaba como eras.

—No sé si será permanente. Freya... —Él pronunció el nombre con ternura—. ...hizo esto para que yo pueda mezclarme con los elfos. ¡Ella me bendijo con su sabiduría también!

—¡Vas a ver a los elfos! Tú siempre dijiste que eran un producto de mi imaginación. ¿Cuándo te reunirás con ellos? ¡Quiero ir! Oh, Jake, ¡di que me llevarás también! —Ella rebotaba con entusiasmo, como un cachorro de Golden Retriever cuando sus dueños retornaban a casa luego de un día afuera, él rió entre dientes.

—Está bien, lo haré. En la próxima luna... —Sus ojos se extraviaron inquisitivamente en el calendario de la pared.

Ella ya estaba allí y revisando.

—Viernes. En seis días. ¡En el día de Freya! ¡Iremos a reunirnos con los elfos! ¡Iremos a reunirnos con los elfos! —Ella comenzó a saltar alrededor de la sala cantando este estribillo.

Mucho más tranquilo, sin acceso a una biblioteca o su vasta colección de libros, Jake comenzó a comprar y descargar tantos como treinta libros electrónicos. Eligió cualquier cosa que pudiera encontrar asociada con elfos y folklore Anglo-Sajón, pasando el resto del día y el próximo averiguando todo lo que pudiera sobre ellos.

Al atardecer del día siguiente, Liffi entró volando a la habitación con el aire de alguien que va a impartir noticias importantes.

—La policía lo encontró, Jake.

—Mmmm. —Distraído en su investigación—. ¿Encontró?

—El experto que demolió las torres enfriadoras y causó todos aquellos apagones. Aunque no ha sido de mucha utilidad. La gente detrás de él se aseguró que no conociera acerca de sus identidades. Estaba bastante feliz con el dinero, ademáaas... —Ella alargó la palabra dándole efecto—, ...escucha esto... además, se dio vuelta para convertirse en un ambientalista. Quería demolerlos para que pudieran instalar una nueva central eléctrica más ecológica; no podía esperar otros cinco años, entonces precipitó los acontecimientos. Dijo que eran una monstruosidad, ¿no es maravilloso, Jake?

—Supongo que sí. Estoy bastante perdido en el mundo de los elfos. Sabes, he estado ciego. Hay demasiada evidencia acerca de su existencia rechazado como folclore y mito, pero el testimonio se extiende sobre algunas culturas, no solo la Anglo-Sajona. He tomado montones de notas. —Él hojeó a través de las páginas—. Escucha. —Leyó: «Se pensaba que los elfos eran invisibles o criaturas difíciles de ver que disparaban a sus víctimas con una flecha, induciendo a una muerte sin ninguna causa aparente...»—. Que los sajones llamaban «elf-shot» —explicó antes de continuar, «...ellos parecen ser espíritus menores que las deidades del Aesir. Estos ataques por elfos fueron eventualmente vinculados con las ideas cristianas de demonios penetrando o poseyendo animales o personas, que entonces necesitaban un exorcismo»—. Ves como la Iglesia transformó todo para encajar con sus propósitos. —Jake sacudió su cabeza en un gesto de exasperación—. Un cuidadoso estudio de las palabras del Inglés Antiguo asociada con la gente duende lleva a una conclusión: los elfos estaban localizados en *un mundo extrasensorial*. Aquí está el punto, Liffi, los Anglo-Sajones no tenían una palabra o expresión para el concepto moderno de mundo natural porque ellos no concebían una entidad definida por la exclusión de lo sobrenatural. ¿Lo entiendes? Ellos distinguían solo entre el mundo humano y el mundo natural, alineando seres tales como monstruos y dragones con el último. Lo que quiero decir es que en la relación entre los Anglo-Sajones y su mundo, el concepto de sobrenatural era central y poderoso.

—¡Nosotros conocemos algo acerca de eso! —Sus ojos brillaban—. Sigo sin creer que vamos a encontrarnos con los elfos el viernes.

—Debes escuchar esto, Liffi. Islandia se convirtió tarde al cristianismo y uno de sus escritores reunió un montón de material acerca de los elfos. Él los describe de esta forma: «hay un lugar magnífico llamado Aelfheim. La gente que vive allí es llamada *ljósáfar,* son más bellos que el sol en apariencia». Y el *ljósáfar* ha mantenido una reputación como una raza etérea, elfos celestiales de *luz.*

—¡Y nosotros vamos a encontrarnos con ellos! —Liffi no podía contener su alegría.

—Esto es el porqué, —Jake sonrió indulgentemente

—, Freya ha transformado nuestras apariencias. ¡Solo mírate: bella, radiante, pálida y rubia!

—¡Soy un elfo! ¡Soy un elfo! —cantaba Liffi.

—Buuuenoo, no se sobre so, pero *yo* ciertamente lo soy. Tengo la apariencia de un elfo *y* su sabiduría, recuerda.

—¡Si sigues así, reorganizaré tu maldita apariencia! —Liffi fingió agresión.

—De cualquier modo, volveré al escritor islandés, su nombre era Snorri, y vinculó el *alfr* con el *engills* cristiano, ¡mi ángel! —dijo para apaciguarla—. No quiero aburrirte hablando de elfos...

—¡No te preocupes! ¡No puedes! Quiero conocer lo más posible. ¡Voy a conocerlos después de todo!

—Pienso que la mejor forma de describirlos es como *seres de otro mundo,* que capturan la mezcla de asombro y temor hacia aquellos, que experimentaron los Anglo-Sajones y nosotros —agregó él.

—¿Qué más puedes decirme acerca de ellos?

—He encontrado un montón de información que prueba la presencia de elfos. Ellos eran una realidad en los comienzos de la Inglaterra Anglo-Sajona. Pero no te interesaría porque tú conocías acerca de su existencia antes que yo.

—Estoy interesada, ¡lo *estoy*!

—Bien, entonces, los nombres de lugares en Inglaterra nos dicen mucho. Algunos estas asociadas con colinas, como Eldon Hill en Derbyshire, Eluehull en Cumbria, Elvedon Farm en Oxfordshire, o, como *ylfing dene* y Elveden, terminado en *denu* que significa «valle principal» como en *helfesdene* en Kent o Alden en Lancashire. Como puedes ver, los elfos estuvieron por toda Inglaterra y aun puede ser encontrado en los nombres de lugares.

—¿Solo en Inglaterra? ¿Qué hay acerca de Gales, Irlanda y Escocia? —preguntó ella.

—¡Esos países también! ¡Hey! Está el interesante

caso de un curador de Aberdeenshire llamado Andro Man, en 1598 fue ejecutado por, entre otras cosas, confesar que se encontró con la «Reina de Elphen».

—¡Pobre hombre! ¿La describió?

—Tenemos una descripción. —Él pasó impacientemente a través de las páginas de sus notas—. Ah, aquí, «ella era tan bella como vivaz, parecía como un halcón, un elfo de otro mundo o sino un ángel», más como tú, Liffi —dijo él, y lo decía en serio.

—¡Un halcón! ¡Y nosotros vamos a verlos el viernes! ¡Estoy muy emocionada! exclamó superfluamente.

## UNA NOCHE DE VIERNES ILUMINADA POR LA LUNA ATEMPORAL EN GOODMANHAM, OCTUBRE 2021 AD

La diosa los saludó bajo el mástil, la luz de la luna, se inclinaba hacia el templo sin luz, arrojando una luz de otro mundo, la presencia de la deidad, brillando en un resplandor etéreo, emitía el amor, paz y armonía que Jake había llevado en su corazón desde su último encuentro. Absorbiendo el poder divino, ellos se sentían como gigantes en un mundo de enanos.

Contenta por hacer que sus seguidores se sintieran cómodos, Freya abrió sus brazos, que se convirtieron en alas. Ella disminuyó ante sus ojos, transformándose en un halcón y lanzando un grito desgarrador, luego voló fuera del templo.

—¡Vamos! —dijo Jake, y corrieron afuera para escanear el firmamento adornado de estrellas, una tarea inútil el localizar un halcón solitario.

Vencidos por la belleza de la luna, Jake dijo una adivinanza en inglés antiguo, *«Vi una criatura maravillosa que llevaba a su presa entre sus cuernos, la brillante nave del aire astutamente adornada».*

—¡Maldito seas, Jake! Concéntrate. —Liffi tomó su mano—. Concéntrate en convertirte en un halcón.

Él cerró sus ojos y se rindió al latido en su frente. Momentos después, ellos estaban parados en el césped, con las garras excavando en el suelo suave. Liffi emitió una llamada parlanchina, que fue respondida, y ellos extendieron sus alas para volar en la noche brillante para unirse a su guía divina, quien los guió en alegres arremetidas y emocionantes elevaciones sobre el paisaje campestre bañado por la luna.

Habiendo dejado pasar la exuberancia del vuelo temprano, Freya condujo a los otros dos halcones hacia abajo para rodear la iglesia de Goodmanham, descendiendo en picada a lo largo de un pequeño valle trazado por un sendero. El halcón se posó frente a un viejo espino retorcido bajo el cual gorgoteaba un manantial, una fuente natural. De inmediato se transformó a su forma humana, al igual que a regañadientes, lo hicieron Jake y Liffi.

—El pozo de la Dama. —Jake señaló al chorro de agua—. Es uno de los dos pozos sagrados en Goodmanham.

Refirió la información para Liffi, porque Freya sonrió y asintió antes de señalar abajo al valle. La probabilidad de que el lugar fuera mágico se volvió certeza ante sus atónitos sentidos. Música encantadora llegaba a sus oídos y ellos contemplaron una pequeña procesión de figuras luminosas, no estaba seguro si brillaban por la luz de la luna que los bañaba o brillaban desde adentro. Otra convicción, que estos eran elfos, lo conmocionó y comenzó a citar una vez más.

> «Duendes de las hadas,
> Cuya medianoche se divierte al lado de
>     un bosque
> O la fuente que un campesino tardío vio,
> O sueña que ve, mientras la luna sobre su
>     cabeza
> Se sienta arbitra, y más cerca de la tierra
> Rueda su pálido curso, ellos en su alegría
>     y baile

Intención, con música alegre encanta a
su oído
A la vez con alegría y miedo su corazón
rebota».

—Versos mágicos, Jake ¿Quién lo escribió? —Liffi
estaba sin aliento.

—Es del *Paraíso Perdido* de John Milton. Es como si
lo estuviera escribiendo ahora, con nosotros.

—Vamos, corramos a saludarlos. —Ella no podía
contenerse.

—¡Espera! —Y Liffi se congeló.

Trescientas yardas abajo por la pista iluminada por la
luna, la música insistente y el baile elegante continuaron
hasta que cuatro figuras se separaron de los bailarines
que giraban y se acercaron. Liffi esperaba que ellos se
volvieran más altos a medida que se acercaban a ella, ya
que ella atribuía su pequeña estatura a la perspectiva de
la distancia y la luz incierta. Asombrada de ver tres
diminutas mujeres y un hombre, él no era más alto que
un niño de nueve años de un metro veinte centímetros
de altura, ella se sentía desgarbada y bruta.

Freya dio un paso adelante.

—Bienvenidas, Hyssith, Ietys, Anien. ¡Y tú también,
noble Dakras! —No solo conocía sus nombres, sino sus
pensamientos más íntimos.

Las criaturas seductoras hicieron una reverencia o
una inclinación ante la diosa, sus movimientos
elegantes.

—Vengan, conozcan a Liffi y a Jake, mis fieles
compañeros.

Dos de las ágiles mujeres se aproximaron a ella. Sus
voces, tan encantadoras y atractivas como su apariencia,
la colmaron de elogios por su belleza, sus trenzas, ojos y
estatura. Al contemplar con adoración a las exquisitas
criaturas, Liffi se sintió fornida e inadecuada. La tercera
elfo exacerbaba estos sentimientos porque exudaba

sexualidad. Se entrelazó sinuosamente alrededor de Jake, cuya expresión estúpida y halagada hizo que a Liffi se le erizaran los pelos. Por un momento salvaje y apasionado, ella consideró transformarse en un halcón para desgarrar a la amorosa elfo en pedazos, pero Freya se acercó y le puso una mano en la cabeza. Imbuida con un sentimiento de amor y paz, Liffi sonrió benevolente a la seductora a pesar de que acariciaba el pecho de Jake.

El mundo nunca le había parecido tan armonioso para ella. El aliso a su derecha le recordaba su regalo de aire puro que respiraba, enraizado en la tierra y extendiendo sus ramas hacia las estrellas. Mágicamente, la doncella duende junto a ella tomó su mano, y como si leyera sus pensamientos, dijo:

—Tanto arriba, como abajo. —En un momento de introspección, Liffi comprendió la diferencia entre el mundo de la forma y del espíritu.

La iluminación incitó a Freya a volverse hacia ella.

—Tienes mucho que aprender, niña. Es mi deseo que tú, Ietys, —Se dirigió a la elfo que sostenía la mano de Liffi—, ministra de Liffi en Aelfheim. Imparte tu tradición, instrúyela en los caminos del *ljósálfar*.

Liffi se quedó sin aliento ante las implicaciones de las palabras de la diosa. Ella, Liffi Wyther, una muchacha ordinaria de Preston, Lancashire, visitaría el mundo élfico de Aelfheim. La antigua e indescifrable sonrisa de Freya saludó sus pensamientos, e Ietys rió con una notable serie de encantadoras notas tintineantes.

Un gesto de la deidad y Hyssith se separó de Jake, quien de inmediato asumió una expresión de abandono que hizo reír a todos los elfos al unísono. De forma anti natural, Liffi se encontró a si misma uniéndose a la alegría. Otro movimiento de la mano, y Hyssith e Ietys entrelazaron los brazos con Liffi, haciéndola sentir más desgarbada, pero cuando ella se emparejó con el gracioso paso de los elfos, ella pareció flotar a lo largo del sendero, seguidas por la tercera doncella elfo, Anien, hacia la música encantadora. No hubo tiempo para decirle adiós a Jake, quien estaba ahora sentado en una orilla cubierta de hierba junto al pozo entre Freya y Darkas. Ni hubo tiempo para preocuparse, porque ella fue arrastrada hacia la masa de elfos que se arremolinaban y retozaban, cuyos machos la hacían girar y dar vueltas, pero solo lo suficiente para no hacerla marear. Ella se rindió a la magia de la música y la luz de la luna, alejándose del mundo de la humanidad.

❧

FREYA NO PERDIÓ TIEMPO EN EXPLICACIONES. ELLA transfirió los recuerdos de Jake a la cabeza del asombrado elfo, cuyos profundos ojos verdes se ensancharon y observaron compasivamente a Jake, quien, en ese instante, experimentaba una secuencia de emociones, un sentido de compañerismo, recuperó el coraje, el optimismo, la determinación, y fortaleza. Cuanto de esto era debido al intercambio de miradas con el elfo o el regalo adicional de la diosa, él no lo sabía.

El elfo se sentó silenciosamente por dos minutos, a considerar los problemas de Jake. Al final, él habló con una voz fluida contrastando con el presagio del mensaje.

—No temas, mi amigo, voy a explicarle tu terrible situación a nuestro rey, el noble Aelfric. Es la voluntad de la poderosa Freya que los *ylfs*... —Su pronunciación de la palabra elfos le pareció a Jake como extraño y perfecto—, te ayudará a resolver tus problemas.

—Perdóname, Dakras, no quiero ofenderte, pero ¿cómo puede gente de pequeña estatura, bien intencionada y desarmada tener la esperanza de derrotar a los matones malvados de mi mundo?

De nuevo vino la risa tintineante y la inescrutable

sonrisa de la divinidad. En medio de todas las emociones que había adquirido, permanecía esta inseguridad profunda arraigada. Estaba a punto de perderlo.

—En cuanto a las buenas intenciones del *ljósálfar,* como una raza que sirve al *Aesir.* —Lanzó una mirada tímida de reojo a Freya—. Por lo tanto, somos etéreos y celestiales, predispuestos a la bondad y buenas obras. — Hizo una pausa, pesando sus palabras siguientes—. Pero tenemos un lado oscuro en nuestra naturaleza, no como el *døkkálfar* de corazón negro. —Su odio por los elfos negros era evidente en su tono—. En quienes su maldad es innata, pero todavía están allí para que podamos aprovecharla. Puede que nos veamos forzados a usar las armas que poseemos. Tengo un arco, y mis flechas raramente pierden su presa. La magia de las puntas de flecha de pedernal puede llevar a un hombre a la enfermedad y la muerte sin su conocimiento.

—¡Disparo de elfo! —dijo Jake, animado por sus lecturas acerca de las creencias Anglo-Sajonas.

—¡Por supuesto! —Los ojos verdes brillaron, pero subyacente a la agudeza había un sorprendente indicio de malicia—. En cuanto a nuestra estatura, si bien puede ser una desventaja entre los humanos, para el *ljósálfar* es una ventaja indiscutible. Casi invisible, o al menos difícil de observar para un hombre, nuestra agilidad asegura nuestro ocultamiento.

—Es una ventaja sin dudas —dijo Jake—. Pero Dakras, ¿Cómo procederemos?

El inmaculado semblante del elfo se contrajo por primera vez mientras se concentraba en una solución.

Pronto, él dijo:

—El *ljósálfar* está por todo el condado. Inherentemente a los hombres de campo, las ciudades y los pueblos pueden ser un problema, nada que no pueda ser superado. Sin ser vistos, nuestra gente puede aprender los nombres de los de la Hermandad de

Woden y que maldad están planeando, podemos disparar a sus líderes con flechas invisibles para que caigan enfermos y sean incapaces de continuar con sus actividades malévolas.

—Pero, ¿cómo me vas a comunicar la información?

—Encontraré un camino para decirte que vengas aquí, a este pozo, y uno del *ljósálfar* transmitirá mi mensaje.

Jake estiró una mano para estrechar la de Dakras, pero el elfo se veía perplejo.

—Ah, nosotros los humanos estrechamos las manos en señal de acuerdo cuando estamos contentos.

La risa tintineante de nuevo.

—¡Qué pintoresco! Estrechémoslas entonces. Espera mis noticias, mi amigo.

Jake se volvió a Freya y vio que ella estaba acariciando a un gato grande, que lo miraba a él con una mezcla de curiosidad y amenaza. De donde había aparecido, él no tenía ni idea, ni cuando se dio vuelta y se dio cuenta que Dakras había desaparecido. Por asociación, él se preguntaba donde había desaparecido Liffi. No había señales ni sonidos de elfos sendero abajo.

—Ten calma, Jake —dijo Freya—. Está en tu carácter preocuparte demasiado. Ve, párate bajo el alisio y aprende de él.

Una orden de la diosa era incuestionable, por lo que Jake se paró bajo el árbol indicado y calmó su respiración. Cuando hizo eso, apreció la belleza del alisio, inhalando el aire fresco, y escuchando el susurro de las hojas. Nunca antes en su vida, había comulgado con una planta, pero ahora podía comprender el ritmo constante y paciente del árbol. Tratando de emparejar su respiración y pensamiento a este ritmo, el recibía sanación y sabiduría de él. Esta noche la magia lo rodeaba. No solo podía cambiar su apariencia, sino también su carácter.

Su ansiedad innata lo había abandonado, y cuando

regresó al manantial, Freya y su gato se habían ido. La pregunta que anhelaba hacerle a la diosa ya no tenía importancia, ni la tardanza de una hora. Liffi regresaría desde los elfos a su propio tiempo. ¿Qué importaba su ausencia?

Dichoso, Jake se sentó al lado de la fuente y pensó en el *ljósálfar,* y del ser seductor que se envolvió alrededor de él. Vivir en esa sensual femineidad conmovió algo en la naturaleza. Consiente de otra presencia, miró más allá del agua gorgoteante, siguiendo su curso centellante hasta el estanque que había formado, donde una criatura seductora estaba desnuda y sonriéndole. Encantado, se dio cuenta que era otro ser del *ljósálfar,* en forma de ninfa del agua.

—Jake Conley, mi nombre es Kendra. Que significa *agua clara.* Bienvenido a mi hogar.

Ella brilló ante él, cautivadoramente, y por primera vez él comprendió el significado de aguamarina. Los tonos de su piel, cabello y ojos, en sus variadas tonalidades, eran superados solo por el color de su voz. Otra primera vez para Jake... él aprendió que los sonidos tenían colores, y la voz de Kendra era tan azul como el cielo azul en verano.

—Vendrás conmigo cuando Darkras desee hacer conocer sus pensamientos.

—Lo haré —graznó mientras contemplaba su desvergonzada belleza.

Ella sonrío seductoramente.

—Ven, ¿no quieres bañarte conmigo a la luz de la luna? Quítate tus ropas, Jake Conley.

Sin inmutarse, parecía que toda la preocupación lo había abandonado, se quitó la ropa y se metió dentro del agua helada. Cuando se aproximó a ella, con los brazos extendidos, ella se desvaneció en una cascada de agua. Su última impresión fue la de una sonrisa seductora, una impresionante sexualidad inalcanzable. Él se mojó la cara con agua helada y enfrió su ardor.

Silencioso, se quedó temblando, goteando y en silencio, con el agua por encima de las rodillas. Por fin su mente estaba tranquila, libre de pasión, ansiedad u otra emoción. Él escuchaba al mundo alrededor de él, considerando su belleza, y recordando cómo se había sentido al elevarse bajo la luna y las estrellas, alto en el cielo. Con ese pensamiento, su forma cambió, y como halcón voló sobre Goodmanham, pero esta vez su alegre vuelo se veía compuesto por la unidad del mundo arriba y debajo de él. Había descubierto una verdad concebida solo por el amor puro, la belleza en verdad está en los ojos del observador.

Jake Conley, un hombre sabio, iniciado en el mundo espiritual, vestido, caminando hacia su coche estacionado hacia el templo, y para alivio de sus cuidadores apareció en la casa segura.

—No se preocupen por la Srta. Wyther. Ella está bien. Ella está con los elfos —les dijo a los sorprendidos e incrédulos guardaespaldas—. No, en serio, ella está con los elfos.

❦ 20 ❦

AELFHEIM, 5047 AAC (DESPUÉS DE LA
CORONACIÓN DE AELFRIC)

La procesión de elfos, Liffi perdió la cuenta en ciento veinte, recorría el campo teñido de mercurio salpicado por la luz de la luna. Ellos saltaban y retozaban con la encantadora música de violines, flautas, tambores y campanillas. Palabras extrañas llegaban a sus oídos.

—*Yam het noom ghlit oru awy, tel su lab eb neo thiw het reaht.*

Solo después que repitieron el cántico ella se dio cuenta que había palabras que ella conocía, solo que estaban revueltas en su cabeza.

—Por supuesto —dijo ella—. ¡Con la Tierra!

Hyssith apretó su mano y rió.

—Solo estábamos bromeando contigo, para ver cuánto tiempo te llevaría. Los elfos somos así. Debemos divertirnos. —Aquellos más cerca de ellas rieron y aplaudieron.

Uno dijo:

—Liffi es inteligente. ¡No le tomó mucho tiempo!

—Como recompensa, Liffi —dijo Hyssith—, tocaremos para ti la más hermosa melodía en el mundo es la llamada «La Canción del Rey Elfo».

Cantarina, cautivadora, la maravillosa melodía la arrastró, volviéndola incapaz de hablar. Entró en su

168

alma, susurrando antiguos hechizos seductores, y sin saberlo dotó a Liffi con el don de la inmortalidad. La cadencia élfica saltó a través de la noche y el cansancio natural que debería haberla abrumado se filtró en el suelo bajo sus pies, mientras ella extraía energía de la tierra generosa.

El fuerte modelado de la luz plateada de la luna y las sombras oscuras que normalmente creaba podrían haberla asustado, creando grotescas manos esqueléticas a partir de inofensivas ramitas colgantes. Pero esa noche, todo era mágico, los dedos huesudos que la agarraron se volvieron elegantes y enjoyados, buscando acariciar su rostro expectante.

Para su desagrado, los elfos reemplazaron la melodía seductora por otra de aire más frívolo, pero una que le restableció la facultad de pensar.

«Me pregunto cuanto más lejos tenemos que caminar».

*Ya casi llegamos, Liffi. Solo a ese elevado más adelante.*

Ella miró asombrada a Hyssith, que según ella sabía, no había hablado.

—Gracias —dijo ella, y la elfo sonrió débilmente y asintió.

«Me pregunto, ¿Cómo hiciste eso, Hyssith?»

*Por el pensamiento, por supuesto.*

«Deseo poder aprender a hacerlo».

*Es una de las muchas cosas que adquirirás en Aelfheim.*

Liffi estaba emocionada. ¡Ella aprendería a entender y enviar pensamientos! Pero Hyssith no pudo leer nada en ese momento, porque su nueva amiga estaba por una vez perdida para las palabras. No eran necesarias, porque la elfo podía interpretar el aura jubilosa que ella estaba emitiendo. La lectura de auras era un poco más avanzada que la de mentes.

Liffi, quien amaba la naturaleza, era una experta en el reconocimiento de plantas, no es que el majestuoso árbol que se erguía en la cima de la colina, que ella reconoció como un antiguo túmulo, necesitara alguna habilidad para identificarlo. Era un magnífico fresno, aunque con una muda temprana, la mayoría de sus hojas se habían caído. Contempló el gran dosel de ramas sobre su cabeza y pensó en lo bello que se vería con todo su follaje.

—El árbol te dice gracias —dijo Hyssith, con una sonrisa.

Liffi jadeó, se salió de la fila, y pasó su mano sobre la corteza rugosa, dividida en forma de diamantes. Este era un fresno blanco antiguo y ella absorbió su serenidad y sabiduría. A sus pies, en la base del tronco, las raíces superiores estaban expuestas, y donde podía haber aparecido un hueco, había una puerta de madera y hierro cerrada con clavos.

Amablemente, un elfo masculino la hizo a un lado con una mano, se llevó a los labios un cuerno heráldico de metal brillante, y sopló una serie de notas fluctuantes y agudas. La puerta crujió sobre sus bisagras, revelando escalones bajo el fresno, profundo en la tierra. El trompetista saltó hacia adelante, liderando el camino hacia la oscuridad envolvente. Por primera vez, Liffi estaba asustada, pero Hyssith tomó su mano y la sostuvo entre las suyas. Diez escalones tanteados por sus pies vacilantes fueron pasados en total oscuridad, pero en el onceavo, una luz tenue, como el tímido sol que asoma por el horizonte al amanecer, comenzó a impregnar el descenso. A medida que descendían, se hizo más fuerte y ella pudo distinguir la piedra tosca del techo. La luz se instaló en su estado permanente en Aelfheim, de amanecer perpetuo, cálido, brillante y reconfortante.

El mundo que Liffi había dejado atrás, indudablemente un regalo del Creador, pero desbastado y abusado por la humanidad, no tenía comparación con Aelfheim, donde los elfos vivían en perfecta armonía con la naturaleza. La especulación, la codicia y el desprecio por los otros, eran desconocidos entre la raza élfica, lo que significaba que sus mejoras a lo que la naturaleza les había dado eran armoniosas, esenciales y estéticamente agradables. Ella jadeó asombrada por el paisaje que se extendía ante ella, bañado por el cálido amanecer, sus colores uniformemente suaves.

«¡Solo falta un unicornio!»

*Todo a su tiempo,* llegó la respuesta adentro de su cabeza.

—¿Lo dices en serio? —dijo Liffi, la elfo sorprendida a su lado, cuyos hermosos ojos grandes se inclinaron hacia abajo, lleno de sorpresa.

—¿Qué? —dijo Hyssith.

—¿Veré un unicornio?

La risa tintineante no era solo de su compañera, sino que otros se unieron también en el regocijo.

—Por supuesto, ya no tienes unicornios en Midgard. Me atrevo a decir que nunca has visto ni has montado en uno. De todos modos, bienvenida a Aelfheim, Liffi, uno de los nueve mundos.

¡Otros siete mundos! Su mente no podía comprender. Ella solo había puesto un pie en el segundo recién, y había demasiado para ver y comprender.

—¿Adónde vamos?

—Vamos a la corte del Rey Aelfric.

—¿Es el primero de ese nombre?

De nuevo, la perplejidad se asomó en la mirada hasta que el bello semblante se aclaró para ser reemplazado con la expresión alegre de quien intenta con dificultad sofocar las carcajadas. Ietys llegó al rescate de su compañera, pero primero miró a los elfos circundantes pata silenciar su tintineante diversión.

—Perdónanos, Liffi, no podemos evitar reírnos de tus ingeniosos comentarios. Es una ventaja injusta, ya que nuestro mundo debe ser tan extraño para ti. Verás, el Rey Aelfric debe ser el primero de su nombre, dado que los elfos son inmortales. Por lo menos, hay pocas maneras en las que pueden morir, y aquellas son todas en batalla. Ya que la nuestra es una raza pacífica, esperamos la inmortalidad.

—¡Yo también lo deseo para ti! —dijo Liffi, brindándole muchas miradas de afecto.

—Si eres afortunada, el Rey Aelfric te convocará a su presencia —dijo Hyssith.

El pensamiento de reunirse con el rey elfo la llenó de ansiedad, tanto que toda su aventura se convirtió de repente en una pesadilla.

*No seas tonta.* Hyssith interrumpió sus pensamientos. *Aún están dentro de ti las inseguridades que Midgrad ha condicionado en ti. Esta es una de las razones por las que Freya te ha traído aquí. Hablaremos de esas cosas más tarde. Acepta y disfruta todo, incluido el encuentro con el rey si esto debe ocurrir.*

Liffi se preguntaba si los otros elfos cercanos podían escuchar esta conversación, o solo estaba confinada a su cabeza.

*Solo nosotras. Acepta y escucha todo.*

Ella haría eso, comenzando con el árbol mágico colmado de pájaros gorgogeantes que reconoció, con un sobresalto, que eran ruiseñores. En su mundo ellos eran raros, tímidos y solitarios y bendecidos como estos con la canción más lírica.

—¿Qué árbol es este? —le preguntó a Ietys, quien estaba junto a ella.

—El periden. Tiene una fruta maravillosa, dulce y agradable y los ruiseñores se deleitan con ella, porque refresca su canción. Ten, prueba una.

Retorció una fruta de su rama para que Liffi hundiera sus dientes en la carne, suave y pulposa. El jugo goteaba por los costados de su boca, por lo que tuvo que sorber y lamer sus labios, para no desperdiciar ni una gota del elixir, porque eso era de lo que se trataba. Tan pronto como ella hubo terminado, los elfos se reunieron alrededor de ella, sonriendo.

—¡Vamos Liffi, cántanos una canción!

—¡Si, una canción tradicional de tu mundo!

¿Una canción tradicional? ¿Conocía ella alguna? Entonces ella comenzó.

«Ay mi amor, me haces mal
Para desecharme, descortésmente.
Y te he amado oh por tanto tiempo
Deleitándome en tu compañía.
Greensleeves fue mi deleite...»

Para sus oídos sorprendidos, su voz sonaba perfectamente afinada, melodiosa y dulce. El problema de no tener un árbol de periden en su jardín atrás de su casa la hacía disfrutar este momento. Los elfos lo hacían ciertamente, porque se unieron al estribillo, aplaudiendo y danzando alegremente.

Cuando terminó, Liffi dijo:

—Nuestros reyes no son inmortales, pero se dice que uno de ellos escribió esta canción. Era el octavo de su nombre, Henry.

Con el periden bien detrás de ellos en la distancia, la cadencia élfica continuó su marcha hacia adelante y Liffi fue gratificada escuchando algunos de los elfos tomando el estribillo de Greensleeves como de su procedencia. Hubo tiempo aún para más maravillas. Ella no vio un unicornio, pero *vio* un parander.

—¡Oooh, qué extraña criatura! —Ella señaló a una bestia tan grande como un buey, pero con cuernos ramificados, la cabeza de un ciervo y también el colorido y espeso pelaje de un oso.

Ella rompió filas y corrió hasta ella, cuando ante su mirada de sorpresa, el animal se transformó en una roca similar a la que estaba junto a él.

—Oh, Dios, ¿qué ocurrió? —dijo Liffi.

—Asustaste al parander —dijo Hyssith—. Cuando ellos se asustan, ellos cambian en la forma de aquello que tienen cerca para ocultarse ya sea un peñasco, un follaje o un pájaro —explicó Hyssith.

—Oh querida, no quise asustarlo. Y ahora es un trozo de piedra vieja.

—No importa. El parander es una criatura paciente y esperará hasta que nos hayamos ido para aparecer en su forma verdadera.

A lo lejos, en el horizonte, Liffi divisó torretas y murallas siguiendo el contorno de las colinas onduladas.

—¿Es ahí a dónde vamos?

—Si, eso es Ydalir. La ciudad toma su nombre del palacio del rey. Ya no necesitamos esos poderosos muros que rodean el asentamiento. Ellos datan de las guerras élficas, perdidas en los tiempos inmemoriales cuando los *døkkálfar*, —La palabra pronunciada con odio—, buscaban en vano echarnos de nuestra casa. Ydalir será nuestro hogar por algún tiempo, mientras tú aprendes todo lo que Freya desea para ti. Y no te preocupes acerca de Jake Conley. Él está bajo su ala protectora. No sufrirá ningún daño.

Llegaron ante las puertas dobles de la ciudadela, y aunque las guerras élficas ocurrieron en un pasado oscuro, estaban bien cerradas y bloqueadas. El mismo trompetista dio un paso adelante con el pecho hinchado. Se deleitaba en su papel y sopló la misma serie de notas fluctuantes de tono alto que había tocado ante el poderoso fresno. Una vez más, las grandiosas puertas se volvieron a abrir, y la cadencia élfica entró a Ydalir, arrastrando a Liffi en su tren. Ella se forzó a sí misma a no estar ansiosa, y ella recibió el mensaje de Hyssith.

*Bien, empiezas a instalarte bien en Aelfheim.*

## 21

## GOODMANHAM, EAST YORKSHIRE, OCTUBRE 2021 AD

Cuando estalló el escándalo, Jake leyó acerca de eso en *The Independent* y se asombró de no encontrar reportajes lascivos, algo muy normal para ese periódico de renombre. No tanto dada la firma, William Backhouse. Jake atribuyó la ausencia de periodismo sensacionalista al editor que controlaba la producción de Backhouse. Bajo las circunstancias, él no podía creer a su viejo adversario capaz de tal mesura periodística.

Los hechos básicos eran que el posible candidato Conservador para el distrito electoral del noreste de Leeds en las próximas elecciones generales estaba embrollado en un sórdido asunto de chantaje que involucraba a un chico de alquiler. La admirable resolución del político de no sucumbir a la extorsión y de entregar la investigación a la policía contó con la aprobación de Jake. Puede que no hubiera pensado más en el asunto si no hubiera sido por la súbita aparición en su departamento del elfo, Dakras. Él traía noticias de la Hermandad de Woden, y en particular, de su rol de infiltrar su organización en el gran Yorkshire ciudad de Leeds. El elfo solo había comenzado a recolectar los nombres de los adherentes, y dado que no tenía acceso a ningún tipo de tecnología, sino que tenía que depender del pergamino, la pluma y la tinta, era necesariamente una tarea laboriosa. Cuando Jake intentó explicarle las ventajas de una cámara digital en miniatura, se encontró con una indiferencia ofendida.

Las principales noticias de Dakras eran dramáticas. El líder de la Hermandad en Leeds no era otro que el recientemente nombrado candidato para el noreste de Leeds.

Dakras había presenciado la reunión donde los extremistas habían discutido todo el problema. El movimiento de extrema derecha estaba exultante por haber orquestado el escándalo desde el principio, tentando deliberadamente al aspirante anterior a conseguir fotografías comprometedoras, y terminar efectivamente con su carrera política. Ellos intentaban mantener la afiliación del nuevo candidato a la Hermandad como un secreto. El nuevo nominado, Robert Strong, podía ganar el escaño por medios justos, o más probablemente, por la falta, dada la intimidación que la Hermandad estaba preparando para hacer frente a los miembros más vulnerables de la comunidad. Una vez electo, el plan era seducir a los conservadores de extrema derecha para una posición más extrema. Esto, como se jactó Strong, no debía ser difícil con la preocupación actual a través de Europa, por el problema migratorio. Dakras señaló que su infiltración estaba en curso y que los elfos estaban monitoreando las otras circunscripciones locales. Pero por el momento, la única en riesgo eran las actividades de la Hermandad en Leeds central.

—¿Qué haremos para detener a Strong, Dakras? No podemos permitir que infecte a los conservadores y consecuentemente el gobierno si ellos ganan la elección, como parece probable.

—He tomado medidas —dijo el elfo con un tonó malicioso en su voz—. Le he disparado con una flecha invisible, al menos, oculta a los humanos. Tomará un tiempo manifestarse los efectos, pero se volverá de piel amarilla.

—¿Ictericia?

—¿Es como ustedes llaman esto, Jake? Su hígado, páncreas y los conductos biliares le causarán problemas. Robert Strong no estará en condiciones de presentarse al Parlamento.

—Buen trabajo, Dakras. Ahora, si desenrollas tu pergamino, *haré* uso de mi cámara en miniatura. ¿Estás seguro que no quieres tomarla prestada? Te ahorraría mucho tiempo.

—Los elfos tiene tiempo ilimitado, Jake Conley. Son ustedes los mortales que parecen no tener suficiente de ello. Si no te molesta, seguiré con mis métodos preferidos.

—Como lo desees. Pero sé lo suficientemente bueno como para subrayar el apellido para que yo pueda saber por dónde empezar.

El elfo desapareció tan misteriosamente como había llegado, frustrando a Jake, quien había esperado hacer más arreglos para recibir más nombres. Una serie de arrestos siguieron en los pocos días posteriores, alarmando a la Hermandad en la medida que la policía fotografió a personas sospechosas merodeando el templo y el antiguo departamento de Liffi y Jake. Cuando los matones atacaron al inocente propietario de las excavaciones, resultando en su hospitalización, Jake se dio cuenta de dos cosas, los atacantes eran irremediablemente aficionados, no podían diferenciar a Jake Conley de Elvis Presley. Segundo, el endurecimiento del control oficial sobre la Hermandad estaba causando pánico en medio de ellos.

Una mañana de octubre, Jake se despertó con una extraña melodía de sirena sonando en su cabeza. Él sabía que era élfica por su belleza, y que era importante por el dolor en su frente. Él se levantó rápidamente y se vistió, con la melodía cada vez más insistente cuando ató sus zapatos. Cerró sus ojos para concentrarse en el dolor, y cuando lo hizo la suave música adentro de su cabeza cesó, para ser reemplazada por una visión de la ninfa acuática teñida de aguamarina. Antes de lo que había sospechado, ahora estaba seguro, tendría que ir al Pozo de la Dama en Goodmanham. La policía lo había instruido a que se mantuviera alejado del templo, pero no habían hecho mención del pozo. Él conduciría allí de una vez.

Cuando se acercaba al pueblo, el sonido de sirena volvió a llenar su cabeza, más insistente, hasta que paró el sonido dentro de su cráneo, pero él podía escucharlo en el aire circundante. La ninfa acuática estaba sentada en su irresistible belleza desnuda, en un peñasco en el estanque, cantando la melodiosa canción. Cuando ella vio a Jake, interrumpió la canción y se levantó de la roca, permitiendo a sus largas trenzas mojadas caer en ondas cubriendo sus pechos. Allí estaba ella, recordándole a Jake el *Nacimiento de Venus* de Botticelli, pero quizás del periodo azul de Picasso. La ninfa élfica era más bella aun que cualquier modelo del Renacimiento que hubiera posado como la diosa. Ella deleitaba los ojos de Jake cuando le sonreía, y señalando a una canasta de mimbre en el hueco debajo del espino, pero fuera del agua. Inmediatamente vio que contenía rollos de pergamino. Estos debían llevar, esperaba, muchos nombres de la Hermandad de todo el condado. Él se volvió para hablar con la ninfa, pero mientras lo hacía, ante sus ojos con una sonrisa, como la vez anterior, ella se desintegró en una cascada de gotas, dejando ondas ensanchadas en círculos concéntricos en el estanque.

Jake no tuvo tiempo para decepcionarse, porque escuchó voces. Agarró la canasta y buscó donde cubrirse. Espió un banco elevado más allá del pozo y corrió a esconderse detrás de la cubierta provista por él. Justo a tiempo, resultó, porque justo cuando se deslizaba por la pendiente lejana, explotó un disparo, levantando un chorro de tierra que cayó en su cabello. No se atrevió a mirar por encima de la colina por miedo a recibir una bala en la cabeza, pero tampoco podía permanecer donde estaba. De otro modo el tirador podía llegar y dispararle. Mientras sopesaba si empezar a arrastrarse lejos, todavía estaría cubierto por la joroba del suelo por al menos dieciocho metros, se escucharon dos disparos más. Un grito siguió al segundo disparo, y luego silencio.

La quietud fue rota por una voz llamando:

—Policía, Sr. Conley, está bien. Puede salir.

¿Debía creer en la voz? ¿Y si era un truco para hacerlo salir? Deslizó su cabeza hacia arriba hasta que su ojo derecho pudo observar a través de una especie de hierba. No era suficiente para exponerse a un proyectil, pero lo suficiente para espiar el familiar uniforme blanco y negro de un oficial de policía.

Jake se puso de pie con voz temblorosa.

—¡Me alegro de verlo! —Señaló hacia el cuerpo donde otra figura uniformada con un chaleco antibalas estaba inclinada sobre el hombre caído—. Él me disparó.

—Lo escuchamos. Es lo que nos trajo hasta aquí. Eso y ver su coche estacionado en el camino.

—Buen trabajo, compañeros. Él era uno de los de la Hermandad y hubiera querido el contenido de la canasta a toda costa. ¿Está muerto?

—Si, eso es correcto —dijo el segundo oficial de policía, con un amplio acento local.

—Venga, señor —dijo su colega más viejo—, déjenos escoltarlo a su vehículo. Debemos estar seguros que no hay otros alrededor.

Cuando ellos caminaban, él llamó por la radio y reportó la muerte y sus circunstancias.

Cuando hubo terminado, se volvió a Jake.

—Usted no debería haber venido tan cerca del

templo desarmado, Sr. Conley. Mejor mantenerse alejado de esta área. La policía puede estar siempre presente en una asignación en su favor. —Él asintió a la canasta.

—Muy bien, oficial, lo tendré en mente. Estoy agradecido por su oportuna intervención hoy. —Por dentro se rio entre dientes ante el pensamiento del impasible policía encontrándose con un elfo.

—Será mejor que se apure, señor. Debo escoltarlo hasta su coche, pero nosotros tenemos que esperar por la ambulancia para que se lleve el cuerpo.

—Muy bien. —Jake estrechó manos con los dos oficiales de policía, se deslizó en su coche y condujo rápido por el carril.

Justo antes del camino principal, escuchó el sonido de un arma de fuego y apretó su pie contra el acelerador, jugando a que estuviera libre de tráfico, porque él no tenía intención de reducir la velocidad para dar paso a la señal. Él tomó el empalme y dos ruedas quedaron en el aire. Una mirada en su espejo retrovisor le dijo que un coche negro iba corriendo detrás de él. Determinado a no dejarlo acercarse lo suficiente para que el pasajero pudiera hacer otro disparo, se apresuró por una serie de caminos menores hasta que llegó a una señal para la autopista.

Decidiendo que el tráfico pesado de la arteria era su mejor apuesta para mantener su pellejo intacto, Jake condujo a una estación de servicio ocupada y aparcó su coche entre un océano de vehículos estacionados. Solo cuando hubo cerrado el Porsche vio el limpio agujero de bala que perforaba su maletero. Él maldijo. El Porsche era su orgullo y alegría, y él estaba más concentrado en el daño al coche que en una posible herida a él mismo.

Agarró la canasta de mimbre y se alejó rápidamente del vehículo, pensando que era muy fácil de identificar, se mezcló con el rebaño de viajeros en la cafetería. Después de encontrar una esquina tranquila, llamó a un número especial y demandó apoyo. A los diez minutos, un equipo de policías con chaleco antibalas, casco y escudo lo estaban rodeando. Ellos lo acompañaron de regreso a el Porsche en su camino, donde Jake maldijo de nuevo, porque mientras tanto alguien había causado más daño al maletero abriéndolo.

—Conduciremos su coche hasta la estación, señor. Sería más sabio si usted viniera con nosotros.

—Espere, ¿qué es esto? —El oficial que había tomado las llaves del coche de Jake corrió un ojo entrenado bajo el tablero, buscó a tientas y sacó un detonador—. Ellos han plantado un explosivo mientras usted estaba disfrutando un café, señor. —Buscó más y sacó una masilla explosiva—. Semtex. Suficiente para enviarlo a otro reino ¡Venga! —Se lo entregó a otro oficial, quien lo puso en un contenedor resistente a explosiones.

Jake observaba como el oficial conducía su coche, pero no vio ningún sedán negro siguiéndolo por la autopista. Lógicamente, todos estarían bajo observación y los espectadores no harían más uso de su Porsche. Él sabía de seguro que nunca habría visto la bomba, y se estremeció al pensarlo.

Si se arriesgarían a otro atentado contra su vida mientras estaba fuertemente custodiado era otra cosa. La respuesta llegó pronto, porque Jake fue puesto en un cuadrado de escudos antidisturbios y marchó a un vehículo de seguridad. Allí, mientras lo ayudaban a subir a la parte trasera de la camioneta, la bala de un francotirador resonó en el acero blindado cerca de su cabeza y la mano amiga se convirtió en un furioso empujón. Los policías se apilaron abordo y el conductor salió de la abarrotada estación de servicio.

—¡Maldición! —dijo uno de los oficiales—. Estos subversivos son audaces y cada vez más valientes. —Él impartió órdenes por la radio, designando que se revisaran las instalaciones a fondo para verificar si había enemigos y confirmar la seguridad de su carga, Jake Conley.

Dentro del refugio del transporte a prueba de balas, Jake revisó los rollos de pergamino. Cada uno tenía el mismo estilo de escritura empleado por los elfos, cada línea formulada con exquisito cuidado. El nombre, dirección, número de socio, y fecha de nacimiento del individuo proveía todo lo que el MI5 necesitaba. Seguramente habría arrestos generalizados en todo Yorkshire como resultado de este esfuerzo colectivo de los elfos.

Pero se preguntaba cuántos más escapes por un pelo podría tener antes que la Hermandad tuviera éxito en ponerle fin a sus actividades de espionaje.

## 22

## YDALIR, AELFHEIM, 5047 AAC

Los elfos no se molestaron en preguntar sobre las predilecciones de Liffi. Ellos las conocían, por lo que se encontró en un dormitorio escaleras arriba para ella. A ella le encantaban las torres y torretas desde su infancia cuando leía cuentos de hadas sobre castillos con torres. Desde el punto de vista de su torreta, espió un unicornio matutino retozando en el borde de los bosques.

Hyssith la saludó antes que ella pudiera decir una palabra, cuando bajó las escaleras.

—Lo sé. Te llevaré a los bosques. Pero ten cuidado, solo una doncella pura de corazón puede domar un unicornio.

La apariencia de consternación en el rostro de Liffi produjo la risa tintineante usual.

—Liffi, no debes confundir pureza de corazón con ser una virgen. Si los elfos pensaran esto nadie sería digno de consideración. Esto es lo que haremos, iremos a los bosques, esperaras en un árbol, y si el unicornio encuentra tu gentil corazón, el vendrá, pondrá su cabeza en tu regazo y caerá dormido.

—¿Qué ocurrirá entonces?

—¡*Ja-ja-ja!* Entonces serás capaz de domarlo a tu voluntad. ¿Tú sabes montar, supongo?

—¡Oh, sí, sí!

—Debemos ir ahora. Es una larga caminata, entonces, ¿por qué no te conviertes en un halcón? Podemos espiar al unicornio desde el aire y poner nuestra trampa.

Para los elfos, cambiar de forma era un lugar común, de modo que Hyssith se había convertido en un halcón antes que la asustada Liffi se convirtiera en un peregrino. Juntas volaron sobre Ydalir, y Liffi se deleitó identificando su torreta antes de rodearla dos veces.

*Vamos, Liffi. Puedes hacerlo en cualquier momento. Tenemos un unicornio que encontrar.*

«¡Correré contigo hasta los bosques!»

Liffi se alejó volando a gran velocidad, pero Hyssith era una criatura grande y pronto la superó.

«Todo bien, me rindo. Buscaremos juntas».

Los ojos de halcón son tan potentes que Hyssith no tuvo necesidad de un gran esfuerzo para encontrar el blanco pelaje de la criatura en medio del verdor del bosque. Gritó y bajó un ala para mostrarle a Liffi que había encontrado a la bestia.

Los pensamientos de Hyssith llenaron la mente de su compañera. *Vuela hacia el claro del oeste. Cambia de nuevo a ti misma y finge dormir mientras esperas contra el tronco del árbol. Yo permaneceré como halcón y observaré desde arriba. Te advertiré cuando aparezca el unicornio.*

«¿Qué ocurrirá si la bestia no me encuentra compasiva?»

*Probablemente cabalgara lejos. Pero si te encuentra maligna, podría pasar su alicornio a través de tu corazón,*

«¡Pero entonces moriré!»

*No en Aelfheim, no puedes, en cambio, transformará tu corazón en pureza blanca como la nieve. Aunque dudo que algo de esto ocurra.*

«Probablemente solo galopará lejos». Liffi fue superada con decepción.

Pero dispuesta a intentar domar a un unicornio, voló

hasta el claro indicado por Hyssith y se transformó en ella misma. Apartó ramas y piedras de debajo de un olmo, para mayor comodidad y se recostó contra su tronco, pretendiendo dormir, cuando Hyssith le envió un pensamiento.

*Está llegando, Liffi. Medio minuto, tu tiempo.*

Ella resistió la tentación de mirar. Ella respiraba profunda y regularmente y verdaderamente parecía dormida, cuando escuchó cascos acercándose. Se detuvieron y se oyó un bufido de caballo y un relincho antes que se reanudara el ruido de cascos, y una sensación extraña se apoderó de ella. Una cabeza peluda acarició su regazo y se acurrucó para ponerse cómodo. Pronto, la criatura estaba dormida.

*¡Lo hiciste, Liffi! Ahora puedes echar un vistazo.*

Ella lo hizo, y contuvo su respiración porque la bestia más curiosa estaba dormida sobre sus muslos. Ella estiró una mano y acarició su melena. Desde el centro de su frente salía en espiral un único cuerno largo, mientras que debajo de su barbilla brotaba una barba de chivo. Liffi sintió una oleada de amor y felicidad en su pecho, cuando el párpado de la bestia parpadeó abriéndose. Le habló a ella en pensamiento justo como lo hizo Hyssith.

*Adorable, pura y amable doncella, ¿cuál es tu nombre?*

«Me llaman Liffi, ¿Tienes un nombre, gentil criatura?»

*Lo tengo. Mi nombre es Aerowen. Me lo dio mi madre, porque yo corro tan fuerte como el viento. He tenido este nombre siempre. ¿Te importaría montarme en mi espalda? Tengo un regalo para ti, Liffi, pero está distante. Ven, vamos a montar.*

«Aerowen, ¿Puedo aferrarme de tu melena? ¿Podría lastimarte? No soy una jinete habilidosa».

*Eso no me lastimará. Agárrate fuerte. ¡Estamos fueeraaa!*

El unicornio y la jinete brillaron a través de los árboles, virando al último momento para evitar los troncos, y saltando sobre aquellos caídos. Era estresante, pero a la vez estimulante.

*No temas, Liffi, el unicornio es seguro.*

«Estoy bien. Estoy disfrutando mi cabalgata».

Liffi se preguntaba si se escuchaban uno al otro en este intercambio, pero lo dudaba.

Finalmente, Aerowen redujo la velocidad y se detuvo en un claro junto a un acantilado.

*Desmonta, Liffi. Es más seguro para ti ir a pie. Debemos llegar a esa gruta.*

No vio tan difícil escalar hasta allí, así que ella partió, pero pronto descubrió que el ascenso pedregoso era traicionero bajo los pies porque la roca se derrumbaba y rodaba. Hasta que ella se acostumbró a colocar mejor sus pasos, perdió el equilibrio dos veces y solo se salvó de caer agarrándose de los arbustos. Aliviada de entrar a la caverna, ella miró hacia atrás y vio la agilidad con que Aerowen se unía a ella.

«Eres muy ágil, dama unicornio».

*Una como yo debe ser vivaz, Liffi. Hay muchos enemigos que me matarían.*

«¿Cómo es posible eso?»

*Tú tienes un corazón demasiado puro para sospechar la malicia de naturaleza, Liffi. Eso es el por qué deseo hacerte un regalo de lo que no codicias. Por favor, hazte a un lado.*

Liffi dio un paso al costado de la cueva y observó, asombrada, como la criatura comenzaba a cavar en el piso de tierra dura con su cuerno afilado. Pronto, apareció una pequeña zanja bajo el implemento y Liffi vislumbró un alicornio blanco espiralado.

*Ven, levántalo con tus diestros dedos, Liffi.*

Rápidamente, ella obedeció y removió el alicornio, jadeando por su perfección.

La voz del unicornio se quebró con emoción. *Este era de mi hermana Fleta. Nosotras éramos inseparables, hasta que un día los malvados cazadores-asaltantes døkkálfar la atraparon y le cortaron su cuerno, matándola.*

«¿Por qué hicieron ellos una cosa tan horrible, Aerowen? Lo siento tanto».

El unicornio observó a la empática humana con tristes, ojos azul profundo. *Sabes tan poco, querida doncella. Ellos quieren el alicornio porque otorga propiedades mágicas y medicinales. Un día tú puedes necesitarlo. Este es mi regalo, y te lo mereces por la pureza de tu corazón.*

«¿Cómo puedo tomar tu último recuerdo de Fleta? Temo que no puedo».

*No debes rehusarte, porque mis recuerdos de ella están intactos y perfectos. Esto no es un recuerdo, Liffi. Es una reliquia. Una reliquia que te imploro que la tomes para que su muerte no haya sido en vano*

«Entonces debo agradecerte con todo mi ser, Aerowen».

*Esas son gracias de un gran corazón, Liffi.*

«Debo despedirme, Aerowen, porque tengo un amigo que me espera. Espero que nos volvamos a encontrar, y me siento honrada de recibir este magnífico regalo».

*Mantente a salvo y piensa en mí. Úsalo para convocarme si necesitas mi ayuda.*

Liffi se acercó a la criatura de patas hendidas y la besó en su mejilla.

—Te quiero mucho, Aerowen.

*Yo te quiero tanto como odio al døkkálfar.*

Liffi dejó el alicornio en el piso de la caverna, se transformó en halcón, y lo tomó con sus garras, gritó una triste despedida, y con un rápido batido de alas se remontó al cielo para unirse al otro peregrino en círculos.

*¡Al fin! Pensé que nunca ibas a venir. Pero, ¿qué es lo que llevas en lo alto?*

«Un regalo. Un cuerno de unicornio».

Hyssith parloteó en asombro con la voz de halcón, y Liffi se sorprendió porque pudo comprender el llamado del peregrino.

—Eres una criatura afortunada, Liffi. Estoy bastante celosa. Es casi imposible conseguir uno de esos. ¿Seguramente no lo tomaste de la pobre bestia?

—¡Qué! ¿Me tomas por una vulgar ladrona? Por supuesto que no. Fue un regalo, no un robo. Cazadores *døkkálfar* vinieron aquí y mataron a la hermana de Aerowen, Fleta, para robar su cuerno muchos años atrás. Aerowen los mató y lo guardó, hasta ahora cuando quiso que yo lo tuviera.

—Ella debe haberte encontrado de verdadero corazón puro, Liffi. De otro modo, ella nunca se hubiera separado de un regalo tan suntuoso. Cuanto odio al *døkkálfar*. Ella hizo bien en matarlos. Harían cualquier cosa por ganancia.

—Pienso que ellos deben ser como nuestra Hermandad de Woden para cometer un hecho tan horrible.

—Tienes razón, Liffi. Todas las criaturas deberían vivir en paz, amor y armonía, como Freya manda. ¡Pero he aquí! Estamos sobre Ydalir una vez más.

—Sígueme a mi torreta, Hyssith. Te dejaré sostener el cuerno.

Ellas volaron dentro del dormitorio de Liffi, donde ella dejó el cuerno sobre su almohada antes de transformarse en sí misma. Hyssith, quien tenía más práctica en la transformación, ya le estaba sonriendo.

—*¡Ja-ja!* Perezosa. Bienvenida de nuevo a casa. ¿Puedo sostener tu alicornio?

—Por supuesto.

Hyssith lo sostuvo, con los brazos extendidos, las palmas vueltas hacia arriba, ahuecadas sosteniendo el alicornio. Ella cerró los ojos, sus labios se movieron, y para asombro de Liffi, el más magnífico collar de oro, enjoyado similar al famoso *Brosinga mene* de Freya, apareció en su garganta.

—¿Cómo en Aelfheim hiciste eso?

—Te lo dije. Tenía envidia. Ahora tú sabes porque,

Liffi, atesorar el cuerno. Tiene poderes mágicos y curativos. No se lo mencionaré a nadie. Aun si, aquí en Aelfheim, ningún elfo lo robaría. Pero no querrás que te molesten por favores.

El reinado de poco más de cinco mil años del Rey Aelfric fue marcado por la benevolencia para sus asuntos y su prosperidad general. Este estado de cosas se logró también gracias a la atención del rey aún en los pequeños detalles. Fue muy poco lo que sucedió en su reino sin su conocimiento. Entonces, él convocó a Hyssith para que llevara a su amiga a la corte. Muy consiente que los humanos en Aelfheim eran tan raros como los unicornios en Midgrad, Aelfric tenía curiosidad de conocer a la doncella, que, según todos los informes, había domesticado y montado una de esas criaturas salvajes y feroces. En 5047 años, el rey había conocido solo a dos hombres, héroes entre sus similares en sus horrendos tiempos de guerra. Cada uno había sido enviado por un dios de Aesir para conseguir una valiosa experiencia élfica. Demasiadas vidas humanas habían pasado para que él pudiera apenas recordarlos. El recuerdo predominante fue de torpeza, falta de gracia, pero feroz coraje crudo. ¿Cómo sería la doncella? Los elfos susurraban entre ellos acerca de su belleza, altura, y esbelta elegancia. Le preguntaría acerca de su verdadero propósito en Aelfheim y estaba determinado a interrogarla.

Antes de salir para el palacio real, Liffi tomó el alicornio en sus manos y deseo ser serena y elegante. Si su andar era algo por lo que tenía que pasar, su deseo había sido cumplido, y ella se sintió supremamente confiada acerca de encontrarse con el Rey Aelfric.

Cuando puso sus ojos en ella, su mirada de admiración la tranquilizó aún más y su aplomo y encanto aumentaron el aprecio de él. Él le regaló una sucesión de cumplidos que la hicieron ruborizar. El rey, como todos los elfos, no mostraba signos de envejecimiento a pesar de su ancianidad digna de veneración. Ella sintió la venerable sabiduría escondida detrás del rostro sin arrugas, en armonía con el mundo natural alrededor de él. Después del refinamiento pulido de sus primeros intercambios, la pregunta contundente vino como una sorpresa.

—¿Cuál es tu verdadero propósito en Aelfheim, Ethel Wyther?

Él la sorprendió usando su nombre real. ¿Cómo iba a saber eso?

Ella lo miró a los ojos y habló humildemente.

—Caballero, no sé por qué mi ama me ha enviado.

—¿Y quién reza, es tu ama?

Se escuchó, sobre las miradas asombradas de los cortesanos elfos reunidos, un revoloteo de alas y la aparición de la diosa con su capa de plumas. Su resplandor y belleza eclipsaron a los que, aunque bellos y radiantes del *ljósálfar*, quien, como uno, incluido el rey, se inclinaron ante Freya.

—Yo soy la ama de Liffi —dijo la deidad—. Y la he enviado aquí para aprender y absorber lo que ella pueda necesitar en los tiempos peligrosos que se avecinan. —Ella se volvió hacia Liffi—. Temo que debes despedirte de *ljósálfar*. Tu estadía debe reducirse.

Liffi estaba a punto de discutir, pero ante la mirada destellante de los ojos color miel, pensó mejor y asintió.

—Ethel Wyther, tú siempre serás bienvenida en mi corte si te agrada un regreso a Aelfheim.

—Caballero, es usted muy amable. —Ella se volvió a la asamblea y buscó el rostro lloroso de Hyssith—. Queridos amigos, gracias por la inagotable bondad y generosidad que me han mostrado en mi estadía con ustedes.

Los elfos rompieron en aplausos y gritaron sus deseos de despedida.

*Ven, Liffi, debemos irnos.*

Ellas se transformaron en halcones, volaron a la

torreta de Liffi, tomaron el alicornio, y se dirigieron no hacia los escalones bajo el espino, sino hacia un puente tricolor llamado Asbru que cruzaba sobre Asgard, el hogar de los dioses del Aesir.

*Jake está en peligro mortal. Es por eso que estamos aquí.*

¿Qué puede salir mal? El Agente Secreto, ZX, se sentó y miró afuera desde la ventana de la oficina sobre la calle atestada, hacia el sombrío cielo gris y el Támesis envuelto en la niebla. ¿Cómo podría visitar a un viejo amigo de la escuela en la Prisión HM, Wakefield, la cárcel más grande de alta seguridad en el Reino Unido, sin ser malinterpretado? Podía discutir que Conrad Maxwell había tenido mala suerte y le vendría bien un descanso. ZX admitía que Maxwell había mantenido lealmente el nombre del Agente Secreto fuera de la investigación alrededor de la captura y tortura de Jake Conley. Lo mínimo que podía hacer por un amigo (y resulta que, un verdadero patriota que había perdido un ojo en la causa de promover una sociedad más civilizada) era sacarlo de la mansión del monstruo.

El éxito espectacular del nombramiento de Conley podría resultar contraproducente para la opinión del Agente ZX. La extrema derecha en el gran condado de Yorkshire había sido casi desmantelada. La forma en que Jake Conley, sin experiencia previa, había manejado un logro tan formidable, eludiendo al Agente ZX. ¿El producto final significaba rienda suelta para una sociedad de coloreada mediocridad, supremacía de brigadas internacionales anti-británicas, la exaltación de la desviación LGBT, y un sistema legal miserable que haría imposible el trabajo de la policía? El pensamiento profundo de ZX a lo largo de estos lineamientos, lo determinaron aún más a restaurar a Conrad Maxwell al lugar que le correspondía en la sociedad.

Inventó una elaborada farsa para interrogar a Maxwell en forma aislada, en conexión con los escándalos de Doncaster. Dado su cargo dentro del servicio civil, esto fue fácilmente arreglado. De hecho, el gobernador de la prisión, se sintió halagado de tener como invitado a un personaje de tanta importancia. La descripción de su trabajo para el consumo público no se parecía en nada a sus deberes secretos, y la respetabilidad de su título y el impecable traje rayado abrían incluso las puertas de alta seguridad mejor cerradas. El único ojo de Conrad Maxwell no traicionó amistad o entusiasmo hasta que estuvieron solos.

—Angus Gration, ¿a qué debo el honor?

—Supongo que es una pregunta falsa, pero, ¿cómo te tratan aquí?

—Ahora que hemos superado el sondeo inicial de ver como mis antecedentes terroristas resistieron la prueba de la jerarquía de los matones, no es tan malo. Curiosamente, tal vez haber perdido un ojo me salvó de alguno de los peores tormentos. ¿Puedes sacarme de aquí, Angus? Me he portado de la mejor manera. ¿Seguramente el gobernador no se opondrá a un régimen más blando para mí?

—Es una de las razones por las que he venido aquí. Tengo la autoridad para organizarlo, y puedo pasar nuestro encuentro como un sondeo para la posibilidad de una transferencia. Estaba pensando en la Prisión HM Everthorpe, cerca de tu itsmo del bosque. Es una penitenciaría de clase C en el este de Yorkshire. Lo encontrarás un poco más agradable allí en el extremo de los Wolds. En cuanto a una reducción en la sentencia, eso es más complicado. Tendremos que ver.

—¿Qué es lo que *tú* quieres, Angus? No harás esto por la bondad de tu corazón... asumiendo que tengas uno.

Agente ZX le dio a su antiguo compañero de la escuela una mirada venenosa y una risa avergonzada.

—Ves a través mío, Conrad. No sé cuántas noticias del exterior se filtran a ti dentro de estos muros, pero tu antiguo compañero Jake Conley está haciendo un barrido de la Hermandad de Woden en Yorkshire. No se cómo está manejando esto, pero debemos detenerlo.

—Apenas veo qué puedo hacer para frustrar al bastardo desde aquí.

—Muy bien, querido muchacho. —La tensa piel del agente de piel cetrina daba a su cabeza una apariencia de calavera, agravada por una mueca esquelética—. Pero desde tu nuevo alojamiento en Everthorpe, que es de régimen más laxo, podrás recibir visitantes. Déjame decir, *ejem,* gente de ideas afines a ti. Probablemente podrán pasar de contrabando un teléfono móvil y cigarrillos, entre otros materiales necesarios. En una palabra, todas las cosas que puedes hacer aquí. Creo que hay cursos de computación, que deberían darte acceso a los e-mail si somos cuidadosos.

—Sigo sin ver...

—Déjame explicar. —El agente bajó su voz y habló acerca de contactos encriptados con él, en una dirección de e-mail restringida—. Yo sé dónde Conley está siendo mantenido y protegido. Vamos a imaginar por un momento que su estatus de seguridad debería ser cambiado y sus guardaespaldas desactivados, y su paradero revelado...

Maxwell le concedió una sonrisa lobuna y asintió con la cabeza.

—Esto podría ser una situación muy diferente.

—Quizás tus contactos puedan *persuadir* a Conley a

revelar sus métodos, y podremos restaurar el ala derecha en Yorkshire a un nivel equilibrado.

El funcionario se entregó a una larga perorata acerca del lúgubre estado de la Bretaña del presente, sobre la interferencia del ala izquierda extranjera, o la subversión industrial franca por el socialismo internacional. Su audiencia cautiva lo absorbió, porque no había nada en su discurso que no aprobara. Para ser honesto, su humor era excelente a causa del pensamiento de ser transferido a una prisión más confortable. Quizás tendría televisión en su celda. Angus Gration estaba lejos de ser un visitante aburrido. En cualquier caso, Conrad Maxwell no había recibido visitas desde su encarcelamiento.

En Goodmanham, el templo y el Pozo de la Dama estaban bajo vigilancia, pero en dos ocasiones Jake había sido capaz de evadir a sus cuidadores y la Hermandad de Woden tomando precauciones y cumpliendo citas en el otro manantial sagrado en Goodmanham, el Pozo de Saint Helen. Como estaba cerca de ochocientos metros al sur de la iglesia parroquial, no había razón para ser vigilada. De esta manera, Jake hizo la cita, recogió sus pergaminos frescos, y continuó con las operaciones de limpieza. Sus movimientos furtivos eran tales que no se percató de la remoción de sus guardaespaldas.

Temprano una mañana, haciendo su camino cruzando el camino hacia su auto estacionado mientras el vecindario dormía, no pudo escuchar los pasos ligeros con calzado de entrenamiento y no pudo reaccionar a tiempo a la almohadilla con cloroformo puesta sobre su nariz y su boca. Fuertes brazos sostuvieron su cuerpo flácido hacia arriba y dos hombres lo metieron en un automóvil antes de alejarse a toda velocidad. Cuando volvió en sí, llevaba una capucha sin agujero para los ojos, con solo dos agujeros para respirar. Intentó mover sus brazos y piernas, pero estaba atado a una silla. Él gimió sin ilusiones. Había pasado por esto antes, pero esta vez no estaba Liffi para venir en su rescate. Ella estaba en la tierra de los elfos.

Cuando el repugnante bruto le quitó la capucha, bajó su horrible rostro al semblante hermoso de Jake y se deleitó.

—Mi primera tarea placentera será deshacerme de tu apariencia de niño bonito. Aquí, una última mirada. —Mantuvo un espejo frente al rostro de Jake para recordarle a él lo que estaba a punto de perder. Después de tomar un cuchillo de caza afilado, lo deslizó en la mejilla de su presa, abriendo un gran corte. Si su agresor hubiera sido un bruto corpulento, Jake podría haberse sentido menos frustrado. Estaba seguro, que, si no lo hubieran atado de pies y manos, habría vencido a este enano en poco tiempo. En cambio, estaba indefenso y tuvo que soportar las risitas burlonas del cobarde—. Desde ahora, chico lindo, te llamarán Cara Cortada. Dale una mirada a esto. —Le alcanzó el espejo y Jake vio con horror la herida ensangrentada que desfiguraba sus rasgos.

Se retorció y luchó con sus ataduras, sin éxito, provocando un nuevo ataque de risa.

—Está bien. Disfruta tu estadía con nosotros. Ahora entonces, Conley, hay información que tú tienes que compartir conmigo. Quiero saber cómo te las arreglaste para conseguir los nombres de La Hermandad. Sé un buen compañero y dime, porque te habrás dado cuenta que no soy alguien con quien meterse. Dos de mis compañeros han perdido un ojo gracias a ti. Pienso que ahorrarte un ojo a *ti* en intercambio por lo que necesito saber es un trato justo, ¿no? ¿Qué? ¡Habla alto! No puedo escucharte.

FREYA DEJÓ A LIFFI EN UN ENRAMADO INTENSAMENTE perfumado por las flores más exóticas. Ella le dijo que no le permitirían ingresar al Concilio de los Dioses. Mientras ella esperaba, pájaros paradisíacos le regalaban con sus canciones de increíble dulzura. «Muy apropiado, porque estoy en el paraíso». Como si aprobara su pensamiento, un ciervo blanco, asombroso en su elegancia, caminó hacia ella y bajó su cabeza para mostrar sus cuernos ramificados. No debería haberse sorprendido cuando la criatura se dirigió a ella en pensamiento e intercambio información de sus mundos separados.

Freya retornó y ahuyentó al animal que se alejó con elegantes brincos.

—Seré franca contigo Liffi. No decidí venir a Asgard por capricho. El Aesir me convocó. Debes saber que yo juré, junto con los dioses del Vanir, cesar en nuestro involucramiento en los asuntos humanos esto para poner fin a nuestros caminos en guerra hasta que debiéramos unirnos en el Ragnarök donde lucharemos todos juntos.

Liffi escuchó, asombrada, consciente del privilegio de recibir una idea del funcionamiento de los dioses.

Leyendo sus pensamientos, Freya dijo:

—Esto es porqué los dioses han sido olvidados en Midgrad, lo que tú llamas Tierra, porque nos retiramos de sus asuntos en lo que tú consideras tan encantadoramente *tiempos antiguos*. He sido reprendida por romper el juramento, porque he interferido ayudándote a ti y a Jake Conley. Los dioses me advirtieron que no me entrometa más. Me entristece porque vuelvo a tener un templo después de tanto tiempo sin, pero debo obedecer.

—¿Estoy por mi cuenta?

—Lo estás. Pero Liffi, date cuenta de esto, tú has sido elevada, de acuerdo a tu destino, por encima del nivel del *ljósálfar. Por encima* de ellos, te digo, tú eres como los semi-dioses de los viejos tiempos, como Aquiles, pero una semi-diosa. Escucha cuidadosamente.

Tienes todos los atributos de los elfos, eternidad, inmortalidad, su sabiduría y destrezas, y posees un alicornio. El Aesir ha discutido tu estatus y lo aceptó en base de tu destino, por lo que eres bienvenida entre nosotros, Liffi. Sin embargo, considera qué hacer acerca de Jake Conley, porque no puedo interferir. Él debe permanecer mortal. Esto es, si tienes éxito salvando su vida.

—L-lo se lo salvaré. He visto su futuro. Sé que se hará anciano. Envejecerá y yo no estaré junto a él. —Una lágrima se desbordó y rodó por su mejilla, a pesar de conocer su semi-divinidad.

—Tu destino es más grande que el de él. Tú has herido el corazón de Aelfric y tu destino es ser su consorte y pelear junto a nosotros en el Ragnarök.

Liffi miró a la diosa. Uno no duda de la palabra de una deidad. Pero, ¿cónde dejaba esto a Jake?

—Tienes razón al preocuparte acerca de Jake. Ven. Escoltar tu regreso a Midgard no puede ser considerado interferencia. No hay tiempo que perder, Jake está en peligro mortal.

Ellas se transformaron en halcones y volaron sobre el puente de arco iris en llamas que se alza entre Midgard y Asgard. La Tierra las saludó. Liffi miró consternada a su mundo. Para sus ojos que habían visto la belleza de Asgard y Aelfheim, le parecía brutal, ruinoso y monótono.

Ella reconoció algunos puntos de referencia de Yorkshire, pero Freya la llevó a una granja remota en los Wolds. «Aquí debe ser donde la Hermandad de Woden tiene a Jake».

*Eso es, Liffi. ¡Ve!*

El gran peregrino se escapó en la dirección por la que había llegado.

«¿Cuándo te veré de nuevo, Freya? ¡Pero debo apresurarme!»

❧ 24 ❧

UNA GRANJA AISLADA CERCA DEL CAMINO
DE LOS WOLDS. ESTE DE YORKSHIRE,
PRINCIPIOS DE NOVIEMBRE 2021 AD

Liffi aterrizó fuera de una dependencia, un granero, donde ella sentía que la Hermandad tenía a Jake. Ella se transformó en su humana, o más correctamente, a su estado élfico y tomó el alicornio. Luego de llamar en la puerta, ella miró en la oscuridad del interior. El clima era pesado y húmedo con niebla escalofriante arremolinándose en el aire. Cómo anhelaba la luz del amanecer y el calor de Aelfheim.

Ella distinguió dos figuras, una parada y la otra sentada, delante de él. ¡Tortura en progreso!

Se deslizó dentro del granero con el silencio, ligereza y la gracia de la elfo en que se había convertido. Cuando su mirada angustiada comprendió lo que tenía delante de sí, la mejilla de Jake estaba horriblemente cortada tanto que sus dientes y su mandíbula eran visibles y su ojo arrancado, ella emitió un chillido de halcón que fue tan fuerte que hizo que el torturador se tambaleara. Incluso después, no pudo recordar la orden que le había dado al alicornio, pero recordó que lo había apuntado al desalmado. Desde el extremo del cuerno, un rayo atravesó el granero y eliminó al monstruo.

La fuerza de sus emociones, su amor por Jake Conley como ella observó en sus rasgos arruinados, le dijeron a ella lo que necesitaba hacer acerca de su relación. Primero, ella debía restaurarlo. Después hablarían. Ella levantó el cuerno de unicornio y murmuró una orden, la cual ella se dio cuenta que fue expresada el antiguo Elfico. Para su alegría ilimitada, la carne se curó ante sus ojos, no dejando cicatrices, y aun mejor, dos ojos enamorados la miraron.

—¡Oh, Jake! —Ella se inclinó sobre él y lo besó.

Él se separó.

—Vamos, Liffi, ¡termina el trabajo al menos! Libérame.

—Humano desagradecido. ¡Aquí!

Ella señalo la diferencia entre ellos por primera vez, pero el pareció no darse cuenta. Él solo quería que lo desataran para aliviar sus miembros acalambrados. No necesitó cortar las sogas, ella levantó el cuerno y se concentró para que los nudos se desataran.

—¿Qué es esa cosa? ¿Una varita mágica?

Ella sonrió.

—Podrías decir eso. —Y comenzó a explicarle su reunión con Aerowen y como ella había recibido el potente regalo que lo había salvado, curado y ahora liberado.

Entonces él dijo algo más profundo, que le dio a ella un camino dentro de la conversación que necesitaba mantener con él.

—Pero pienso que el cuerno no puede haber hecho estos milagros si tú no se lo ordenabas, Liffi.

Él había estado estirando sus músculos tensos y dolientes, así que ahora ella lo empujó hacia atrás en su asiento y rodó un pequeño barril para volcarlo y sentarse sobre él, enfrentándolo.

—Me hace feliz que digas eso Jake. Verás, hay algo de vital importancia que tengo que discutir contigo. Aunque puedes encontrarlo difícil de creer.

—En lo que concierne a Ethel «Liffi» Wyther, todo es difícil de asimilar. Pero he visto y pasado experiencias tan increíbles últimamente que no voy a dejar de creer en nada.

—Bien, Porque tengo que decirte, Jake. Ya no soy humana. Freya me lo ha dicho. He sido elevada por encima del *ljósálfar,* asumiendo todos sus atributos. *Por encima* de ellos, Jake. Soy una semi-diosa, lo que eso signifique.

—Tú eres *mi* diosa. —Él la miró con adoración.

—Bueno, ese es el problema, ves. Soy inmortal, eterna. Tú no.

Su rostro decayó, pero luego se iluminó con esperanza.

—¿Pero no puede Freya encargarse de eso por mí, dadas las circunstancias?

—Estoy segura que ella *podría,* mi amor, pero los otros Aesir le han prohibido cualquier otra interferencia en asuntos humanos. —Ella comenzó a explicar porque los dioses habían abandonado al mundo humano—. Considérate a ti mismo afortunado. Te perderás el Ragnarök. Estoy destinada a participar en él al final de los días.

Jake miró miserablemente la tierra batida sembrada de paja, considerando todo lo que ella le había dicho.

—¿Así que espero que te vayas a Aelfheim para vivir con el Rey Aelfric?

—Oh, Jake, ¿cómo podré hacer esto cuando te amo tanto? —Ella se estiró con un movimiento elegante y buscó sus labios...

Pero él la empujó.

—Será mejor que lo pienses cuidadosamente, *Reina* Liffi. Me voy a volver viejo y arrugado, mientras tú permanecerás joven y bella.

—Por el momento, eres ambas cosas, y puedo vivir contigo como eres. —Ella suspiró—. Aún si el Rey Aelfric es extremadamente buen mozo.

—¡Ramera! ¡Ni siquiera has considerado que tal vez *yo* no te quiera!

—¿No me quieres, Jake? —Ella lo miró conmocionada.

—Por supuesto, que sí, tonta. Pero ¿podrás resistir, aquí en esta Tierra, ahora que eres una diosa?

—Parece haber suficiente para mantenernos ocupados.

Sus palabras cayeron como una salpicadura de agua fría en su rostro, recordándole a Jake el peligro inminente.

—¡Por todos los dioses! —Le dio una sonrisa especial por su semi-divinidad—. Me había olvidado acerca del otro. Debe estar por aquí en algún lado.

—¿Por qué? ¿está aquí otro de los matones?

Jake asintió.

—Afortunadamente, lo hay. Tú desintegraste al otro cerdo. En nombre de Freya, se lo merecía, pero necesito uno vivo para cuestionar. Es importante, Liffi.

—Silencio entonces, déjame concentrarme.

Ella entrecerró los ojos, y él se dio cuenta por primera vez que se inclinaban hacia abajo, como los ojos élficos.

—Está en la cocina de la granja. —Ella abrió sus ojos y sonrió.

—¿Cómo lo hiciste...?

Ella lucía una sonrisa, cautivadora y confiada.

—Probablemente tiene un arma.

De nuevo, ella sonrió, segura de sus poderes.

—No es problema. Soy inmortal, ¿recuerdas?

—Oh, sí, ¿cómo podría olvidarlo?

Ella lo miró por la amargura en su voz.

—¿No estás contento por mí, Jake?

—Si, si, por supuesto que lo estoy. Es solo que... oh, no importa. Hagamos esto.

—Yo iré primero, en el caso que intente disparar.

—Pero cuando lo hayamos capturado. Hablaré yo, ¿ok?

Ella asintió, pensando en que ya era hora que perdonara su orgullo masculino.

Tal era el silencio y gracia de sus movimientos que Liffi tomó al villano desprevenido por atrás. La presión aplicada por su mano causó que él se desplomara al piso.

—Cómo hiciste... oh, no importa —murmuró él—. Déjame darle una probada de su propia medicina. —Él levantó al bruto a una silla y miró alrededor urgentemente por cuerdas o cinta para asegurarlo, pero fue en vano.

Frustrado, Jake se giró y lo encontró ajustado por los brazos y piernas al asiento.

—Cómo hiciste...

Él vio su sonrisa malvada y el cuerno de unicornio colgando a su lado y se encogió de hombros.

—*No* lo torturarás, Jake Conley.

Él frunció el ceño, consiente de la potencia de ella.

—Con suerte, no será necesario, asumiendo que mis poderes limitados no me hayan abandonado.

Pero para emplear sus poderes de ligadura mental, él necesitaba que el sujeto estuviera consiente. Sacó un paño del fregadero de la cocina, lo enjuagó hasta que goteaba agua helada, y lo pasó por el rostro del hombre. El matón negó con la cabeza, maldijo y gritó obscenidades viles, obligando a Jake a darle una cachetada en la boca con el dorso de su mano.

—¡Jake!

Él ignoró a Liffi. Semi-diosa o no, ella no habría soportado el maltrato que él había sufrido. Pero fiel a su palabra, no volvió a tocar al cerdo. En cambio, él lo arregló con su mente y vio con placer que sus pensamientos tomaban el mando del cerebro del otro. Entonces él no había perdido su don, como había temido.

Liffi observó con interés real. Previamente, ella se preguntaba como manejaba su *truco*. Ahora ella lo comprendía completamente, porque sus poderes telepáticos élficos le permitían leer y comprender la breve batalla perdida a la que la mente del matón fue sometida.

La mirada penetrante de Jake continuó perforando el cerebro del neo-Nazi hasta que los hombros del hombre se encorvaron. Este era el momento que había estado esperando.

—Necesito que me lo cuentes por tu propia voluntad para que no necesite hacerte daño. ¿Cómo supiste donde encontrame cuando viniste y me dormiste con cloroformo?

Liffi vio los ojos ardiendo de resentimiento e insubordinación, pero escuchó la orden tácita.

*¡Deberás decirme!*

Y ella observó la momentánea resistencia desvanecerse y transformarse en cooperación desventurada.

—Conrad nos dijo —murmuró él.

—¿Quién, Conrad Maxwell? —Jake vio que había adivinado correctamente—. ¿Cómo es eso posible? Él está en la Prisión HM Wakefield.

Una vez más, la reacción del hombre le dijo lo contrario.

—¿Ah, no? ¿Entonces, donde está él ahora? ¿Llegaste a conocer a Maxwell?

—Si. Está en otra cárcel.

—¿Dónde?

—Cerca de aquí. Un lugar llamado Everthorpe.

Jake miró perplejo.

—La conozco, es una penitenciaría de Categoría C. Me pregunto cómo Maxwell se las arregló para esto. ¿Lo sabes?

—Parece que tiene amigos en lugares altos.

—¿Quién?

—No sé.

«¡Vamos, adelante!»

—Honestamente, ¡no sé! Deberías preguntarle a Conrad, pero...

—Pero, ¿qué?

—Iba a decir que no te lo diría, pero si lo miras así como...

Liffi soltó una risa tintineante.

—Maldita sea, Liffi. Te has convertido realmente en un elfo.

De nuevo la risa incriminante.

—*Por encima* de un elfo, recuerda, Jake.

—Ese soy yo, puesto en mi lugar —le dijo a su cautivo—. No querrás tener nada que ver con los elfos, amigo. Son muy peligrosos. —Él se volvió a Liffi y apuntó a su alicornio—. ¿Supongo que eso no podría encajar a este cerdo con un par de esposas? Voy a tener que conducir hasta Everthorpe. Tengo la autoridad para arrestar y encarcelarlo por hasta cuarenta y dos días sin juicio, bajo la Ley Contra el Terrorismo de 2008. —Se volvió hacia el prisionero—. Actualizada en 2019 en la Ley de Lucha Contra el Terrorismo y Seguridad Fronteriza.

Las ataduras del hombre cayeron, pero sus manos permanecían juntas detrás de él con un par de puños de acero. Cuando dio la vuelta, Liffi estaba sonriendo y agitando una pequeña llave hacia él.

—La necesitarás cuando lleguemos a la Prisión Everthorpe.

—Gracias, Liffi. ¿Quieres venir a dar una vuelta, o tienes otro asunto urgente que atender?

Decidió que ella quería estar con él, así que metieron a su prisionero en la parte de atrás del automóvil y se pusieron en marcha, siguiendo las direcciones del navegador satelital.

No desenado entrar a la prisión, ella esperó afuera de las enormes puertas y contempló que hacer con su nueva condición. Su amor por Jake era incuestionable, mientras que, por el momento, no sentía nada por el Rey Aelfric.

Miró a través del parabrisas que se empañaba rápidamente y se estremeció. Yorkshire en noviembre era lo opuesto a Asgard, sin mencionar a Aelfheim. Ya anhelaba regresar a la tierra del amanecer permanente. Quizás Jake tenía razón. Tal vez no fuera capaz de resistirse, solo por estar con él. Pero ella se regañó a sí misma. ¿No es eso de lo que se trata todo? ¿No es la capacidad de hacer sacrificios por aquellos que uno ama?

Su resolución se fortaleció cuando su compañero de aspecto sombrío entró furioso al coche.

—¿Cuál es el asunto?

—El asunto, querida Liffi, es que forcé a Maxwell para decirnos todo atando su mente.

—¿Pero no es bueno? ¿Por qué la cara larga?

—Porque, mi diosa, hay un traidor en MI5 que me delató a la Hermandad de Woden. Él es un simpatizante de ellos, tiene el nombre de Angus Gration.

—¿Entonces? Tú conoces su nombre. Puedes lidiar con él.

—No es tan fácil. No tengo idea de quien es. Todos ellos tienen nombres claves, y Conrad Maxwell no conoce genuinamente el de Gration. Sospecho que los colegas de MI5 solo se conocen unos con otros por el nombre en clave. Será una tarea inútil tratar de identificarlo.

—Para un humano, quizás.

—¿Por qué? ¿Tienes un plan? —La cara de Jake se encendió con esperanza.

Ella no quería aplastar sus esperanzas de inmediato admitiendo que no lo tenía.

—¿Por qué no conduces hacia Londres? ¿A menos que tengas ganas de volar hasta allí como un halcón? Sería mucho más rápido.

—No con este mal clima.

Pero era una excusa. La verdad era que no quería enfrentarse a la imposibilidad de cambiar de forma en frente de ella. Lo intentaría alguna vez en privado. Jake Conley se estaba sintiendo inferior a su pareja y no era algo a lo que pudiera hacer frente fácilmente.

Limpió lo empañado de su parabrisas y se alejó de la penitenciaría.

## 25

## MI₅ CUARTEL CENTRAL, WHITEHALL, LONDRES, NOVIEMBRE 2021 AD

El *pitido* de una notificación causó que el Agente ZX se moviera y miró a la pantalla del monitor «¡Imposible!» ¿No había sido claro con Maxwell? Solo enviar un e-mail en una emergencia. ¿Cómo pudo surgir una calamidad en las primeras veinticuatro horas de su nuevo encarcelamiento?

Exasperado, cambió a la aplicación del descifrado y ejecutó el mensaje a través del programa. Notó el pánico en su estómago. El fiel y confiable Conrad Maxwell lo había defraudado. No solo eso, él había delatado el verdadero nombre de ZX a esa amenaza entrometida de Jake Conley. ¿Qué le pasaba a Conley? ¿Este agente novato era una especie de superhumano? Había superado a dos de los matones más altamente recomendados de Maxwell, los había dado vuelta, descubriendo el paradero de Maxwell, y su mensaje era de creer, lo hipnotizó para que revelara la identidad de ZX.

ZX estabilizó su respiración, y con eso, su latido galopante. En ese departamento solo el director, conocía el nombre de todos, y con toda probabilidad, acostumbrado a los nombres en clave, también habría olvidado a qué agente correspondía Angus Gration. Descarando la posibilidad de eliminar al líder que admiraba y respetaba, ZX buscó una solución. Conley estaba seguro que llamaría y podría exigir conocer el nombre en código de Gration para desenmascarar al doble agente. «¡Maldito Conley!» No permitiría que ese advenedizo destruyera una carrera de cuarenta años mayormente honorable. Pero, ¿cómo podría detenerlo?

Podía imaginarse al jefe de Operaciones Secretas sentado enfrente de Conley mientras revisaba su computadora. *Déjeme ver. Ah, sí. ¡Oh, buen Señor! Es el Agente ZX- uno de mis mejores hombres.*

«Nunca se debe permitir que esta conversación tenga lugar. ¿Qué haré? ¿Matar a Conley antes que entre al edificio? No, demasiado desorden». Gruñó y puso su cabeza en sus manos. «¿Huir del país? No es probable. Una admisión de culpabilidad, y podía perder la pensión por la que he trabajado tanto para acumular. ¡Maldito boca suelta Maxwell!» ZX se golpeó un muslo con un golpe punzante, algo que hacía cuando tenía que poner en movimiento su cerebro recalcitrante. «Debería usar mi maestría en IT y piratear el programa. ¿Pero que si ellos descubren que ha sido pirateado? Yo sería la primera persona a la que mirarían. Aún así, es la única solución. Por una vez, la centralización y concentración del secreto en manos de un hombre podía trabajar en mi favor».

Dado que Conley no había perdido el tiempo persiguiéndolo, era probable que estuviera camino a Londres, ZX decidió, también que debería acelerar los asuntos. «Pero con cuidado. Prisa, no velocidad, como ellos dicen». Primero, debería averiguar qué agentes estaban en operaciones. Una oficina vacía les serviría a sus propósitos para que si se descubría su hackeo, no se remontara a su computadora. De su escritorio, sacó un pen drive conteniendo un abridor de contraseñas avanzado en su diseño. Se lo guardó en el bolsillo, y luego de buscar una excusa adecuada, extrajo la información que necesitaba sobre el paradero del jefe de departamento esa mañana en Downing Street. Era importante para ZX que él estuviera fuera de su oficina, y agentes ausentes, desde recepción. Elegir al Agente QW como su títere, en el caso que lo había encontrado arrogante en las pocas ocasiones sociales que habían compartido, volvió sobre su ruta a la habitación de QW en el tercer piso. La puerta estaba cerrada, pero entrar era un juego de niños para ZX. Dentro de los dos minutos, él había superado la contraseña y entrado en el dispositivo de su colega. Segundos después, lo había vinculado a la computadora del jefe de departamento e invadió el sistema operativo.

«Viejos recuerdos. A veces echo de menos desplazarme por los programas. Es como desplazarse entre los árboles de un bosque en un día soleado. Gracias a Dios que el viejo se codeó con el Primer Ministro esta mañana. ¡Ja! Aquí está».

Unos pocos toques hábiles en los comandos del teclado y el Agente ZX no era más Angus Gration. El honor ahora pertenecía al Agente QW, cuyo nombre real, James Mallory, que ahora lo había adquirido para él. «Es un juego por supuesto, tendré que confiar en que el viejo hombre tenga una memoria tan mala como la mía». Sabía que ese era un sentimiento fatuo. Ambos tenían magníficas memorias, para las cosas que importaban.

Angus, ahora James, sabía bien que su cabeza no tenía ningún uso para sus vidas reales. Lo que era importante para él, exclusivamente, era que ellos fueran efectivos como agentes secretos. Probablemente ofendió sus sensibilidades pensar que ellos tenían una vida fuera del MI5.

☙❦❧

A menos de setecientos metros de su oficina, tomando café y cheesecake en el Café St. James, Jake y

Liffi consideraban sus próximos movimientos. Ella no estaba segura como describir mejor el humor de su pareja. Había algo inquietantemente remoto en él. Al principio ella atribuyó esto a la tortura que había soportado. Aunque se había asegurado que no tuviera efectos físicos duraderos, no había apreciado la posibilidad de cicatrices mentales.

Ella se dio cuenta que estaba equivocada acerca de su estado emocional cuando dijo:

—Podemos usar las mismas tácticas que los elfos han empleado tan exitosamente. Puedo volverme invisible, entrar al MI5 y encontrar el código de identidad de ese compañero Gration.

—¿No lo comprendes, no, Liffi? Esto es algo que *yo* tengo que hacer. Con todos estos asuntos de los elfos y las diosas y todo, estoy comenzando a sentirme inadecuado.

Ella lo miró con lástima, lo que no ayudó a su humor.

—Yo no quiero herir tus sentimientos, Jake, pero tuve que salvar tu vida por segunda vez ahora.

—Lo sé. Y por supuesto estoy agradecido. Pero como he dicho, esto es algo que tengo que hacer. En el caso que lo hayas olvidado, estás sentada enfrente a Jake Conley, famoso novelista, Hombre de Negocios del Año, y un maldito fracaso total como agente secreto.

—¡Nadie piensa eso! Tu operación contra la Hermandad de Woden es un éxito resonante.

—Si, pero no gracias a mí. Es todo debido a los mal... benditos elfos.

Ella lo miró en su paso en falso.

—Si eso es lo que te molesta, nadie necesitará saber mi parte en desenmascarar a Gration. Puedes tomar todo el crédito.

—Eres turbia para ser semi-diosa, ¿no? ¡Estoy tratando de explicar que necesito para lograr algo por mí mismo, y tú estás esperando hacerlo por mí!

Una dama anciana que sorbía te, con un caniche blanco esponjoso en sus rodillas, le dio una mirada pasada de moda.

Liffi no le dedicó ni una mirada.

—Jake, es peligroso. Ya sabemos de lo que son capaces estos hombres. No tienen escrúpulos. ¡No puedo dejarte entrar ahí!

—Ves, eso es lo que quiero decir. ¡Solo serás feliz cuando esté castrado!

Ella sonrió perversamente, al final, la vieja Liffi, la única que él amaba, reemergió de debajo de la persona élfica.

—Ooh, no estoy segura que me guste eso, Jake. ¿Qué haría una chica en una noche? —Luego fue y lo echó a perder con esa maldita e irritante risa élfica tintineante.

—Estoy tomando el control de la situación. Entraré ahora. ¡Haz lo que diablos te guste! —Él se levantó.

La vieja mujer hizo un gruñido, por lo que él la recompensó con una mirada feroz a su perro de juguete con cintas. A él le gustaban los *golden retrievers*, verdaderos perros. En ese momento, él tenía pensamientos endemoniados involucrando a un *rottweiler* y a un inocente caniche blanco. Él salió del Parque St. James de mal genio sin mirar atrás para ver si Liffi iba detrás de él.

No miró alrededor hasta que llegó al final de Downing Street. Allí, ella estaba mirando el monumento gris que conmemoraba los roles ocupados por mujeres en la Segunda Guerra Mundial. «¡Maldita típica feminista!» ¿Cómo había alcanzado ella el memorial sin pasarlo a él y sin que se diera cuenta? ¿Más malditos trucos élficos? ¿o simplemente ella había tomado una ruta alternativa a lo largo del *Horse Guard Parade*? Se encogió de hombros, pero se sintió desesperado por su relación. Esto no iba a funcionar. Él la amaba, sí, pero necesitaba su auto respeto. Tan pronto como tuviera una oportunidad, él la enviaría a su precioso Rey Aelfric. Pero más urgentemente, él tenía que lidiar con un traidor.

Mostró su pase y entro al Ministerio de Defensa, donde la recepcionista lo detuvo.

—¿Tiene una cita, señor?

Él mostró su pase especial.

—Solo uno abierto, señorita. Le aseguro que el gran jefe estará encantado de recibirme también.

—Estoy segura que lo estará, señor, ordinariamente. Pero ahora mismo, está participando en una reunión importante con el Primer Ministro.

—Oh, ¿ha dicho él cuando regresa?

—Me temo que no. Puede intentar después de almuerzo. Alrededor de las 3:00 p.m.

—Haré eso. —Bajó su voz a un tono confidencial—. Mientras tanto, ¿hay un agente aquí que se llame Angus Gration?

—Por los cielos, señor. Aún si tuviera autorización para ese tipo de conocimiento, que no lo tengo, no estaría en libertad de divulgarlo.

—Por supuesto que no. Por favor perdóneme. Qué grosero de mi parte.

Ella le brindó una sonrisa amigable.

—Ocasionalmente nos sucede a los mejores de nosotros, señor. —A ella le gustaba este agente extraordinariamente atractivo.

Su visita no había pasado desapercibida, ya que Gration lo estaba esperando. Desde una discreta posición en las sombras del primer piso, él pudo escuchar el rápido intercambio. Demasiado astuto para revelar su mano inmediatamente, ZX esperó hasta su hora usual de almuerzo y sonrió a la recepcionista en su camino afuera.

—Ah, por cierto, Señorita Harrop, casi me olvido. Si alguien viene preguntando por el agente con el nombre Angus Gration, llámeme enseguida. Es un asunto de seguridad nacional. —Él observó la mezcla de emociones apareciendo en el atractivo rostro oval de la recepcionista.

—Para ser honesta, señor, una de esas solicitudes fue hecha alrededor de las 10:30 esta mañana. Pero ya que nunca había escuchado ese nombre, y aún si...

—Muy bien. Sí, mi querida. ¿Tomó el nombre del investigador?

—Comprobé su documentación, por supuesto, pero, en cualquier caso, lo reconocí. He leído su novela acerca del Rey Aldfrith, es un libro brillante. ¿Conoce usted al novelista Jake Conley? Hice todo lo posible por no pedirle un autógrafo.

—No necesita molestar a nadie más con esto, Señorita Harrop, especialmente al director del departamento. Si el caballero retorna, obtenga por todos los medios la firma de él mismo, pero de ninguna manera no permita que se encuentre con el director. Asumiré toda la responsabilidad, ¿está bien?

La recepcionista, consiente del alto estatus y antigüedad del Agente ZX, lo aceptó sin cuestionarlo.

—Está muy claro, señor. Disfrute su almuerzo.

—Gracias, querida.

Para el deleite de los ornitólogos de Londres, Liffi había decidido observar a Jake en lo alto en su aspecto de un halcón peregrino. Por lo tanto, ella sabía que su visita al edificio del Ministerio de Defensa fue breve. Volando en círculos sobre su cabeza, ella lo observó volver sobre sus pasos al café donde ellos habían comido su delicioso postre menos de una hora antes. Ella se abalanzó y aterrizó detrás de un arbusto, donde se transformó de nuevo en su forma élfica sin ser vista por el ojo público.

—Discúlpeme, señorita. Pero, ¿ha visto un halcón grande por aquí? —Era una persona nerviosa de mediana edad, sin aliento, que llevaba una cámara con una lente zoom de 400 mm.

—¿Un halcón peregrino? Hermosa criatura, ¿no? Justo voló en ese camino sobre el lago.

La apariencia de decepción en la cara de él la hizo tentarse, pero ella sabía que deleitarlo causaría sensación por toda la nación. Entonces ella lo dejó irse, caminando con dificultad, con los hombros caídos, en su búsqueda inútil. Ella se movió por el camino hacia el café y de repente se deslizó en el asiento opuesto a su compañero de aspecto sombrío.

—¿Sin suerte, Jake?

Él frunció el ceño.

—Oh, eres tú.

—¿Es este el mejor saludo que puedes manejar?

—Mira, Liffi, no presiones, ¿de acuerdo? No estoy de humor. De cualquier modo, ¿quieres un café?

—Me encantaría uno, y si no es descarado, otro pedazo de ese encantador cheescake.

—Nunca he visto un elfo gordo, ¿sabes?

Ella le sacó la lengua y se sintió aliviada al ver el destello de una sonrisa antes de ir a buscar su pedido.

¿Qué iba a hacer ella con Jake Conley? No podían seguir así, eso estaba bien claro. Ella lo observaba en la cola, esperando por su turno para ordenar, y su corazón dio un vuelco. El tonto. El adorable, estúpido tonto.

## 26

## WHITEHALL. LONDRES, MEDIADOS DE NOVIEMBRE 2021 AD

El progreso de la carrera del Agente ZX era indudablemente debido a su notable inteligencia, pero también a una determinación obstinada, que ahora había traído al problema de Conley. Unos pocos minutos de reflexión desapasionada fue suficiente para darse cuenta que sus huellas fueron cubiertas solo superficialmente.

En casa, la lámpara de ángulo sobre su escritorio había estado encendida por horas y su pantalla de metal se había vuelto peligrosamente caliente. Pero sin trabajar como un esclavo por la noche, alimentado por termos de café caliente, ¿cómo podría crear callejones sin salida informáticos dentro de laberintos hábilmente protegidos por un campo minado de malware?

Cada día, durante el horario de almuerzo en el trabajo, como en el presente momento, cuando nadie tropezaría con sus actividades, él infiltró el programa con sus hijos cerebrales. Sonrió mientras buscaba a tientas el pen drive en el puerto trasero, considerando que había comenzado con un simple cambio de identidades dentro del sistema y que ahora se había transformado en una caja de rompecabezas chino que con orgullo suponía inexpugnable. Pero no había escalado tanto en su posición basado en suposiciones.

Había respaldado su laberinto con el equivalente computarizado de una bomba de hidrógeno, y fueron esas palabras plateadas instalándose inmaculadamente y aparentemente inocuas, las que lo llenaron de satisfacción. Cualquiera que llegara cerca de una solución para revelar su nombre clave desencadenaría una explosión electrónica que destruiría el sistema completo para siempre. Removió el pen drive y consideró sus defensas completas.

Angus Gration era un hombre culto y hablaba nueve idiomas, entre otros logros. Frecuentemente, cuando estaba solo, se sorprendía a sí mismo pensando en otro idioma, y esto ocurría especialmente cuando se sentía presumido.

Terminando de sabotear el sistema de computación era uno de esos momentos. *«Sono in una borra si ferro.* Estoy en un barril de hierro», lo que significaba que era inexpugnable e intocable.

Se sentó en su silla giratoria de cuero y consideró la fase dos de su plan. La defensa estaba completa, por lo que se movió en el ataque. Originalmente, él había pensado en utilizar su extraordinario alcance burocrático para hacer la visa insoportable para Jake Conley. Podía hacerlo de varias maneras. Por ejemplo, interfiriendo su abastecimiento de dinero, libertad para conducir, servicios públicos, etc. Pero desestimó la idea. Esto solo podía servir para interferir temporariamente con las investigaciones de Conley, y podía ser contraproducente. Cada una de estas maniobras podían dejar huella que necesitaría cubrir, y había hecho suficiente de esto en las últimas pocas noches para que durara toda la vida.

Bostezó, y aunque no hubiera nadie que lo viera, cubrió su boca abierta. Se frotó los ojos con un dedo y el pulgar, luego se rascó la parte de atrás de su cabeza.

La única solución lógica era hacer matar a Conley. Pero, ¿en quién podía confiar? La extrema derecha había probado ser ineficaz para una tarea tan sencilla. Cuando él era joven habría hecho la hazaña él mismo. Pero con la edad avanzada, implicaría un esfuerzo demasiado grande.

Gration se asombraba a sí mismo frecuentemente al intentar competir con la creación de Oscar Wilde de ingeniosos aforismos memorables. Se rio entre dientes con otro, provocado por una asociación de ideas, que vino a su mente. «¿Qué es un comunista, sino un fascista vestido de rojo?» ¡En este aforismo estaba la respuesta! Tenía más de un contacto que le debía un favor serio, y entre ellos estaba el georgiano doble agente, Nikoloz Ketevan. Soviético entrenado y despiadado, Ketevan era el especialista ideal para completar la operación. Se permitió un pequeño pensamiento en ruso. «*Eto sesheno, to.* Entonces eso está arreglado».

Después de alcanzar el teléfono y haciendo click en el codificador, hizo la llamada fatal, dictó una sentencia de muerte contra Jake Conley.

୬୫

DOS DÍAS DESPUÉS, JAKE ESTABA EMITIENDO UNA sentencia propia. Había regresado frustrado a Yorkshire, porque sus varios intentos para penetrar tan lejos como al director del departamento, a quien él esperaba encontrar, habían sido repelidas. Sin hacerse ilusiones que el evasivo Angus Gration fuera responsable por esto, decidió adoptar una diferente, pero más trabajosa aproximación para descubrir la identidad del hombre. Sin embargo, primero tuvo que retornar el hilo de su investigación. Otra cita en el Pozo de Helen lo proveyó de más nombres y condujo a nuevas detenciones de extremistas.

Como una segunda prioridad, él tenía que lidiar con Liffi. Comprender sus delicados y amorosos intentos de calmar su orgullo no ayudaba a resolver el problema subyacente. Ser el autor de desaires descorteses lo hizo sentir peor consigo mismo y con su relación. Las cosas se habían deteriorado al punto donde, a pesar de su increíble belleza, él no quería tocarla. Él la veía como el espejo de sus insuficiencias y no podía enfrentarlo. Exasperado por su presencia y estresado porque indignamente reclamaba continuamente el mérito del éxito para los elfos, decidió que debía tomar una acción decisiva.

La mañana comenzó mal, con él defendiéndose de sus avances amorosos y terminó odiándose a sí mismo por la expresión herida y desconcertada en sus adorables ojos.

Tomando el café, dijo:

—Las cosas no pueden seguir así, Liffi. No puedo vivir contigo. O conmigo mismo, si se trata de eso.

—¿No me amas? —Las lágrimas brotaban.

—Esa es la cosa estúpida. Por supuesto, que te amo. Pero, y-yo no puedo hacerlo correctamente si no creo en mí mismo primero. En este momento, odio todo acerca de mí.

—Sé que estás luchando por aceptar lo que me pasó, pero es maravilloso, Jake. Nadie en el mundo rechazaría estos dones, ni aún por amor.

—Por supuesto que no. No te estoy pidiendo que lo hagas. Solo quiero lograr algo sin ayuda de lo que pueda estar orgulloso. Mientras tú estás alrededor mío siendo una súper elfo, yo solo me siento tan... tan... ¡inútil!

—Quizás solo necesitamos un descanso de la compañía del otro. Pero recuerda, yo te amo, Jake.

Se inclinó, haciendo el esfuerzo de besar a la bella criatura. Cómo anhelaba recuperar a su querida y antigua luchadora Liffi de regreso. Esa versión de la mujer había sido tan sencilla.

—Debes extrañar Aelfheim. ¿Por qué no tomas un descanso, regresar a esa amiga de la que me hablaste?

Quizá los elfos, que tienen toda la sabiduría, te pueden aconsejar en cómo salvar nuestra relación.

—Nunca pensé en eso, Jake. Veras, tú *eres* extraordinario. Sé que un *ljósálfar,* cuando elige una pareja, es fiel de por vida. Eso es lo que haré, entonces. Iré a Aelfheim y no volveré por al menos un mes. Tendrás tiempo para aclarar tus sentimientos por mí. — Ella corrió escaleras arriba y encontró su alicornio, lo miró y lo escondió detrás de la ropa de cama en lo alto del armario. Por lo tanto, ella evitaría usar a magia por un tiempo.

Ella estaba mintiendo acerca de ir a Aelfheim. Ella dijo falsos adioses, salió al jardín, transformada en halcón, y él la vio volar al cielo hasta que la perdió de vista. Liffi se posó en un árbol alto y desnudo muy lejos y saboreó el viento frio de noviembre alborotando sus plumas. Era uno de esos raros días brillantes y vigorizantes que el otoño reservaba como un regalo para las Islas Británicas. El aire fresco la ayudó a pensar.

Ella no tenía intención de abandonar a Jake. Él tenía razón acerca de una cosa, él *era* inútil. Ella tuvo que salvarlo un par de veces de una muerte cierta, y había un dicho en Preston, donde ella había crecido, *las cosas van de a tres.* No se engañó a si misma pensando que Angus Gration dejaría las cosas en reposo. Ella, sin que él lo supiera, había frustrado los planes asesinos para Jake, pero, ¿por qué se detendría ahora que sospechaba que Conley estaba detrás de él? Razón de más para que él quisiera ir tras su pareja, y en lo que a ella respecta, para que ella redoblara su protección.

Antes de su ostensible vuelo hacia Aelfheim, Jake le dijo a ella que él iba a regresar a la Prisión HM Everthorpe. Su idea era usar antiguos métodos investigativos para averiguar todo lo posible acerca de Angus Gration. Recordando que Maxwell había afirmado ser compañero de escuela de Gration, él intentaría encontrar más acerca de su vida antes que el demonio decidiera moverse y silenciar a Conrad Maxwell para siempre.

Dejando sus pensamientos de lado, Liffi voló a los Wolds, y desde otro árbol sin follaje, a la izquierda de la entrada de la prisión, observó a Jake llegando para conducir su interrogatorio. Afortunadamente, ella permaneció en su posición para esperar su partida de la penitenciaría, y ese golpe de suerte le permitió a Liffi avistar al hombre que estaba destinado a espiarlo. El tipo se había apostado con binoculares en la torre almenada de Everthorpe Manor House, un antiguo edificio al lado de la nueva cárcel.

No era un guardaespaldas porque Gration había removido la protección de seguridad de Jake. Entonces, ella concluyó que era hostil. Tenía sentido que fuera una operación profesional involucrando una orden oficial. De otro modo, ¿cómo podía tener acceso a una azotea restringida? Un permiso podía fácilmente ser provisto por Angus Gration. Luego estaba su uso de un transmisor de radio. El hombre estaba hablando ahora. Tal vez significaba que tenía un compañero cercano, a quien ella tendría que encontrar antes que pudiera dañar a Jake.

Ella voló desde la copa del árbol hacia el cielo y bendijo el clima claro. Le permitió ver al hombre poner el walkie-talkie cerca de su figura boca abajo en la azotea. Se lanzó hacia abajo, se abalanzó junto al hombre sorprendido y tomó el transmisor con sus garras. Ella aceleró lejos y hacia arriba mientras él sacaba una pistola de su funda. Ella se elevó a una gran altura y dejó caer la radio y la vio romperse en pedazos en el sendero cientos de yardas abajo.

No podía estar segura de que él estuviera trabajando con alguien cercano, pero ahora no podría comunicarse con nadie dentro o fuera de la penitenciaría. Saber que tenía un arma la perturbaba. ¿Y si su tarea fuera dispararle a Jake? Seguramente, no haría esto a la vista de una de las prisiones estatales. Eso sería de un aficionado en extremo. ¿Cuál era entonces el plan y por qué la transmisión por la radio? ¿Había sido muy impulsiva al arrebatar y destruir el dispositivo? Ella estaba irritada también consigo misma por dejar atrás el cuerno de unicornio.

Ella rodeó la prisión en lo alto, miró hacia atrás al edificio almenado, y notó con un sobresalto, que el hombre había dejado su posición. Volando bajo, ella inspeccionó el área y vio una figura dirigiéndose hacia donde Jake había estacionado su coche. ¿Iba a plantar una bomba? Su compañero le había hablado acerca del atentado contra su vida en la estación de servicio de la autopista.

Este villano la había visto descender, quitar el dispositivo y destruirlo. Estaría al acecho de un halcón, pero no de una mujer como un elfo, asumiendo que pudiera verla. Ella aterrizó un poco lejos del automóvil detrás del arbusto más cercano. Era una estratagema que le había servido bien en Londres. Desafortunadamente, ella todavía no había dominado completamente la invisibilidad. Era algo en que trabajar en Aelfheim. Sin embargo, ella podía moverse graciosa y silenciosamente, por lo que hizo un amplio arco para acercarse por detrás al hombre, un tipo fornido con pómulos altos y cabello rubio muy corto, agachado detrás del coche de Jake. Con la intención de estudiar la salida de la prisión, no la escuchó pararse detrás de él. Su corazón dio un vuelco cuando lo vio sacar un silenciador y atornillarlo al caño de una pistola. No quedaban dudas que estaba allí para matar a su compañero.

«¡Sobre mi cadáver! Que idiota fui al no traer el alicornio. Nunca volveré a cometer ese error de nuevo».

Aun cuando esos pensamientos cruzaban su mente, Jake salió de la prisión e iba silbando a lo largo del camino donde había dejado su automóvil estacionado paralelo a otros. Ella tenía que advertirle. El hombre tenía una pistola levantada y estabilizada entre las dos manos, y estaba apuntando el tiro. Ella se arrojó a la parte baja de su espalda haciéndole perder el equilibrio, causando que el proyectil volara lejos de su objetivo. La explosión, silenciosa como fue, fue como un golpe de martillo ahogado, un golpe sordo. Jake lo escuchó y vio a un tipo fornido abalanzarse sobre una mujer de complexión delgada. ¿Podría ser? Con una carrera desesperada y una estocada salvaje, llegó a tiempo de torcer el brazo, manteniendo el cañón del arma lejos de la cabeza de la mujer.

¡*Era* Liffi! La adrenalina y la rabia compensaron su falta de entrenamiento en combate sin armas. El puro instinto empujó su pulgar hacia el ojo del atacante, y la furia incrementaba su fuerza de tal modo que la fuerza bruta del atacante no fue suficiente para salvarlo de la implacable presión de Jake. Liffi se había soltado y, con un movimiento curioso, estaba aprisionando la nariz del hombre entre sus dedos y apretando su mandíbula cerrada con la otra mano. Permanecieron en ese cuadro grotesco por largos minutos, hasta que los desesperados retorcimientos de la víctima se calmaron y cayó inconsciente.

—Jake, ¿quién es él?

—No tengo idea. —Inspeccionó los bolsillos del hombre, pero no encontró documentos más que un permiso a nombre de un ruso de nombre Alexei Kuryakin—. Probablemente sea una identidad falsa, de cualquier modo. Pero debo decir, que sí parece ruso para mí.

El objeto de su atención comenzó a gemir, así que Jake sorprendió a su compañera golpeando al ruso con la pistola. El falso Alexei se retorció y se quedó quieto una vez más.

—¿Qué vamos a hacer con él? No podemos simplemente dejarlo ir o volverá de nuevo a matarte,

Jake. Por cierto, estuviste fantástico. Salvaste mi vida. Pero puede que no tengamos tanta suerte la próxima vez.

—Y-yo no puedo simplemente asesinarlo a sangre fría, Liffi. Nunca he matado a nadie en mi vida. —*«Sin embargo, he sido acusado de dos asesinatos. Oh, la ironía de esto»*—. Y no puedo pedirte que lo hagas. No podría quedarme al margen y dejarte.

—Este es un profesional entrenado. Lo vencimos una vez, pero eso solo fue suerte y sorpresa. Tengo una idea. ¿Puedes atar su mente a tu voluntad? Lo tendré cubierto con el arma mientras lo haces.

—Brillante. No pienso claramente cuando soy muy sacudido.

Lo apoyaron en una posición sentado contra el coche, en el lado fuera de la vista del camino, y esperaron. Liffi mantenía la pistola apuntando a la cabeza del hombre. Él se movió y gimió y sus párpados se abrieron y se estrecharon aún más de lo que era natural para sus rasgos eslavos. Jake se inclinó hacia adelante y su penetrante y cautivadora mirada se fijó y mantuvo al hombre, cuya resistencia ya era baja.

—Dime tu nombre real.

El hombre intentó desviar sus ojos de la mirada hipnótica, pero falló.

Tragó saliva y graznó:

—Nikoloz Ketevan.

—Bien, Nikoloz. Verás, nos llevaremos bien.

Liffi dijo:

—Ni siquiera lo pienses, Nikoloz Ketevan. Tiene un cuchillo atado a su pierna, Jake, y estaba a punto de moverse a buscarlo. No muevas un músculo, mi amigo, o haré un agujero en tu cabeza. Ya preguntarás, *¿cómo se esto?* Simple. Él ha atado tu mente a su deseo, y yo puedo leerla. No tienes oportunidad con nosotros, así que compórtate.

—Dispárale si intenta algo, Liffi. Ahora, ¿dónde estábamos? Ah, si, ¿te envió Angus Gration a matarme?

El georgiano intentó de nuevo y falló en romper con la mirada dominante y fue reducido a una simple sacudida de su cabeza y un indistinto:

—¿Quién?

Por supuesto, Jake comprendió. A este agente no se le confiaría el nombre de Gration, sólo su nombre clave.

—¿Cuál es el nombre clave de tu contacto en Londres?

—Zed-ex.

Fue entonces cuando Jake tuvo su inspiración, lo que más tarde le causaría mucho sufrimiento.

—¿Puedes contactar y reunirte con este ZX?

De nuevo el gesto con su cabeza, pero afirmativo.

—Entonces deberás hacerlo. Pero esta vez, a mi orden, tú deberás matarlo.

Liffi jadeó, pero él la ignoró y sus ojos perforaron los de Nikoloz Ketevan.

—¿Comprendes? —Esperó el asentimiento y gruñido—. Cuando lo hayas hecho, deberás dejar el Reino Unido e irte a vivir a cualquier otro lado del mundo que tú elijas. Nunca deberás volver a intentar matar a cualquiera de nosotros. ¡Júralo!

—Lo juro.

Pero los tres sabían que era un juramento inútil, ya que su mente no tenía otra opción que obedecer a la de Jake.

—Dame la pistola, Liffi.

Sus ojos se ensancharon, pero luego se relajaron cuando ella leyó las intenciones en su mente. Mansamente le entregó el arma. Él desatornilló el silenciador y metió la pistola en la funda del dueño.

—Lo necesitarás para ZX. —Dejó caer el silenciador en el bolsillo del costado del georgiano—. Ese ojo tuyo se ve un poco hinchado e inyectado en sangre. ¿Estarás bien para conducir? ¿Presumo que tienes un coche? Puedo llevarte al hospital si quieres.

—¡Da! —El georgiano asintió—. Estoy bien.

Jake y Liffi esperaron hasta que el sicario se hubiera ido primero. Ellos lo observaron irse cuidadosamente a lo largo del camino antes de ganar velocidad.

—¿Qué he hecho? —murmuró Jake.

—Salvaste mi vida, mi héroe.

—No te burles de mí, Liffi.

—Pero es verdad. Él tenía un arma contra mi cabeza e iba a abrir fuego.

—Si, pero igualmente, yo puedo decir que salvaste la mía. —Encendió el automóvil y dejó la prisión detrás—. De cualquier modo, eso no es lo que me molesta. Oye, ¿puedes leer mentes realmente?

—Si, por supuesto. Así es como sé que te sientes como un asesino. Pero escucha, Jake, pienso que eres maravilloso. Los traidores de este país todavía están sujetos a la pena de muerte, y este Gration es un asesino serial. Casi nos mata a los dos hoy. De cualquier modo, no tuvo éxito. Esperemos que Gration alias ZX no supere al Sr. Ketevan.

—Eso es improbable. —Su tono era amargo—. Por cierto, ¿no se suponía que deberías estar en Aelfheim?

—¿Qué? ¿Y dejar al hombre que amo a merced de agentes secretos despiadados? Entonces soy una mentirosa *y* una tonta.

—¿Una tonta?

—Seguro, si hubiera tomado mi alicornio, ninguno de nosotros habría estado tan cerca de la muerte. Pero lo dejé atrás.

Él detuvo el coche al lado del camino en el frente de una tranquera.

—¿Qué? —dijo ella.

—Necesito besarte, prefiero no conducir cuando lo hago. Estoy feliz que hayas dejado ese *mal*... bendito cuerno. Quiere decir que he actuado como un humano.

—Si, un maldito héroe humano.

Sus labios presionaron contra los suyos y él sintió una descarga eléctrica correr por su cerebro. La carnosa suavidad de sus labios respondió con un entusiasmo que pensó que nunca podrían recapturar.

## 27

EAST YORKSHIRE, MEDIADOS DE
NOVIEMBRE 2021 AD

Jake condujo por kilómetros en silencio, no es que Liffi echara de menos su compañía, ya que ella tenía sus pensamientos para entretenerse mientras avanzaban por el monótono campo otoñal. En un punto, ella no pudo resistirse a comentar.

—Si, te estaba diciendo la verdad. Leí la mente de Nikoloz Ketevan. Esto probablemente te salvó de una puñalada entre las costillas. ¿Y cómo crees que he estado pasando el tiempo en este viaje? Tú no eres exactamente una compañía brillante, ¿sabes?

El significado de sus palabras lo hundieron y se quebró.

—Esto es lo que te digo, ves. No puedo tener un maldito elfo invadiendo mi privacidad. No es bueno, Liffi, por mucho que lo intente. ¡Es la última gota que colmó el vaso!

—No es como si quisiera decir algo con eso. No puedo evitarlo. E-es en lo que me he convertido.

—En lo que te estás convirtiendo no es la mujer de la que me enamoré. Lo siento. Lo mejor para nosotros es que te vayas y vivas con el *ljósálfar,* que es donde encajas correctamente.

Él había terminado, por lo que ella buscó en su mente para inspeccionar por cualquier pensamiento secundario, pero no encontró ninguno. Una lágrima cayó por su mejilla. Ella la inhaló y la limpió con una manga, y él miró de reojo.

—Oh, por los cielos, Liffi. No solías ser tan cobarde. ¿Ves lo que quiero decir?

Ella asintió porque lo amaba y no quería que su relación terminara de esa forma, pero ella comprendió. Dejando sus pensamientos en paz, se entregó a los suyos. Muy bien, ella actuaría según su consejo y buscaría ayuda de los sabios elfos. Lo último que ella podía hacer por Jake era intervenir con Freya y rogarle que no le quitara los poderes que le había dado. Seguramente, esto no interferiría en los asuntos de su hombría.

Al pensar en la diosa, sintió un estremecimiento de emoción. ¿Sería ella capaz de regresar al bello Asgard? ¿Podría conocer a otros de los dioses del Aesir? Después de todo, ella estaba *por encima* de los elfos. Aferrarse a esta relación era una tontería humana de su parte.

Ella se volvió para mirarlo y no pudo evitar sonreír ante sus rasgos tensos y como él estaba pretendiendo concentrarse en su manejo para evitar encontrar su mirada.

—¿Qué? —dijo él.

—He decidido hacer lo que has sugerido. Solo dame un momento para tomar mi alicornio y estaré lejos. Solo quiero que me prometas una cosa.

—¿Qué es?

—Tú deberás tomar cada precaución posible para permanecer seguro hasta que recibas la confirmación de la muerte de Gration. Y si es Nikoloz Ketevan quien muere, concentrarás tu mente en llamarme. Yo te escucharé y vendré. Prométemelo.

—Está bien, es un trato. —*«Cualquier cosa para deshacerse de la molesta elfo por un tiempo».*

—¡Escuché eso! No soy una *molesta elfo,* Jake Conley. Yo soy tu *heald engel.*

—En inglés antiguo, ¿eres élfica? Mi ángel guardián. Me gusta eso y acepto tu oferta. Y espero que Angus Gration lo haga, ¡incluso si me siento tan culpable como el maldito Machbeth!

—No seas tonto. Lo ve venir. Si se saliera con la suya, nos veríamos forzados a odiar a la gente de color y a usar esvásticas. Algunos de mis mejores amigos en Preston son negros.

Se detuvo frente a la casa segura con el sentimiento irreal de que había estado ausente por años. Había pasado demasiado. Observando salir a Liffi del coche con elegancia y gracia anormal debería haber hecho que la admirara. En cambio, sintió repulsión. Y la repulsión en sí misma lo repelió. ¿Debería usar un brazalete con un símbolo anti-elfo? El odio familiar a sí mismo volvió a aparecer y se sintió inadecuado. La sensación de ser valioso había sido solo un corto respiro después de haber salvado a Liffi del sicario soviético.

Ella reapareció por la puerta del frente con una blusa más bonita y estaba llevando su precioso cuerno de unicornio.

«Que le haga mucho bien». Presionando el botón para bajar su ventanilla, él la miró miserablemente. Iba a extrañar a su amada Liffi. No solo le debía su propia vida, varias veces, sino que había compartido los momentos más encantadores de su vida con ella.

Ella se inclinó hacia el Porsche y lo irritó pegando su rostro junto a él y respondiendo a sus cavilaciones

—Recuerda eso, Jake Conley, solo en caso de que alguna vez me quieras de vuelta. —Ella lo besó ferozmente como la antigua Liffi lo hubiera hecho, antes de retroceder, sus ojos brillantes y húmedos.

Por mucho que lo intentara no podía ser amable con ella. Ella había invadido su mente de nuevo.

«Sigue. Vete. Comparte una cama con el Rey de los Elfos, ramera».

—¡Vete a la mierda también, Jake Conley! —Ella

movió sus brazos, que se convirtieron en alas cuando ella voló alto por encima de las azoteas.

Mirando ansiosamente a las casas, aun sin luz a pesar del día opaco, inspeccionó las ventanas para estar seguro que nadie había visto la flagrante transformación. El pequeño niño del número 5 podría haberlo hecho. Estaba mirando afuera por la ventana saliente con una expresión asombrada en su rostro. Cuando vio a Jake mirar desde el Porsche, el chico le dio un tímido saludo con la mano. Jake le devolvió el saludo y sonrió.

«Hay cosas más extrañas y terribles en este mundo de las que tu ferviente imaginación puede soñar, pequeño compañero».

Conley miró alrededor del coche en todas direcciones, a las ventanas de arriba, y finalmente en su espejo retrovisor. No quería que le dispararan de nuevo hoy, y no tenía garantías que Gration había enviado solo un sicario para enviarlo a la otra vida.

Encontró la casa segura fría y poco acogedora y desprovista de Liffi, pero trató de darle un giro positivo porque ahora podía complacerse a sí mismo. Después de encender el calefactor halógeno, se sentó en el sillón con un suspiro. «¡Maldito infierno! Qué día».

Su primer pensamiento fue de Liffi volando en el cielo y se preguntaba si ella conocería el camino de regreso a Aelfheim. Ella lo haría con todos sus poderes de semi-diosa. El segundo fue si ella podía leer sus pensamientos a distancia mientras volaba.

«Por supuesto que no puedo, idiota».

Se sentó de un tirón. ¿Era esa su telepatía o los cables cruzados de su cerebro jugándole trucos? Lo que le recordó... ¿Qué atributos tenía todavía? Su atadura mental seguía siendo potente, pero entonces Freya no le había otorgado ese. La mujer astuta de Warwick lo había hecho. Presumió que seguía teniendo la retrocognición y consideró que no le importaría intentarlo de nuevo, pero quizá en circunstancias diferentes en Warwickshire en su, oh querida, *su* casa señorial. No había nada que él quisiera más que ir a la seguridad de la normalidad del Parque Temático del Valle del Caballo Rojo. Pensó en Liffi alejándose y recordando los más bellos momentos de su aventura en Yorkshire cuando él había volado sobre la iglesia de Goodmanham como un halcón peregrino. Cerró sus ojos e intentó revocar la experiencia. Su mente corrió a través de eso tan vívidamente como una película en HD, y él voló en lo alto, rodando, en círculos y se enorgulleció de su sensacional vista de halcón.

Cuando abrió sus ojos y miró abajo al piso, tuvo un sobresalto. Sus largas piernas y pies se habían desvanecido. «¿Qué demonios?» Movió su mirada hacia arriba y vio las malvadas garras curvas y las plumas esponjosas como calcetines arrugados. ¡Era un peregrino! Entonces él aún podía transformarse. Su acelerado ritmo cardíaco de raptor se hizo aún más rápido ante el pensamiento, y ese órgano se inundó de alegría. Por capricho decidió que al día siguiente volaría cruzando el mar hacia Irlanda y se tomaría una pinta decente de Guinness. No había fin a lo que podía hacer como un halcón, y estaría seguro lejos de los asesinos de Gration.

La idea de la cerveza negra irlandesa le recordó la cerveza en el refrigerador y parloteó de alegría. El grito de pájaro lo sorprendió al recordar que necesitaba volver a convertirse en el viejo y aburrido Jake Conley, lo que se hacía fácilmente con un segundo de concentración. Antes de abrir el refrigerador, fue al dormitorio y miró con tristeza los aretes esparcidos en la mesita de noche de Liffi. «La vaca desordenada». En la suya, junto a la lámpara, había un reloj despertador digital, y lo puso a las siete en punto de la mañana, que debería ser sobre el amanecer, cuando nadie estaría cerca para verlo cambiar de forma. Teniendo en mente, nunca subestimar al niño del número 5.

—Doscientos ochenta kilómetros por hora! —dijo, desde los cero kilómetros por hora de su sillón.

Jake había decidido pasar la tarde bebiendo latas de lager y estudiando peregrinos. La velocidad que había exclamado era la velocidad máxima de zambullida de este rapaz cuando se afinaba en una presa, un jugoso conejo o una paloma de los bosques. Técnicamente, la zambullida era llamada como agacharse. Debía aprender todo lo que pudiera, porque mañana él sería un halcón peregrino.

Resopló cuando descubrió que la hembra era más grande que el macho, conocido como tiercel. «Típico de Liffi ser un pájaro más grande». Medio esperaba que ella lo reprendiera, pero su mente permanecía en paz por un momento, antes de volver a estudiar. Por el momento había terminado, se sintió confiado que podía volar a Dublin en la mañana. Si tuviera hambre sobre el mar de Irlanda, se había asegurado de aprender cómo podía matar a un pájaro marino en el vuelo.

Como sucedió, el hambre no lo atacó hasta que estuvo casi al frente de la costa de Irlanda. La pequeña isla Lambay, escasamente habitada, situada al noreste de la capital, albergaba una pequeña cantidad de frailecillos entre su abundante población de aves marinas. Se lanzó en picada a una velocidad estimulante y rompió el cuello de un frailecillo mientras lo tomaba con sus garras. Trasladó a este manjar a una roca que emergía del mar y por encima de las olas del día que no azotaban demasiado. Desgarrando el pecho del pájaro de plumas negras con su pico cruel, Jake, con el instinto de rapaz gobernando sus acciones, se metió dentro de un pájaro por el que normalmente hubiera dado una fortuna por proteger. Más que reemplazar la energía que había consumido en su largo vuelo, dejó muy poca carne en los lamentables huesos bajo sus garras.

De nuevo en la forma humana, listo para disfrutar una tarde en Dublin, Jake estaba convencido que las sesiones improvisadas en los pubs irlandeses, especialmente en esa ciudad, se pusieron para atraer turistas. Entonces sentarse, como el único turista factible entre la clientela en un pequeño establecimiento apartado de la calle, se sorprendió gratamente cuando un tipo en sus cincuenta sacó un violín de un maltrecho maletín y comenzó a tocar. Una mujer de edad mediana con su cabello rojo abrió la cremallera de un bolso circular de cuero, extrajo un bodhràn y golpeó varias veces su tensa piel. El más joven de los cuatro músicos, un joven de aproximadamente veinte, colgó las correas del acordeón sobre su hombro, y una joven bonita de cabello negro y ojos azules, quizás su novia, sopló unas pocas notas en una flauta irlandesa. Jake estaba encantado cuando lo invitaron a él y a cinco clientes a una danza asombrosa. Para un pub callejero, este era un entretenimiento fantástico. Jake se unió, golpeando el ritmo en sus muslos.

El establecimiento hacía comida, pero nadie comía. Los cubiertos relucientes que se deslizaban en jarras de cerveza captaron la atención de Jake. Uno contenía cucharas, y sin permiso, cruzó y seleccionó dos, y retomó su asiento en la esquina. Colocándolas entre los nudillos, esperó pacientemente por la próxima melodía. La mujer joven había observado su acción, le dio un codazo al acordeonista y dirigió su atención al nuevo participante.

—Oi, amigo ¿vendrías a unirte a nosotros?

Más como un tiro cuando ellos empezaron una canción, él esperó un momento para estar seguro del ritmo. Tocaba la melodía con entusiasmo, y un hombre barbudo con los dientes rotos en la otra esquina le sonrió y le hizo una seña con el pulgar levantado, Jake no era un novato tocando con cucharas, ya que en los conciertos universitarios lo había hecho docenas de veces.

Justo cuando pensaba que la vida no podía darle nada mejor, una pareja de ancianos se puso de pie. Cada uno debía tener más de ochenta y no debían haber tenido un diente sano entre ellos. Pero con sorprendente energía, con los brazos apretados a sus lados, se balanceaban de arriba abajo, cruzando y retorciendo sus pies. «Esto ciertamente no es entretenimiento para turistas». Jake se sintió extraordinariamente privilegiado. Cincuenta años más joven que ellos, no creía que pudiera bailar con tanta suavidad o sostener el tempo como ellos.

Conversando con los músicos después de varios tragos, Jake acordó regresar para repetir su actuación la tarde próxima. La mañana siguiente, con la excusa de buscar instrumentos musicales, visitó el centro de la ciudad, como cualquier turista haría, antes de entrar en la calle Capel y encontrar una tienda de música. Compro un juego de huesos como mejora de las cucharas, y un tamboril semi-circular, cuyo agarre era un poco más que el tamaño de su puño.

Esperando ansioso por la sesión de la tarde, llegó temprano al pub. Los otros no se habían presentado y en el salón del bar solo había un hombre de aspecto destartalado encorvado con un abrigo azul que le quedaba grande, solo superado en desaliño por el perro sucio a sus pies.

—¿Cómo estás? —El propietario lo reconoció de la noche anterior y lo saludó con una sonrisa amigable, ya alcanzando un vaso.

—Bien, ¿y tú?

—Para estar seguro. ¿Te molesta si pongo las noticias de la noche? —Sin esperar por una respuesta, presionó un botón del control remoto y una pantalla en la pared opuesta cobró vida.

El propietario levantó el volumen y las llamativas

cuerdas y bronces de la melodía temática de la orquesta RTÉ llenó la habitación. La atención de Jake no fue atrapada. No estaba interesado en los problemas perennes de la frontera irlandesa. Pero una vez que concluyó la discusión, el locutor se enfocó en Londres. El atroz asesinato a la hora del almuerzo de un funcionario de alto rango a plena luz del día en el parque St. James, incluso teniendo en cuenta la poca afluencia de público, propia del clima lluvioso y aburrido, le pareció una audacia. Sintiéndose horriblemente culpable, Jake estaba remachado a la pantalla, ansioso de atrapar cada detalle, y silenció el intento del propietario de interrumpir con un movimiento de su mano.

—*La Policía Metropolitana no ha revelado la identidad del fallecido, ya que el caso es delicado y está siendo tratado como un asunto de seguridad nacional. La víctima, en el comienzo de sus sesenta, fue abordada por detrás y asesinado por un silencioso disparo a su cerebro. Un vocero de la policía describió al asesinato como «un trabajo de un asesino profesional» y una «ejecución a sangre fría». La investigación está en curso y la policía ha apelado a cualquiera que haya estado en el parque a la una y cuarto de esta tarde para presentarse, ya que el más mínimo detalle podría ayudar en sus investigaciones. Mientras tanto, en la República de Yemen...*

Jake arrojó una bolsa de plástico al propietario asustado.

—¿Te importaría darle esto a mis amigos músicos y decirles que ha surgido algo urgente? Tengo que volver a Londres de una vez.

—Por Dios, ¿cuál es la historia?

Pero le estaba hablando a la espalda de Jake desapareciendo a través de la puerta.

Si pudiera haber visto a través de la pared, a Jake transformándose en halcón en el callejón oscuro junto al pub, o leer su mente como Liffi, su sorpresa habría sido algo digno de contemplar.

Jake estaba equivocado acerca de que Liffi conocía el camino de regreso a Aelfheim. Ella voló sin rumbo sobre los bosques del este de Yorkshire, en círculos cada vez más grandes, tratando de recordar algo sobre esa noche mágica que pudiera darle una pista. Fue inútil. Ella había estado demasiado embriagada en la música y danza élfica para tomar nota de donde se dirigía la procesión y donde había estado un gran fresno. Ella lo recordaba creciendo en un túmulo, pero poco más. Había algunas cosas que no se atrevía a hacer, y esas eran molestar a Freya en su templo, para ir audazmente al puente de arcoíris y entrar a Asgard, o incluso regresar con Jake. Ella tenía muchas razones para no hacer estas cosas, pero ella no podía volar alrededor hasta caer exhausta cuando cayera la noche.

Ella chilló con frustración, haciendo volar una bandada de estorninos en un campo abajo. Frustrada y hambrienta, se zambulló entre ellos por el puro placer de aterrorizarlos. Entonces fue cuando recordó el cuerno de unicornio que llevaba en sus garras, porque no estaban libres para capturar y destrozar a un estornino. Después de aterrizar en el campo recientemente evacuado, ella lo puso en la tierra labrada, transformándose de nuevo en Liffi, y levantó el alicornio. Aferrándose a él y colocándolo delante de sí como lo había hecho Hyssith para conseguir el collar, ella también cerró sus ojos y se concentró. «Deseo estar en mi torreta en Ydalir».

El aire alrededor de ella brilló, y cuando abrió los ojos, ella estaba al borde de su cama en Ydalir. Sin embargo, no estaba sola. Una elfo estaba en la cama, durmiendo encima del cobertor, su cabello rubio medio cubriendo su rostro.

—¡Hyssith! —dijo Liffi, tan emocionada de verla.

Eso fue suficiente para despertar a su amiga, y los ojos dormidos intentaron enfocarse en ella. Se acercó a la figura reclinada y puso un brazo alrededor de ella.

—¡Liffi! ¿Qué estás haciendo aquí?

—Yo puedo hacerte la misma pregunta ya que esta es mi cama.

—L-lo siento. Vine aquí porque te extrañaba mucho y me hacía sentir cerca de ti.

—Oh, mi dulce amiga ¿es así? He regresado porque mi vida es un desastre. —Sus ojos se llenaron de lágrimas, y Hyssith se enderezó luciendo ansiosa.

—¿Puedo ayudar? ¿Quieres hablar acerca de eso?

—Es complicado. —Pero ella habló largamente acerca de lo que había ocurrido—. Él me envió lejos y vine, pero no se aún si está a salvo.

—Podías solo haber usado el cuerno de unicornio —señaló Hyssith—. Un simple deseo que Jake se enamorara perdidamente de ti hubiera sido suficiente.

—No podía hacer eso, no hubiera sido real. Además, eso es exactamente la magia élfica que él desprecia tanto. Nunca podría haber sido la base de una verdadera relación.

—Algo más te está molestando, Liffi. ¿Puedes decírmelo?

—¿Estás leyendo mi mente?

La elfo lucía avergonzada.

—Un poco. Pero tus emociones son difíciles de desenmarañar.

—Debo pensar que lo son. Verás, Freya me dijo que mi destino es ser la consorte del Rey Aelfric. ¿Pero cómo puedo hacerlo si estoy enamorada de Jake?

Hyssith abrió sus brazos y abrazó a Liffi.

—¡Oh, mi querida amiga! Eres extraordinaria, pero aún hay mucho que aprender.

—¿Qué me he perdido?

—Destino es destino. No puedes pelear con ello, mi dulce. No es tu destino estar con Jake Conley, y lo *es* estar con el Rey Aelfric. Esto nos hará felices a todos, porque él no ha sido el mismo desde que te fuiste. Me convocó tres veces por noticias tuyas y solo se detuvo cuando le dije que no tenía ninguna. Eso fue cuando envió elfos a Midgard para espiarte.

—¿Hizo eso? —Ella lució indignada

—Ay, pero en vano. Vieron que Freya había puesto un hechizo en Midgard, tu Tierra, últimamente, previniendo la interferencia élfica. Desde que se enteró, el rey ha estado como un joven enamorado. Lo has hechizado bastante.

—Esto significa que Jake no tendrá más ayuda de los elfos contra la Hermandad de Woden. Me pregunto, ¿cómo lo manejará?

La elfo miró indignada.

—¿No has comprendido nada? ¡Tu primer pensamiento fue para el humano miserable que no ha tenido el sentido de apreciarte, y no para nuestro nuevo rey cuyo corazón has robado!

—¡Pero no he hecho nada!

Hyssith la empujó, y por primera vez desde que se conocieron, la miró con desaprobación.

—Por supuesto que lo has hecho. Muchísimo. Has seguido tu destino hasta Aelfheim e incluso hacia Asgard. ¿Y ahora pretendes desobedecer a los dioses y deshacer los hilos que ellos han tejido tan hábilmente?

Ella observó a Hyssith y supo que tenía razón, que los dioses la habían favorecido, y como una mocosa malcriada, ella estaba luchando contra los Aesir y arrojándole su benevolencia en sus rostros. Su ira podría ser terrible si se desatara. Ella no debía invocarla. Era tiempo de crecer.

Ella miró con amor y amabilidad a los ojos de su amiga. La expresión de desconcierto de Hyssith confirmó como el cambio repentino la había tomado por sorpresa. Ella elevó una ceja arqueada por encima de su gran ojo inclinado hacia abajo.

—Me confundes Liffi.

—Yo misma me confundo, querida amiga. Temo que todo lo que ha pasado en los últimos tiempos ha revuelto mi cerebro. Pero veo que tú eres sabia y yo soy tonta. ¿Irás con el Rey Aelfric y le ofrecerás llevarme contigo? Debo cumplir mi destino.

—Oh, Liffi, tú también eres sabia. ¡Estoy tan emocionada! —Ella se levantó de la cama y salió volando de la habitación.

Sola, Liffi estaba maravillada con lo que había hecho. No volvería atrás ahora. Ella se entregaría al rey élfico, y Jake Conley sería condenado. Él no la merecía de todos modos.

Ella cerró sus ojos y se rindió al cansancio, deslizándose en una somnolencia superficial e irregular.

Despertando ante la apertura de la puerta, ella se sentó sorprendida porque Hyssith estaba liderando una pequeña procesión de mujeres elfos dentro de la habitación.

—¿Qué está pasando?

—El rey manda y nosotros obedecemos.

—¿Qué manda, Hyssith?

—Ponerte presentable para una audiencia.

—¿Presentable? ¿Qué es lo malditamente mal con la forma en que me veo?

La elfo, que no comprendía las palabrotas humanas, lucía sorprendida.

—No veo nada maldito, Liffi, pero tú *no* estás presentable. El rey desea que tengas el mejor efecto en su corte. Esp... especialmente porque, perdóname, pero le di la esperanza de que podría ganarte.

—¡Ach! Pequeña elfo malvada. —Pero sus dulces ojos estaban riendo—. Has hecho bien, supongo. Entonces, ¿por qué traer a todas estas bonitas elfos?

Las hembras comenzaron a reír con su encantadora risa tintineante ante el cumplido.

La costurera a cargo dijo:

—Debemos tomar medidas, porque usted es muy alta y, *ejem,* mejor formada que nosotras.

—¡Ooh, nuevos vestidos! —Ella no se había regalado ropa nueva por años, y el atuendo élfico era delicioso.

—Venga y párese aquí mientras tomo las tallas. —La costurera corrió una cinta alrededor del cuerpo de Liffi y no dictó ningún número, pero cuando hubo terminado, simplemente agitó la medida en el aire y una serie de plantillas de tela moldeada cayeron al suelo.

Tres elfos corrieron hacia adelante y las unieron. La sastre jefe torció un dedo y una elfo con un libro de patrones se acercó a ella.

Ella lo tomó, lo abrió y mostrándolo dijo:

—Sugiero este color para realzar su cutis, señora.

Ella había elegido un patrón de espiral dorado deslumbrante de un material similar al satén. Su belleza dejó sin aliento a Liffi.

—Ooh, sí, por favor. ¿Pero cuánto tiempo tomará hacerlo?

La costurera aplaudió a las otras elfos.

—Vamos. Nuestra señora tiene prisa. —Ella enfrentó a Liffi—. Ellas cortarán el material de acuerdo a los patrones, y los coserán juntos. Esto tomará tiempo, lo siento. Al menos veinte minutos del tiempo humano.

—¿Lo sientes? ¿Veinte minutos?

—¿Está disgustada, señora?

—No, en lo más mínimo. Pienso que ustedes son una maravilla, querida sastre.

El alivio en el rostro de la elfo provocó tintineos élficos de parte de Liffi.

—Entonces vete. Puedo ver que están apuradas por irse.

La elfo hizo una reverencia.

—Gracias, señora. —Luego se apresuraron.

Hyssith y Liffi intercambiaron miradas de entendimiento y rompieron a reír.

—Ella no confía en sus costureras —dijo Hyssith—. Todo tiene que ser perfecto. Y te estarás preguntando por qué sigue llamándote *señora*. ¿No es obvio? Tú eres la favorita del rey, y como tal, te debe su completo respeto.

—Presumo que Freya nunca se equivoca acerca del destino, y si es así, me convertiré en su reina. ¿Qué sientes acerca de eso, Hyssith?

La elfo saltaba de un pie al otro con graciosa agitación, divertida y similar a nada que Liffi hubiera visto.

—Estoy tan emocionada. Tengo a una reina por amiga. —Su expresión se volvió ansiosa—. Esto es, ¿si me tendrías como tal?

—Pequeña elfo tonta. Tu serás mi compañera más cercana.

Ellas se abrazaron y el pacto fue sellado.

—Ahora tendrás que bañarte porque has viajado desde lejos hoy. Tú te encargarás de tus abluciones mientras yo te traigo un aroma como nunca has olido en Midgard.

Hyssith se fue con prisa y Liffi se apresuró a su baño. Se lavó el cansancio y cuando su amiga regresó, ella estaba usando una bata de baño.

—Es un material extraño —dijo Liffi—. No hubo

necesidad de frotarme para secarme. La bata lo hizo por mí.

Hyssith se rió.

—Está hecha de fibras batidas de hojas de periden. ¿Recuerdas el árbol con el fruto mágico? ¿El de los ruiseñores?

—Si, me hizo cantar dulcemente por primera vez en mi vida.

—Ay, y apuesto que estabas cantando cuando la bata te secaba.

—Tienes razón.

—Hay demasiado para enseñarte, señora. —La elfo parecía presumida.

—Primera regla si vamos a ser amigas, tú me llamas Liffi, excepto en la presencia del rey, ¿está claro?

—Ay, Liffi.

—Bien.

—Bueno, este perfume. —Hyssith sacó una botella transparente con un tapón puntiagudo detrás de su espalda—. Es de una flor de otro arbusto mágico, que solo crece en la arboleda sagrada y se conoce como flor de la unión. Está prohibido para los elfos obtener este aroma. Se dice que esclaviza el corazón de cualquier elfo que se acerque lo suficiente para respirarlo. De ahí su nombre. Un líquido muy peligroso.

—¿Entonces cómo es que está en tu poder?

—Mi abuela fue la primera sacerdotisa de la arboleda sagrada, y como tal, autorizada para tomar la poción. Pero se dice que solo tres botellas fueron producidas. Dos fueron destruidas en la guerra Aesir-Vanir hace mucho tiempo, pero este pequeño frasco sobrevivió como un secreto, y mi abuela me lo legó. Lo he mantenido oculto toda mi vida y solo lo usaría en mi misma si encontraba un elfo suficientemente digno de mis afectos. Sigo sin encontrarlo. —Ella dio un profundo suspiro.

Liffi se rió, pero lucía seria.

—¿Deseas honrarme dejándome usarlo para unir el corazón del Rey Aelfric al mío?

—Ay, ¿por qué no?

—¿No has escuchado ni una palabra de lo que dije? No usaría magia con Jake Conley porque quería que él me amara por mí misma.

—Ay, lo sé. Pero Jake Conley no era tu destino. El Rey Aelfric *lo es*. La esencia simplemente le confirmará que eres la elegida. ¿Por qué caminar cuesta arriba cuando puedes correr cuesta abajo, Liffi? —Hyssith le dio con una sonrisa fascinante.

—Supongo que tienes razón de nuevo. Se está convirtiendo en un hábito desconcertante. ¿Debería probarlo?

Los ojos de Hyssith se agrandaron.

—¡No! Solo debes dejar que el rey se acerque lo suficiente para olerlo. Si las elfos que vienen a arreglar tu vestido lo inhalan, tendrás algunas hembras atontadas contigo. No querrás eso ¿no?

—*No*.

Ellas se miraron una a la otra solemnemente, cuando estallaron en carcajadas.

—Pero dime, ¿cómo me las arreglaré para que solo el Rey lo huela?

Una sonrisa malvada cruzó los rasgos élficos.

—Te lo diré después. Por ahora, esconde la botella en tu baño. Oigo pasos.

Su oído debía haber sido mucho más agudo que el de Liffi, porque los elfos se mueven con gracia silenciosa. Efectivamente, un golpe llegó a la puerta. Era la costurera principal con el vestido.

—Señora, el vestido debe quedar perfecto, porque usé mi cinta mágica. Vamos, quítese la bata.

«No es probable. Estoy desnuda debajo de esto».

—No te preocupes, nosotros los elfos estamos acostumbrados a ver cuerpos desnudos —dijo Hyssith.

«En ese caso...»

Dejó que la prenda se deslizara al suelo y se apartó de ella.

—El rey ha elegido mal —bromeó la elfo traviesa.

—Señora, el rey nunca se equivoca. —La costurera miró a la torturadora—. Venga, entre en esto. —Sus hábiles manos cargaron el pesado material sobre los hombros de Liffi, y en un santiamén, tuvo todos los botones abrochados detrás en la espalda.

Hyssith aplaudió.

—Magnífico, la cortadora de ropa conoce su oficio. ¡Luces tan horrible!

Una vez que la artesana se había ido, Liffi le rogó a su amiga.

—¿Puedes cepillar mi pelo y trenzarlo por mí? No puedo estropearlo todo pareciendo un arbusto de espino.

—¿Un *qué* arbusto?

—Oh, no importa. ¿Puedes hacerlo?

—Ay.

—Bien. Y mientras haces eso, puedes explicarme tu astuta estratagema, descarada pícara.

—¿Descarada?

—*¡Uf!* Tú eres la que tiene que aprender mucho.

Hyssith sonrió.

—Para eso están los amigos. —Ella observó a los ojos de Liffi—. Esto es lo que debes hacer...

La explicación no tomó mucho tiempo, ni tampoco el cepillado y el trenzado.

Hyssith se excusó a sí misma para ir a buscar algo que había olvidado. Cuando ella estuvo lo suficientemente lejos de los pensamientos de Liffi, murmuró: «Buen trabajo, mi amiga no sospecha que quiero que ella use el perfume para que el rey nunca la deje alejarse de mí nuevamente». Ella se permitió a sí misma un arco de sonrisa.

Mientras tanto, cuando Liffi se miró en el espejo del baño, ella jadeó. Desde la cabeza a los pies parecía una modelo pintada por un artista prerrafaelista, la diferencia era que ella *vivía* a la perfección.

Cuando ella hubo terminado de admirarse desde cada ángulo concebible, varias veces, emergió desde la habitación para encontrar a su amiga que había regresado, llevando una delicada pluma.

—Ve a buscar el perfume, Liffi.

Ella le entregó la botella a la elfo, quien, con una sonrisa maliciosa, permitió que una sola gota cayera en la pluma.

Hyssith tapó la botella.

—Extiende tu mano derecha.

Liffi obedeció y la elfo acarició con la pluma el dorso de su mano.

—Solo él debe inhalarlo, recuerda.

—Por supuesto, ¿ahora qué?

—Enciende una vela.

De nuevo ella obedeció y su amiga puso la pequeña pluma en la llama, donde chisporroteó y se marchitó hasta convertirse en la más fina ceniza.

—¿Y ahora?

—Primero, esconderé mi esencia donde nadie pueda descubrirla. Luego, te llevaré a encontrarte con nuestro rey.

## WHITEHALL, LONDRES, FINALES DE NOVIEMBRE 2021 AD

La sombría fachada del Ministerio de Defensa hacía juego con el humor de Jake en lo que sería su sexto intento de pasar a la Sra. Harrop y reunirse con su jefe de sección, conocido por todos los involucrados como Doble-A. haciendo un esfuerzo consiente para cambiar su expresión amarga por una de despreocupada casualidad, se acercó al mostrador de recepción y le regaló a la joven una sonrisa amigable.

—Mal negocio ayer, ¿qué? Condolencias en orden, creo.

Le tomó un momento conectar a la Señorita Harrop. Como de costumbre, estaba nerviosa por dentro por el atractivo del famoso novelista.

—¿El Agente ZX? —dijo ella—. Terrible asunto. ¿Quién hubiera pensado que estaba en riesgo? Debe haber estado trabajando en algo espantosamente peligroso.

«ZX, entonces ese era el nombre clave de Gration».

—Absolutamente. Pero es una mala racha... y así sucesivamente. Permítame ser insensible y aprovecharme de la desaparición del pobre tipo. No tendrá que responder por hoy si llama a Doble-A. Verá, ZX y yo trabajábamos en el mismo mal lote y él no quería que le pisara los talones, ¡el muy llorón! Sabía desde el principio que me estaba bloqueando, Srta. Harrop, pero por supuesto usted no tiene nada para castigarse, él era el oficial superior de los dos, y todos, ¿qué? —Le dio a ella su sonrisa más amable y se alegró de verla relajarse—. Lo más importante es que vea a Doble-A ahora. La ironía es que si ZX estuviera vivo habría impedido mi acceso al gran jefe.

La recepcionista dio una carcajada autocrítica y rompió el contacto visual.

—¡Oh Dios mío! Llamaré arriba de una vez, Sr. Conley.

En unos minutos, él estaba sentado en frente de, si lo hubiera sospechado, un par del reino, a quien conocía como AA, el hombre bien hablado le proporciono sin cuestionamientos toda la ayuda y el apoyo que él necesitaba contra la extrema derecha de Yorkshire.

—Verá, señor, más que un mártir y una víctima, ZX era un traidor haciendo su mejor esfuerzo para sabotear mis operaciones en el condado.

—Y gracias al cielo fallando espectacularmente, si el último informe de ese rincón del bosque es algo para pasar. Parece como que usted ha reducido a la extrema derecha allí a una mera presencia simbólica. Bien hecho. Muy buen espectáculo, viejo. Voy a hacer que te informen sobre esta situación de ZX. Algunos de nuestros muchachos han estado trabajando en sus antecedentes y han encontrado algunas sorprendentes anormalidades en nuestro sistema de archivo. A la luz de lo que me has dicho, podría ser que el tonto estuviera cubriendo sus huellas. ¡Maldito sea!

—Me estaba preguntando, señor, dado el éxito de nuestra operación en Yorkshire, si podría solicitar un año sabático. Hay algunos asuntos que quiero atender en Warwickshire que he descuidado recientemente.

«Una vez fuera de este lugar, podría dar la espalda a estas actividades para siempre». Podría hacer como Liffi sobre AA y leer sus pensamientos inescrutables.

Tal como estaban las cosas, tendría que esperar, porque el oficial de alto rango nunca tomaba decisiones rápido. En cambio, levantó su teléfono de su base y arregló sesiones de información.

—Trotas con nuestro amigo aquí. —Indicó la puerta acolchada de cuero con sus brillantes tachuelas de latón que recubrían el interior, cuando se oyó un golpe sordo—. Él y su equipo analizarán sus tratos a la distancia con ZX. Mientras tanto, llamaré a los jefes de Policía de Yorkshire, obtendré su opinión sobre el estado de juego, y podría tener una respuesta para su requerimiento al momento que hayan terminado de exprimir su cerebro. —Se rio entre dientes, extendió una mano y le dio una sonrisa amigable—. Estamos muy impresionados y agradecidos, Conley. Buen espectáculo, viejo.

Jake estaba feliz de revelar todo lo sabía acerca de las actividades de ZX, excepto que no tenía intención de traicionar al agente soviético que había hecho el trabajo sucio por él. Tratar de fingir que no conocía a Nikoloz Ketevan resultó ser más difícil de lo que había creído posible. Los interrogadores profesionales estaban un paso adelante. Ellos ya sabían por Everthorpe que había habido una pelea que involucraba a Jake y a un individuo no identificado, capturado en las cámaras de seguridad.

—¡Oh eso! Solo uno de los de la Hermandad de Woden que buscaba silenciar a Conrad Maxwell de una vez y para siempre. Insignificante. No pensé que valiera la pena arrestarlo. Quiero decir, si pude superarlo físicamente, desarmarlo y enviarlo a empacar... ¿necesito decir algo más?

El agradable agente dio una risa educada.

—Algo poco ortodoxo para liberar a un sospechoso de intento de asesinato. ¿No puede agregar nada más para nuestro conocimiento sobre la identidad de este individuo?

—Temo que no, pero no veo como podría ampliar sus indagaciones sobre ZX. Supongo que el sujeto podría haber sido un extranjero a juzgar por su fisonomía. Polaco, búlgaro o algo así. —El agente tarareó e intercambió miradas con la agente femenina sentada junto a Jake.

—Creo que Conrad Maxwell podría ser un cliente potencial más rentable —dijo—. Después de todo, para eso yo estaba allí, para averiguar más acerca de esta Angus Gration, quien ahora sé que era ZX.

—¿Lo sabe, señor? —dijo el agente—. Verá, nosotros tuvimos problemas para determinar exactamente quién era ZX. Creemos que tenía la experiencia necesaria para paralizar nuestros sofisticados programas de computación dentro de este mismo edificio.

—¡Por los cielos! Pero yo estoy bastante seguro que Gration y ZX eran la misma persona.

—Ya veo, ¿y no piensa usted, que este tipo polaco o búlgaro tendría algo que ver con su muerte?

Era una prueba obvia basada en instinto y experiencia, pero Jake estuvo a la altura de la prueba. Eligió transmitir la falsedad como táctica.

—Supongo que podría haber sido. Sin embargo, nada de lo que he descubierto me llevó a pensar eso. Supongo que ustedes muchachos no pueden descartar a nadie ¿verdad?

—Exactamente, Sr. Conley. En nuestra línea no hay coincidencias y una pista tiende a entrelazarse con la otra.

—Si ustedes encuentran al asesino de ZX, como todos esperamos, bien puede ayudar a desentrañar todo el alcance de su traición. ¿Saben, que él intento hacer que me mataran al menos tres veces?

—¿Por favor?

El agente lo alentó a que relatara las instancias, lo que hizo con gusto, solo dejando de lado deliberadamente el intento por Ketevan, que insistía fue dirigido a Maxwell.

Finalmente, liberado del interrogatorio, Jake golpeó en la puerta de AA y entro al:

—¡Entre!

El director de sección lo obsequió con una sonrisa alegre y le preguntó cómo había ido el interrogatorio.

—Una figura un tanto misteriosa, este ZX —dijo Jake.

Él habría preferido no seguir discutiendo el asunto con un hombre de mente tan aguda.

—Un gusano en la manzana —dijo AA—. Nuestros especialistas descubrirán hasta donde extendió la podredumbre. Cambiando de tema, viejo, estoy feliz de aceptar tu requerimiento de licencia. Digamos, ¿tres meses?

—Es bueno de su parte, señor. Preferiría esperar seis, si puedo ser tan atrevido.

—Ah, ya veo. Muy bien, son seis. Tengo algo en mente para ti, y estos meses pueden ser usados para la preparación de tu reentrada. Déjame decir, al principio de mayo del año próximo, te contactaré en tu número privado con los detalles de la operación que comenzará en junio. —Él se sentó hacia atrás en su silla y miró con curiosidad a su agente poco ortodoxo en busca de una señal de reacción.

Lo que detectó fue alivio, y eso era comprensible. El tipo necesitaba un descanso después de la intensidad y el peligro de las operaciones en Yorkshire. AA se enorgullecía de su comprensión de los aspectos humanos de su trabajo. ¿Pero había algo más? ¿Un malestar subyacente que molestaba al agente?

—¿Hay algo en particular que lo moleste, Sr. Conley?

«Este tipo es astuto. Mejor tendré cuidado aquí».

—N-no, necesito algo de tiempo, eso es todo.

Los ojos continuaron su escrutinio, pero al final AA dijo:

—Es comprensible después de tus recientes esfuerzos. Disfruta tu permiso, viejo. —Una mano salió disparada para que la estrechara, antes que se batiera en una retirada ansiosa.

En el ascensor, Jake estudió su reflexión, acomodando un mechón rebelde de su cabello, y sonriéndose a sí mismo porque ahora estaría libre por seis meses. Tomaría su Porsche desde el aparcamiento del cruce de Watford, donde lo había dejado hacia Warwick. Usar el metro era mucho más fácil que lidiar con el tráfico del centro de la ciudad, y esa estación estaba alejada de la capital.

El ascensor se detuvo suavemente en la planta baja y emergió con una sonrisa agradable para la recepcionista,

—¿Unas palabras con usted, Sr. Conley?

Una conversación con la bella Srta. Harrop no era una dificultad, por lo que se acercó al escritorio, levantando una ceja y sonriendo. Estaba complacido de verla sonrojarse.

—Solo quería decirle, ¿sin resentimientos, señor?

—Caramba, no. —Jake le sonrió a ella—. ¿Quiere decir que me impidió ver a su señoría el mes pasado? Estabas siendo eficiente, responsable. No hay problema con eso Srta. Harrop, especialmente bajo estas circunstancias. Sin duda ellos te dirán más. Todo en buen tiempo.

—¿No estoy en problemas, me pregunto? ¿Con alguien? —Estaba claro que ella quería decir con Doble-A.

—Ciertamente no conmigo, y estaría muy sorprendido si *alguien* más tuviera algo que objetar, Srta. Harrop.

—¡Oh, eso es un alivio! Por favor llámeme Alice, Sr. Conley.

—Alice, ¿eh? —«Maldita seas, Liffi»—. Es un nombre bastante bonito, si se me permite decirlo.

Ella se ruborizó de nuevo, y él estiró una mano.

—Y usted puede llamarme Jake. Solo para probar que no hay malos sentimientos, quisiera invitarla a cenar la próxima vez que esté en Londres. —Él observó la decepción en sus ojos—. Si usted está libre, por supuesto. La pena es que estoy tan ocupado y que tengo que irme a Warwickshire ahora mismo. —Sintió que tenía que agregar una explicación para suavizar el aplazamiento.

—Me encantaría cenar con usted, Jake. Me encantó su libro, por cierto. Debe firmar mi copia.

—Será un placer, de todos modos, se dónde encontrarte. Tan pronto como pueda regresar al Ministerio, lo haré y arreglaremos algo. ¿Hay algo que no comas?

—No estoy interesada en la carne roja, pero de lo contrario devoro cualquier cosa. —Ella observó preocupada—. Pero no tripas, ni caracoles, ni ancas de ranas, ese tipo de cosas.

—Cielos, pienso que debemos evitar *esos*. Eso sí, una vez comí muslos de rana fritos y no estaban tan mal.

—¡Puaj! Ni siquiera quiero pensar en eso.

Ellos rieron, y él se fue con un salto en sus pasos, dirigiéndose a la estación de metro más cercana.

«No pensé que volvería a ver este lugar de nuevo hasta que el sabático hubiera pasado. Lo que muestra lo equivocado que puedes estar. ¡Alice! Alice Harrop, ¡un espectáculo digno de ver!»

# EPÍLOGO



El Rey Aelfric se recostó en su trono con un aire estudiado de despreocupación. No sería bueno que un monarca de largo reinado reconocido por su sabiduría, aplomo y gracia social mostrara los anhelos enamorados de un joven elfo. Como era sabio, el rey comprendió que el efecto que Ethel Wyther tenía sobre él estaba más allá de la lógica habitual de las relaciones. Después de todo, él apenas conocía a la mujer, habiéndola visto muy poco. Sin lugar a dudas en su mente, se dio cuenta que el enredo predestinado había tomado un ímpetu no gobernado por los sentimientos de ninguno de los dos, sino determinado por fuerzas superiores. Parecía que el amor era una emoción fuera de su control. Situación prácticamente desconocida para él, quien dominaba todo lo que sucedía en Aelfheim. La burbujeante doncella elfo, Hyssith que se había hecho amiga de *su* Ethel, ahora debería llevar a su amada a él.

Su despreocupado encorvamiento terminó y se sentó abruptamente cuando una visión fascinante de graciosa belleza entró en su corte y se convirtió en jadeos de admiración y una oleada de murmullos de aprobación entre los elfos reunidos. Liffi se acercó graciosamente al trono, consiente de los ojos reales que la devoraban de cabeza a pies. Para el asombro del rey, acostumbrado a la adulación y la deferencia, ella extendió lánguidamente su brazo derecho, manteniendo su mano hacia adelante para un beso. Esto, por supuesto, era un gesto calculado basado en el conocimiento de la galantería del rey y amor desesperado por ella.

El cálculo estaba bien fundado, cuando el monarca se levantó de su trono e inclinó su cabeza sobre la mano extendida, poniendo sus labios allí e inevitablemente inhalando la esencia mágica. Si bien antes estaba irrecuperablemente enamorado de la encantadora doncella, ahora estaba irremediablemente esclavizado por ella. El efecto del perfume tuvo la consecuencia, para irritación de Liffi, que el rey hiciera un anuncio sin ni siquiera un permiso o un pretexto de consulta previa.

—Mis amados súbditos, es un placer sin límites anunciar en este día, mi compromiso oficial, yo el Rey Aelfric, con la encantadora, virtuosa e incomparable Ethel Wyther, que se convertirá en su reina, como han prescripto los dioses. La boda tendrá lugar mañana, de acuerdo con las tradiciones de Aelfheim, y será seguida de una semana de alegres banquetes y juegos conmemorativos.

El salón se llenó de vítores jubilosos de los elfos, sinceramente felices por su rey, hasta ahora objeto de especulaciones dada su condición de soltero.

Liffi tomó ventaja del clamor para susurrar en el oído del rey.

—Señor, no debe dejar de contar con la novia. Debo hablar con usted en privado.

Por primera vez, el semblante lleno de alegría del monarca se nubló con ansiedad.

—¿Qué es mi preciosa? ¿Te desagrada la perspectiva del matrimonio?

Ella alivió su preocupación con una risa tintineante.

—No es eso, amado mío. Estoy encantada de ser tu

prometida. Pero no hemos hablado de asuntos de importancia para mí.

—Entonces vayamos a mis aposentos privados y hagámoslo de inmediato —dijo el elfo cortés y guapo, con un movimiento gentil de su mano.

Ella se alegró cuando él entrelazo su brazo bajo el de ella y la atrajo hacia él. Unidos de esta manera dejaron el salón y entraron a una cámara pequeña cubierta de seda, su resplandeciente color amarillo creaba un ambiente solar que le encantaba a Liffi. Volvió su rostro hacia el del rey y lo beso de lleno en sus labios. Su respuesta voluntaria y la presión entusiasta de su cuerpo contra el de él le encanto y la convenció de lo correcto e inevitable de su relación.

De mala gana y con delicadeza, ella se deshizo de su abrazo y suspiró.

—Oh, mi amor.

Él la colmó de caricias y miradas amorosas hasta que Liffi decidió que era tiempo de elevar los temas que la preocupaban.

—Mi Lord —dijo ella—, no tuvimos tiempo de hablar antes de tu fabuloso anuncio. Y como te he dicho, estoy encantada de casarme contigo y convertirme en tu reina, pero tengo dos condiciones que imponer a este feliz arreglo.

—¿Y cuáles son, mi amor? —Aelfric tocó la regia cadena alrededor de su cuello.

—Sir, como tú sabes bien, antes de venir a Aelfheim, en Midgard mi corazón pertenecía a otro.

—¡Jake Conley! ¿Todavía te preocupas por él? —Su expresión se volvió afligida.

—No con la intención que le das a la palabra, mi Lord. Pero lo hago por su bienestar. Logramos derrotar a los racistas extremistas, y lo que no daría Jake porque la gente en Midgard viviera con los elfos aquí en paz y armonía. Pero es difícil o casi imposible. Todavía hay quienes lo odian y frustrarían sus objetivos. Mi petición es que, si Jake alguna vez se encuentra en una situación desesperada y necesita mi ayuda, no impedirás que vaya en su auxilio.

—Podrás tomar un ejército de elfos contigo en ese caso, mi dulce. Y yo mismo, lucharé de tu lado.

—Querido esposo, nada de eso será necesario. Pero mi presencia en la Tierra quizás lo sea. Los dioses no tolerarán una interferencia mayor de los elfos en los asuntos humanos, pero como yo soy de origen terrenal, aunque ahora ya no lo sea, puede ser hecha la excepción. Espero que Jake no necesite llamarme para que lo apoye, pero es justo que te hable de esta posibilidad antes de convertirme en tu verdadera y fiel compañera de por vida.

—Tienes mucha razón, Ethel. Aprecio tu franqueza y doy mi consentimiento en este acuerdo. Pero, ¿no mencionaste *dos* condiciones?

—Si, Sir, lo hice. Pero no tendrás ninguna objeción, estoy segura, elevar a Hyssith al puesto de mi dama de compañía.

—Bendiciones. Ninguna en absoluto.

Ella corrió a sus brazos y lo llenó de besos.

—¡Oh! —Hicieron una pausa para respirar—. Por supuesto, si Freya me convoca, deberé responder al instante.

—Ciertamente, lo harás.

Ella levantó su rostro radiante hacia él.

—Entonces estaremos casados en la mañana, mi queridísimo corazón. ¿Necesito preparar otro vestido?

—Debes. ¿No sabes que las doncellas elfos siempre se casan de verde?

—No lo sabía. Pero como buena *ljósálfar,* honraré la tradición y te haré orgulloso de tu reina.

**FIN**

Querido lector,

Esperamos que hayas disfrutado leyendo *Memoria De Un Halcón*. Tómese un momento para dejar una reseña, incluso si es breve. Tu opinión es importante para nosotros.

Atentamente,

John Broughton y el equipo de Next Chapter

Nací en Cleethorpes, Lincolnshire, Reino Unido en 1948, uno de los últimos baby boom de la postguerra. Después de asistir a la escuela y estudiar el sonido de Bob Dylan, fui a la Universidad de Nottingham y estudié Historia Medieval e Historia Moderna (Filial de Arqueología). El curso subsidiario me llevó a uno de mis mayores logros académicos: volcar involuntariamente el contenido de tierra de una carretilla desde la cima de un montón de escombros sobre una anciana que pasaba por nuestra excavación.

Bueno, realmente hice muchos trabajos diferentes mientras vivía en Radcliffe-on-Trent, Leamington, Glossop, las Islas Scilly, Puglia y Calabria. Entre ellos se incluyen enseñar inglés e historia, administrando un centro de cuidados diarios, siendo director de un instituto de comercio y enseñando inglés a estudiantes universitarios. Incluso intenté ser un pescador y recolector de flores cuando estaba en St. Agnes, Scilly.

Vivo en Calabria desde 1992, donde me instalé en un trabajo de larga duración en la Universidad de Calabria, enseñando inglés. Sin duda mi encantadora esposa calabresa, María, me impidió estar inquieto. Mis hijos son mayores ahora, pero escribí libros para ellos cuando eran pequeños. Hamish Hamilton y luego Thomas Nelson publicaron seis de estos en Inglaterra en la década de 1980. Ahora soy felizmente abuelo, y sus padres llamaron a mi nieto Dylan.

Decidí volver a escribir al final de mi carrera. Ustedes saben que cuando se está enseñando y trabajando como traductor, realmente no hay tiempo para escribir. Cuando terminé con la traducción en 2014, reasumí la escritura. El fruto de esa decisión fue *Die for a Dove*, un thriller arqueológico, seguido por *The Purple Thread* y *Wyrd of the Wolf*, publicados por Endeavour Press, Londres. Ambos están situados en mi periodo favorito anglo-sajón. Actualmente, mi tercera y cuarta novela están disponibles también, *Saints and Sinners*, y su secuela, *Mixed Blessings*, ubicadas en la cúspide del siglo VIII en Mercia y Lindsey.

He comenzado una nueva colaboración con Creativa/Next Chapter Publishing, quien publicó *Perfecta Saxonia* y *Ulf's Tale* en 2019, seguido por *Angenga*, una novela de viajes en el tiempo que reúne los siglos VIII y XXI. Ellos publicaron luego, *In the Name of the Mother*, una secuela de *Wyrd of the Wolf*. Próximamente se publicará una quinta novela histórica, *Sward and Sword*, acerca del gran Conde Godwine. Mi última dirección literaria es una serie de novelas acerca de un investigador psíquico Jake Conley, con el lanzamiento en octubre de 2019 por Next Chapter Publishing, de *Elfrid's Hole*, seguido por el libro dos, *Red Horse Vale*, y este, libro tres, *Memoria de un Halcón*, que está programado para febrero, 2020.

Memoria De Un Halcón
ISBN: 978-4-82410-911-8
Edición en rústica

Publicado por
Next Chapter
1-60-20 Minami-Otsuka
170-0005 Toshima-Ku, Tokyo
+818035793528

14 octubre 2021